DOUBLE CRIME DANS LA RUE BLEUE

Paru dans Le Livre de Poche :

L'Énigme de La Blancarde
La Faute de l'abbé Richaud
Le Secret du docteur Danglars

JEAN CONTRUCCI

Les Nouveaux Mystères de Marseille

Double crime dans la rue Bleue

ROMAN

LATTÈS

ISBN : 978-2-253-11883-1 – 1re publication LGF

À Michèle,
À Jérôme,
Pour ne pas perdre les bonnes habitudes

Il faut se contenter de découvrir
Mais se garder d'expliquer

Georges BRAQUE.

NOTE DE L'AUTEUR

On trouvera parfois dans ce texte certaines expressions tirées du parler marseillais de l'époque, quand la vérité du dialogue l'exige. Qu'on ne voie pas là le recours à une couleur locale facile, à un folklore langagier dépassé. Les Marseillais de la Belle Époque, à quelque classe sociale qu'ils appartiennent, sont bilingues (franco-provençal, ou franco-marseillais). Ils truffent leurs propos exprimés en français d'expressions venues du provençal, de l'italien ou du patois local. Cette habitude s'est prolongée bien après la Seconde Guerre mondiale. Aujourd'hui, la *tchatche* a pris le relais. C'est pourquoi nous avons fourni une traduction des expressions qui pourraient poser un problème de compréhension aux Français vivant au-dessus du 45e parallèle, qui, comme chacun sait, passe par Valence.

1

Où, à l'aube du 24 janvier 1903,
dans le quartier de La Belle de Mai,
on rencontre Albert Rastègue, allumeur
de réverbères, au cours d'une tournée
qui s'achève par une macabre découverte

Par nature et par profession, Albert Rastègue avançait dans la vie en titubant.

Quand on le croisait dans les rues étroites de La Belle de Mai, avec sa casquette plate à visière de cuir bouilli posée de travers sur un crâne chauve et bosselé, enveloppé dans une longue pèlerine noire qu'il ne quittait jamais, il ne marchait jamais en droite ligne, mais tanguait en diagonale d'un trottoir à l'autre. Cela pour deux raisons : il buvait comme un trou et il était allumeur de réverbères.

Allumeur signifiait également « éteigneur ». Bien que le mot, pas plus que la fonction, n'existât, il fallait bien que quelqu'un éteigne au petit matin les réverbères allumés la veille à la nuit tombée. Cette double mission était confiée au même homme, en dépit de son intempérance et de son peu de goût au labeur.

Ce n'était pourtant pas un métier de feignant que celui d'allumeur de réverbères. Par les nuits d'hiver et de froid, le préposé à ce service n'effectuait pas moins de *quatre* tournées dans le quartier. À la tombée de la nuit – qui arrivait tôt à l'heure solaire – Albert Rastègue allumait *tous* les réverbères de La Belle de Mai. Ce qui ne représentait pas un grand nombre, car seules quatre artères en étaient équipées, les trois quarts du quartier étant plongés dans le noir dès le coucher du soleil. Une bonne moitié des luminaires était en panne, ou avait sa lanterne brisée. (Par temps de mistral, allumer un réverbère dépourvu de son verre protecteur relevait de la mission impossible.)

Vers dix heures du soir – le règlement était formel – l'allumeur devait entreprendre une seconde tournée pour éteindre un réverbère sur deux. Car on avait le souci des finances municipales. On doit à la vérité historique de préciser que les galapiats du quartier, aussi effrontés qu'adroits au lance-pierres, étaient souvent passés avant « l'éteigneur », lui facilitant la tâche. Mais il n'était pas pour autant dispensé de fermer le gaz ! Au contraire, sa mission relevait alors de la sécurité publique !

Pour être complet, précisons qu'une troisième tournée s'imposait le lendemain matin vers les six heures, toujours à la nuit noire, afin de rallumer les becs éteints et permettre aux ouvrières de la manufacture des tabacs et aux ouvriers de la raffinerie de sucre Saint-Charles [1], qui prenaient très tôt leur service, de trouver la porte d'entrée autrement qu'à tâtons. Surtout pour leur éviter de buter sur les innombrables sacs d'ordures ménagères et déchets de toutes sortes jonchant trottoirs et pavés, mais rarement les caniveaux prévus pour les évacuer, toujours à sec. Selon une déplorable coutume marseillaise, ces monceaux d'immondices avaient été lancés d'une main vigoureuse depuis les fenêtres riveraines, au cri désinvolte (mais prévenant) de *passarès* [2] ! Il précédait le jet des détritus enveloppés dans du papier journal dont le contenu s'éparpillait en heurtant la chaussée.

Enfin, une quatrième tournée était prescrite au fonctionnaire. Il la consacrait à l'extinction générale des feux.

On ne rencontrait donc Albert Rastègue qu'aux heures extrêmes de la journée, déambulant de sa démarche cahoteuse, une longue perche de bambou en main. À son extrémité, elle était équipée d'un petit crochet de métal, grâce auquel le préposé ouvrait ou fermait les robinets du gaz à l'arrivée du tuyau dans la lanterne du réverbère. Le sommet de la perche était couronné du faible éclat d'une veilleuse, alimentée par un petit réservoir de pétrole, protégée par un verre de lampe.

---

1. Malgré son rachat par la firme Saint-Louis, elle portait encore pour les gens de La Belle de Mai le nom que lui avait donné son fondateur, M. Bousquet.

2. Littéralement : « Que personne ne passe ! »

L'homme en noir grommelait en permanence des réflexions d'ivrogne ou de vagues menaces qui ne s'adressaient à personne en particulier, mais lui avaient valu dans le quartier le surnom de *Parlo-Soulet*[1].

Pour peu que le vent se mette de la partie, la longue pèlerine flottant sur cette maigre silhouette tanguante et la grande perche qui la surmontait comme un mât donnaient à l'allumeur de réverbères de La Belle de Mai l'allure d'une vieille tartane tirant des bords sur une mer démontée. Impression renforcée par un profil en lame de couteau qui eût figuré la proue.

Malgré ses sujétions, le travail d'Albert Rastègue lui laissait dans la journée de longues heures de loisir. Il les employait à s'enivrer avec application.

Son travail au service de la collectivité publique achevé, il ne restait en effet à *Parlo-Soulet* qu'à accomplir un ultime déplacement qui le conduisait vers le comptoir de zinc du bar *Chez Loulou,* rue Fortuné-Jourdan. Il y demeurait à portée de voix une bonne partie de la journée. Les nombreuses *tournées* qu'il entreprenait alors étaient d'ordre privé. Elles consistaient à vider machinalement des petits verres dont le contenu était indifférent à l'allumeur pourvu qu'ils comportassent une proportion d'alcool minimale, réclamée par un foie aux exigences tyranniques.

Lorsqu'il lâchait le comptoir de *Chez Loulou*, pour regagner son domicile, la démarche d'Albert Rastègue était plus zigzagante encore, mais l'implantation des

---

1. Parle tout seul.

réverbères sur les trottoirs n'y était plus pour grand-chose.

Chaque jour, la mission confiée au fonctionnaire municipal lui faisait suivre un itinéraire immuable. Il partait de chez lui – une tanière de la rue de la Pompe [1] proche de la place Cheylan [2] où il vivait en célibataire – pour enfiler la rue Belle de Mai, colonne vertébrale sinueuse du quartier, jusqu'à la hauteur de la caserne de la Busserade. Il remontait alors la rue Cavaignac jusqu'à la rue Guibal. Là, il tournait à gauche, afin d'atteindre la rue Bleue [3], bordée à gauche par les hauts murs du parc d'artillerie de la caserne Saint-Charles, à droite par la façade de la manufacture des tabacs [4]. Ainsi la boucle était-elle bouclée.

À l'aube du 24 janvier 1903, par un froid de loup pour Marseille (moins huit degrés, par bonheur exempts de vent), *Parlo-Soulet* déboucha dans la rue Bleue à cinq heures trois quarts tapantes. Il en eut la double confirmation sans consulter sa montre, puisqu'en même temps l'express Marseille-Toulon quittait la gare Saint-Charles toute proche en lâchant un coup de sifflet

---

1. Aujourd'hui rue Louis-Mouronval.
2. Aujourd'hui place Bernard-Cadenat.
3. Aujourd'hui rue Clovis-Hugues.
4. Toujours en place, les 26 000 m^2 de la manufacture désaffectée accueillent aujourd'hui les Archives municipales, l'atelier de restauration des œuvres d'art ainsi que le pôle culturel de la Friche abritant lieux de spectacles, ateliers d'artistes et studios de cinéma.

comme une diva fait ses adieux sur un contre-ut, tandis que sur la place d'armes de la caserne Saint-Charles éclatait le timbre clair d'un clairon sonnant *« Soldat, lève-toi ! »* qui devait au même instant le faire maudire de toutes les chambrées alentour.

– *Debout, là d'dans !* grommela l'allumeur en riant tout seul. Il esquissa un *présentez, armes !* avec sa perche en guise de fusil, puis se mit en mesure de traverser la chaussée en diagonale après avoir pris l'azimut qui conduisait au prochain réverbère éteint. Celui-ci était pile en face du portail d'entrée de la manufacture. Albert Rastègue trébucha à maintes reprises sur des détritus, esquissa un pas de patineur sur une crotte de chien, reprit son équilibre à l'aide de sa perche qu'il utilisait comme une jambe de secours et se retrouva à l'aplomb du réverbère éteint par ses soins la veille au soir. Le bout de la chaussure ferrée de l'allumeur heurta quelque chose de mou qu'il prit pour un matelas déposé à la faveur de l'obscurité.

D'un geste que des années de pratique assimilaient à un automatisme, *Parlo-Soulet* engagea l'extrémité de sa perche où brillait la veilleuse par l'ouverture ménagée dans la tôle sous la lanterne du bec de gaz. Il ouvrit rapidement la vanne à l'aide du crochet adéquat et, de la main gauche, pressa la poire en caoutchouc fixée le long de la perche. Grâce au tuyau qui la prolongeait jusqu'à proximité de la veilleuse, il insuffla une bouffée d'air qui fit pencher la petite flamme vers le bec du gaz qu'on entendait siffler doucement. Celui-ci aussitôt s'enflamma.

Et la lumière fut, formant une flaque ronde sur le trottoir...

La première chose qu'aperçut le regard flou d'Albert Rastègue fut la queue du chien qui battait une mesure à deux temps. Ce chien – un bâtard noir taché d'un blanc douteux – n'était à personne, mais jouissait d'une certaine célébrité dans le quartier. Il n'avait pas d'autre nom que celui que toute La Belle de Mai lui donnait : *Chien-Bordille*[1], mais ne s'en formalisait guère. Il vivait de charité ou d'expédients et logeait où on ne le chassait pas à coups de pierres. Il était sale comme trois peignes et son pelage abritait une faune miniature particulièrement virulente qui décourageait les meilleurs amis des animaux. La bête était arc-boutée sur ses pattes avant, l'arrière-train en l'air, la gueule au ras du trottoir et il tirait sur quelque chose de caoutchouteux de couleur rosâtre en poussant de petits grognements de satisfaction.

Albert Rastègue se pencha vers le rond de lumière, ouvrit de grands yeux incrédules, une bouche (édentée) large comme un porche roman et interjecta de sa voix graillonneuse :

– Oh, putain de la Bonne Mère !

Il ne put en dire plus. Le « quelque chose » sur quoi *Chien-Bordille* tirait avec des grondements de plaisir était le cartilage d'une trachée-artère humaine appar-

1. Le mot bordille désigne les ordures (matérielles et morales).

tenant au tronc d'un homme qui, visiblement, avait perdu la tête.

Alors, il se passa une chose inouïe. Par malchance, seul le chien errant en fut témoin. Il vit donc – pour la première et dernière fois – Albert Rastègue se déplacer *en ligne droite* ! Mieux encore, plus incroyable : se mettre à courir ! Si on peut qualifier ainsi les mouvements désordonnés qui agitèrent malgré elles les jambes flageolantes du malheureux ivrogne, afin de l'éloigner le plus vite possible de cette vision d'horreur. Profitant de la pente de la rue Bleue, *Parlo-Soulet,* à la limite de l'asphyxie, sifflant comme une machine à vapeur, accéléra son trot, sitôt qu'il aperçut – tel le phare dans la tempête aux yeux du naufragé – briller dans la nuit de la rue Fortuné-Jourdan la salle du bar *Chez Loulou.*

Face à Loulou Richard, le monumental patron qui trônait derrière son comptoir comme un potentat oriental, sa large bedaine ceinte d'un tablier bleu, se pressaient déjà les habitués du petit matin alignés selon un ordre immuable. À savoir : le boulanger, Jean-Baptiste Mouren, qui, sa fournée cuite, ayant confié à son épouse le soin de convertir ses flûtes dorées en espèces sonnantes, buvait son premier petit *jus* brûlant avant d'aller s'offrir un sommeil réparateur des heures nocturnes passées à pétrir à pleins bras. À sa droite : Marcel Pujol, un ancien peseur-juré en retraite qui n'avait plus d'horaires à respecter, mais gardait l'habitude de sauter du lit à quatre heures (dimanche inclus) au grand dépit de Mme Pujol, qui le priait alors d'aller hors du domicile conjugal attendre l'heure décente de revenir partager son petit déjeuner. Le suivant était un maçon piémontais placide et économe de paroles comme le sont souvent les Italiens du Nord. En outre, son fort accent privait son auditoire du sens précis d'un mot sur deux : Pippo[1] Barizzone complétait le quatuor. Conscient d'accomplir un travail de force, l'Italien attaquait la journée avec un verre de *venn rouze,* grâce à quoi il aidait à faire passer des morceaux de salami épais comme son pouce qu'il ingurgitait avec entrain, coincés entre deux tranches d'un pain rustique tiré de sa musette.

Les quatre hommes sursautèrent avec ensemble quand Albert Rastègue, à bout de souffle, les yeux hors de la tête, la moustache clairsemée en bataille, entra dans le bar en boulet de canon. Ils ne l'avaient jamais vu dans pareil état. Même Marcel Pujol, volontiers prolixe, en eut le sifflet coupé.

La perche de l'allumeur accrocha au passage le haut du chambranle de la porte vitrée qu'il venait d'ouvrir à la volée. Le verre de la veilleuse explosa et se répandit en pluie d'éclats minuscules sur sa casquette et sa pèlerine, redoublant la stupeur des assistants. Il s'en dépêtra à grand-peine.

Tenant à présent son outil de travail comme un chevalier sa lance – ce qui achevait de rapprocher la triste figure de l'allumeur de celle de Don Quichotte –, Albert Rastègue tentait d'atteindre une chaise. Au passage, il

1. Diminutif de Filippo.

renversa une table avant d'avoir la mauvaise idée de se tourner vers le patron statufié derrière son comptoir. Ce quart de tour perche en main eut pour effet de faucher une rangée de bouteilles d'apéritifs placées sur l'étagère du haut. Elles s'écroulèrent à grand fracas.

L'allumeur finit par lâcher son bambou redoutable pour mieux s'accrocher des deux mains au rebord du comptoir, puis, roulant des yeux terribles, le visage secoué de tics, le bras droit tendu vers un péril invisible, il bégaya :

– Dans la rue... Y a un ca...ca... Y a un ca...ca...

Pince-sans-rire, l'ex-peseur-juré pouffa :

– S'il n'y en avait qu'un...

– ... davre, acheva Rastègue.

Pippo Barrizone traduisit :

– *Che cosa ? Oun cadavré ?*

Loulou Richard, mi-navré, mi-furieux, se pencha vers l'allumeur et le saisit au col dans ses grosses pattes et lâcha sans respirer :

– Oh ! *Parlo-Soulet !* Ça va pas bien de me démolir le bar comme ça ! ? Regarde-moi ce *pâti* [1], que tu m'as mis ! Qu'est-ce qui t'arrive ? Tu vas arrêter, voueï ? Tu as commencé à te *niasquer* [2] de bonne heure, ce matin. Tu as pas honte ?

Albert Rastègue le regardait d'un œil vitreux. Il réussit tout de même à articuler :

– Rue Bl... eue. Il... il est mort... *Chien-Bordille* l'a mangé.

---

1. Pagaille.
2. Se saouler.

Les quatre témoins échangèrent des coups d'œil inquiets.

À ce moment, l'allumeur lâcha le comptoir et s'effondra sur le plancher, le dos contre le pied de fonte d'une table, comme un pantin dont on vient de couper les fils.

Les autres l'abandonnèrent à son sort et sortirent précipitamment du bar.

La rue, un instant plus tôt déserte et silencieuse, retentissait à présent de cris et d'exclamations d'épouvante où dominaient les voix de femmes, au fur et à mesure que les premières ouvrières de la manufacture des tabacs arrivaient pour prendre leur travail. Certaines, découvrant le spectacle d'horreur, étaient prises de crises nerveuses, d'autres de vomissements. Plusieurs avaient carrément tourné de l'œil.

Parvenant à leur tour au pied de ce que les journaux marseillais du lendemain devaient qualifier de « réverbère fatal », comme s'il était pour quelque chose dans cette scène de Grand Guignol, les quatre hommes eurent un mouvement synchrone de recul. La vision était proprement insupportable.

Le premier à se ressaisir fut le boulanger Mouren. Il courut jusqu'à sa boutique et, tout en recommandant à son épouse de ne pas sortir, il revint bientôt les bras chargés de sacs de farine vides, dont il fit un linceul improvisé au corps mutilé pour dérober aux curieux ce spectacle d'abattoir.

Plusieurs témoins étaient déjà repartis en courant, se chargeant d'aller prévenir la police, tandis que les ouvrières continuant de surgir s'agglutinaient autour du réverbère, poussant des cris d'effroi au fur et à mesure qu'elles apprenaient la nouvelle.

Le temps que les fourgons noirs arrivent, que le procureur de la République vienne sur place, que le médecin légiste procède aux premières constatations, le jour s'était timidement levé. Les curieux, toujours plus nombreux, avertis par le bouche-à-oreille, ne cessaient d'affluer de toute La Belle de Mai. Il fallut établir un cordon de police pour éloigner les plus indiscrets qui voulaient voir et toucher, espérant mettre un nom sur ce cadavre mutilé.

Quand on put enfin procéder à la levée du corps, placé dans un fourgon de la police, direction la morgue, on trouva à proximité de l'endroit où il gisait un tout petit couteau à manche courte. Il était recouvert d'une fine poussière blanche. Peut-être était-il tombé de la poche d'un témoin ? Trop petit pour ça, il n'avait sûrement pas servi au dépeçage.

On le ramassa, on l'emporta, l'enquête le négligea et puis on l'oublia.

C'est donc ainsi que débuta de fracassante manière l'affaire dite de *L'homme sans tête de la rue Bleue.*

2

Où l'on écoute la conversation téléphonique du commissaire divisionnaire Eugène Baruteau, chef de la Sûreté marseillaise, avec son neveu Raoul Signoret, chroniqueur judiciaire au journal Le Petit Provençal

Avant même que la sonnerie crispante du téléphone posé devant lui sur son grand bureau de chêne ait retenti une seconde fois, la grosse poigne du commissaire divisionnaire Eugène Baruteau, chef de la Sûreté marseillaise, s'empara du cornet de bakélite posé sur sa fourche et le porta à son oreille droite. L'intuition du policier lui disait qui l'appelait. Il lança de sa grosse voix :

– Raoul Signoret, mon neveu, ne me faites pas perdre de temps. J'ai rendez-vous dans un quart d'heure avec le commissaire central.

Au bout du fil retentit un timbre familier. C'était

bien celui de cet enfant à qui il avait servi de père[1] jusqu'à ce qu'il en ait fait un homme selon son goût. Un être loyal, courageux, dont il était fier. Le flic devant qui tremblaient les plus gros voyous de Marseille fondait de tendresse pour ce garçon orphelin de père que le Ciel lui avait donné pour compenser la stérilité de Thérèse Baruteau. Ce coup de téléphone, le commissaire l'attendait depuis l'instant où la nouvelle de la découverte d'un cadavre décapité devant la manufacture des tabacs de La Belle de Mai avait été diffusée.

Pourtant, c'est une voix contrefaite qui répondit :

– Vous vous trompez, monsieur le commissaire divisionnaire, ici Mgr Pierre-Paulin Andrieu, évêque de Marseille. Comment allez-vous, mon cher fils ?

Le policier entra dans le jeu :

– Très bien, monseigneur. Je me porte à merveille. Mais j'ignorais qu'on embauchait les *capélans*[2] dans un journal socialiste.

La voix se fit plus policière :

– Allez, arrête de faire le zouave, sacripant, et viens-en au fait. Je sais très bien pourquoi tu me téléphones. Dès qu'il y a de la viande froide au menu, tu rappliques. Cannibale !

Le rire frais de Raoul Signoret retentit agréablement à l'oreille de l'oncle Eugène.

---

1. Voir *L'Énigme de La Blancarde, La Faute de l'abbé Richaud* et *Le Secret du docteur Danglars*, éditions JC Lattès, Le Livre de Poche n°s 35016, 35015 et 35028.

2. Les curés.

– Comment avez-vous deviné que c'était moi ?

Le policier ricana :

– C'est un don. On naît avec chez les flics.

Le journaliste asticota son oncle :

– Ah ! Il faut un don, pour entrer dans la police ? C'est nouveau...

Baruteau redevint sérieux :

– Raoul, arrête ! Je t'ai dit que je n'avais que quelques minutes devant moi. Le patron m'attend. Accouche !

– Qu'est-ce que je peux dire à mes lecteurs du *pôvre* mort de la rue Bleue ?

– Dis-leur que, s'ils me rapportent la tête, on ira boire un coup ensemble.

– Vous n'avez donc pas idée de qui c'est ?

Baruteau grommela :

– Si je connaissais son identité, tu la saurais. Je ne peux rien te refuser.

Le journaliste tira de lui-même les conclusions en rédigeant ses notes : aucun papier dans les poches du mort, permettant de lui donner un nom.

– Je le décris comment ?

– Vas-y mou. C'est pas un spectacle pour les jeunes filles. Il n'avait plus sa tête à lui, tu le sais, et sa manucure y était allée un peu fort.

– C'est-à-dire ?

– Ou alors, c'était un onychophage enragé...

– Un quoi ? !

– Un type qui se ronge les ongles.

– Ça s'appelle comme ça ? Vous en savez, des choses, mon oncle...

Baruteau jubila :

– On ne prend pas n'importe qui dans la police. Tu te crois dans un journal, peut-être ?

– Non, mais onychophage... J'en reste baba. Il faudra que je le repasse à Auguste Escarguel, titulaire de la rubrique *Faits et méfaits,* mon voisin de banc à la rédaction du *Petit Provençal.* C'est un fanatique de mots croisés.

Baruteau prit un ton professoral :

– À force de fréquenter les légistes, tu vois, on devient un peu moins couillon qu'au départ.

Cette comédie affectueuse que se jouaient les deux hommes, c'était leur manière pudique de se dire combien ils s'aimaient sans avoir à utiliser les grands mots.

Le journaliste ramena le policier à sa question :

– Alors, je note : le type avait les ongles rongés... Ça n'est pas une chose si exceptionnelle, qu'il faille en faire mention dans un article. Oui ?

Baruteau se racla la gorge.

– À ce point-là, oui. Car il les avait rongés jusqu'aux poignets. Quelqu'un – qui n'avait certainement pas eu le temps de fignoler – lui avait sauvagement coupé les mains. Sans doute pour nous priver de ses phalanges distales.

– Ses quoi ? C'est un récital, mon oncle !

– Ses bouts de doigt, si tu veux. Tu dois appeler ça les phalangettes, toi, gros ignorant.

Raoul Signoret s'esclaffa :

– Oh, vous savez, mon oncle, comme ça ou autrement, je ne les appelle pas souvent, les phalangettes. Mais dites-moi, ce n'est plus un cadavre, c'est un puzzle, votre type !

– Tu l'as dit, bouffi.

Raoul Signoret pensa tout haut :

– Ça voudrait donc dire que le ou les assassins ont voulu vous priver des moyens ordinaires de l'identification mis au point par ce cher M. Bertillon. L'expert qui n'a pas été foutu de distinguer l'écriture de Dreyfus de celle d'Esterhazy[1], mais qui vous dit à quel âge vous avez eu votre première chaude-pisse en le lisant dans vos empreintes digitales mieux qu'une voyante extra-lucide ?

– Tu deviens vulgaire, mon cher neveu, mais tu as deviné juste. On a pris toutes les précautions pour nous ôter les moyens de le montrer à des gens qui auraient pu le reconnaître : la tête et les empreintes. Comme tu es intelligent, dis donc ! Tu devrais entrer dans la police...

– Je ne sais pas si je mérite.

Baruteau ne releva pas.

– Pour résumer, va donc donner un nom à un type qui n'a ni tête ni doigts, toi. Ah ! Si au moins j'avais la tête...

Le policer entendit fredonner au bout du fil :

Et la tête, et la tête

Alouette, gentille alouette...

– Si en plus tu te payes la fiole de ton pauvre oncle,

1. Alphonse Bertillon (1853-1914). Créateur de l'anthropométrie, chef de l'identité judiciaire. En « reconnaissant » l'écriture d'Alfred Dreyfus sur un bordereau, il fut l'un des grands responsables de la condamnation du capitaine pour espionnage en faveur de l'Allemagne.

je te laisse te débrouiller seul. Apporte-la-moi, toi, cette tête, puisque tu es si malin !

– Je vais m'y employer, pas plus tard que demain. Je compte aller faire un tour dans ce quartier où on raccourcit les gens par tous les bouts.

Il y eut un bref silence au bout du fil, puis Baruteau suggéra :

– Alors, prends contact de ma part avec le commissaire de La Belle de Mai. Attilio Onorati, il s'appelle.

Raoul Signoret remarqua :

– Il fait très couleur locale, votre commissaire. C'est un indigène ?

Baruteau s'esclaffa :

– Tant qu'à faire, dans un quartier où un habitant sur deux est un *Babi* [1], on a nommé un flic qui parle et comprenne l'idiome local.

– C'est lui qui conduit l'enquête ?

– Non, c'est la Sûreté, mais Onorati a procédé aux premières constatations. Et puis, s'il est un peu fatigué de naissance, il connaît bien les lieux et les mentalités. Il pourra t'être utile.

Raoul revint à son « portrait » à faire :

– Bon, résumons : plus de tête, plus de mains. C'est tout ce qu'on lui a coupé au pauvre mort ?

Le commissaire joua les offusqués :

– Raoul, je t'en prie !... D'abord je n'en sais rien encore, ensuite, c'est pas avec ce que tu penses qu'on identifie les gens.

---

1. Italien en parler marseillais. Très péjoratif : en provençal, babi désigne le crapaud.

Raoul asticota son oncle :

– Oh, ça ! Ça dépend de qui. Vous connaissez le grognard de Napoléon dont on a conservé le remarquable *chibrelin*[1] dans le formol ?

– Non, qu'est-ce que tu vas me sortir ?

Raoul éclata de rire :

– Moi ? Rien, rassurez-vous. Mais au musée de pathologie humaine de Strasbourg, on a précieusement conservé les attributs virils d'un grognard que ses camarades de combat avaient surnommé *L'éléphant*.

Baruteau était un peu perdu par cette digression inattendue :

– Pourquoi ? Il pompait l'eau avec ?

Le journaliste s'esclaffa :

– Parce qu'*elle* mesurait cinquante-deux centimètres.

Sûr de son effet, Raoul ajouta :

– Au repos, bien sûr.

Le commissaire poussa un cri :

– Oh, *Garri* ! On est à Marseille, mais tout de même. Tu *galèjes* !

Les deux hommes éclatèrent d'un rire gras en même temps. Raoul retrouva le premier son souffle :

– Pas du tout. On peut aller la voir quand vous voulez.

– Oui, c'est ça, bonne idée... j'ai pas mieux à faire en ce moment. Occupe-toi des billets de train. Bon. En tout cas, le mort de la rue Bleue n'est certainement pas le type dont tu me parles. S'il en possédait une de cette

1. Sexe masculin.

taille, on m'aurait signalé sa particularité. Tu sais combien les flics sont observateurs.

– Certainement. On serait venu vous dire : « On a trouvé un type un peu raccourci du haut, mais on a cru le reconnaître : c'est celui qu'à La Belle de Mai on surnommait *Poupoule*[1]. »

Le commissaire redevint sérieux.

– Bon, assez de couillonnades pour ce matin. Je vais te laisser. La réunion avec le patron doit être déjà commencée. Comment va ma délicieuse nièce ?

– Cécile va très bien. Le métier d'infirmière libérale lui convient bien mieux que le travail en hôpital. Entre piqûres, pansements et soins divers, elle s'est constitué une clientèle régulière sans avoir à quitter le quartier.

– Et la Poupette ?

– Adèle, ma fille préférée ? Elle fait ce qu'elle veut de son papa. Il paraît que c'est classique.

Raoul Signoret s'apprêtait à prendre congé. C'est Eugène Baruteau qui pourtant le retint :

– Vous venez déjeuner dimanche avec ta femme et ta petite ?

– Comme toutes les semaines, mon oncle, avec plaisir.

– Ta tante m'a chargé d'une commission pour Cécile. Elle compte faire une tête de veau ravigote. Tu sais qu'elle la fait merveilleusement, mais comme toutes les cuisinières d'élite elle est toujours inquiète. La tête de veau, ou on adore, ou ça vous débecte.

---

1. Surnom commun donné à tous les éléphants (et éléphantes) qui se succédèrent au zoo de Marseille.

Thérésou se demande si ta femme va aimer ça. Tu lui poses la question et tu me rappelles ?

Un petit silence se fit, puis le policer entendit :

– Cécile, je ne sais pas si elle aime ça. Je lui demanderai, promis. Mais moi, tant que vous n'avez pas retrouvé la tête de la rue Bleue, sans vous vexer, je préfère attendre encore un peu. Je craindrais que vous ayez rapporté du travail à la maison !

3

Où l'on se rend à La Belle de Mai sur la plate-forme du tramway 49 pour repérer les lieux du crime et faire connaissance avec un faubourg qui rappelle à notre héros le décor du premier acte de Carmen

Au carrefour avec la rue Jobin, le tramway[1] 49 – *Circulaire Joliette* par La Belle de Mai – ferraillait sur la courbe de la rue Bernard dans un grincement insupportable. Ce qui n'empêchait pas Joseph Olivari, le wattman, de crier par-dessus le vacarme pour se faire entendre. Il parlait depuis le départ de la motrice, au terminus Vieux-Port, et n'avait pas repris souffle de tout le trajet. Raoul Signoret, très élégant dans son pardessus gris avec feutre assorti, se tenait debout sur la plate-forme avant à la droite du wattman et, par politesse, n'avait pas osé abandonner le conducteur à son soliloque revendicatif pour aller se mettre à l'abri

1. Ça sc prononce « *tramouais* ».

dans la cabine. En montant, au départ du quai de la Fraternité, le journaliste avait eu l'imprudence de lâcher machinalement une de ces banalités qui sont le fond des relations humaines : « Vous ne devez pas avoir chaud, en plein vent, comme ça, hein ? »

Cette réflexion anodine avait été prétexte à l'employé de la Compagnie des Tramways de Marseille d'ouvrir le cahier de doléances où il consignait tous ses griefs personnels. En effet, la plate-forme avant des motrices, où se trouvaient les commandes de l'engin – la grande manivelle de cuivre du rhéostat, la trompe à pavillon d'où sortait un beuglement seul capable de surmonter le vacarme ambiant des rues marseillaises et le volant du frein à main dont les mâchoires couinaient horriblement en enserrant les roues de fer de l'engin (on le surnommait « frein biceps » car son efficacité devait tout à la force du wattman) –, cette plate-forme, donc, était ouverte à tous les temps et laissait le conducteur sans protection. Seuls les passagers avaient droit au confort (relatif) de la cabine en dépit d'une étanchéité approximative et de la dureté des banquettes de bois.

Joseph Olivari poursuivait donc un monologue revendicatif, que Raoul Signoret, agrippé d'une main au tablier de la motrice, lissant de l'autre sa moustache blonde, ponctuait de signes de tête qui ne l'engageaient à rien.

– Soi-disant, avec l'*étrécité,* qui a remplacé les chevaux, on est devenus modernes. Mais c'est resté un métier de chien ! L'hiver, je me gèle les *amandons*, sur ma plate-forme ; quand y pleut, je reste trempé tout le temps de mon service, que même pas une bâche, ils nous ont mis, et quand y fait sec, avec le vent et tous ces trottoirs en terre battue, j'en ramasse plus avec le nez qu'avec une pelle. Ça soulève une poussière du diable et j'y vois plus rien.

On comprenait d'autant moins l'inquiétude du wattman à ce sujet qu'il regardait sporadiquement devant lui seulement quand il n'était pas tourné vers son interlocuteur en lâchant ses manettes pour mieux souligner son discours de grands gestes des bras. Il faut pourtant reconnaître qu'il venait de réagir de façon magistrale, un instant auparavant, à l'arrivée imprévue d'un charreton tiré par un âne gris à qui il avait pris la fantaisie de se mettre à pisser sans façons sur la voie du tram au moment où le convoi débouchait. Le conducteur, plein de sang-froid, avait libéré devant les roues de fer de la motrice le contenu d'une caisse prévue pour lâcher opportunément sur les rails un fin gravier qui renforçait l'efficacité du freinage. Cela avait fait un bruit de fin du monde et une odeur de pierre à fusil avait envahi la cabine. Sa cargaison humaine avait été rudement bousculée, on avait entendu s'élever un concert de protestations émises dans tous les dialectes du pourtour méditerranéen, mais le choc avait été évité.

À peine remis de ses émotions, après avoir d'une bordée d'injures choisies conseillé à l'imprudent charretier « d'acheter un âne un peu moins con, la prochaine fois », l'intarissable conducteur du *Circulaire Joliette* avait repris Raoul à témoin de sa vie de galérien ferroviaire.

Le journaliste se bornait à écouter sans se risquer à

donner par ses commentaires des raisons de relancer le moulin à paroles. Il sourit en déchiffrant le texte d'une plaque émaillée vissée sur un des montants de bois de la porte ouvrant sur la cabine des voyageurs. À l'origine, on y lisait « *Défense de parler au conducteur* ». À l'aide d'un petit bout de papier collé, un usager farceur avait modifié le sens de l'avertissement afin qu'il fût plus conforme à la réalité : « *Défense de répondre au conducteur* ».

Celui-ci poursuivait de plus belle :

– Regardez-moi ça ! Mes gants, il a fallu que ma femme me les tricote pour que je reste pas collé à la manivelle, quand il fait froid comme aujourd'hui. Et mes lunettes, je me les suis achetées moi !

Le wattman désigna d'un doigt ganté une paire de lunettes de soudeur qui lui mangeait la moitié de la figure et le faisait ressembler à un pilote de course automobile.

– Et la peau de bique, ils nous la promettent depuis trois ans [1]. On a beau réclamer, on voit toujours rien venir. Ils attendent peut-être qu'on soit tous morts d'une *pulmonie*. Comme ça y z'auront pas à nous payer la retraite !

Raoul Signoret vit arriver le terme de l'épreuve avec un soupir d'aise. Il était deux heures après midi et, malgré l'air vif, le soleil qui inondait les rues de La Belle de Mai tempérait l'impression de froid. Joseph Olivari stoppa la motrice dans un grand crissement de

---

1. Un manteau en peau de chèvre que le wattman marseillais devra attendre encore six ans.

freins à l'arrêt prévu, se retourna vers la cabine, ouvrit la porte vitrée et lança, la main en porte-voix devant la bouche :

– Vintimille ! Tous les *Babis* descendent de voiture !

Ravi de son astuce, pourtant usée par des années de service, le wattman du 49 cligna de l'œil vers Raoul qui avait déjà une bottine sur le marchepied :

– Vous allez voir, il va plus rester *dégun*[1]. À La Belle de Mai, *sian touti Italiani !*

Allez au revoir, monsieur... euh...

– Signoretti, répondit Raoul, s'éloignant sans répondre à son salut.

Comme chaque fois qu'une enquête l'amenait « sur le terrain », le chroniqueur judiciaire du *Petit Provençal* venait prendre le temps de « humer » l'air et les gens. Il en apprenait plus sur un quartier en observant un alignement de façades et les silhouettes des passants que dans les manuels d'histoire ou les thèses de sociologie. Il savait se trouver ici au cœur d'un quartier ouvrier qui avait poussé – comme tant de choses à Marseille – sans plan concerté, ni perspectives à long terme, mais au jour le jour, dans la fièvre d'une énergie désordonnée, au rythme de la croissance exponentielle de son port et des industries qui en dépendaient. Raoul Signoret avait conscience d'être le citoyen d'une cité-éponge qui, depuis sa fondation, attirait sur son rivage

1. Personne.

tous ceux espérant y trouver des moyens de vivre un peu moins mal que dans leur pays d'origine. Ici, à La Belle de Mai, c'étaient en majorité des Italiens – surtout Piémontais et Toscans – arrivés en masse pour alimenter de leur sueur et de leur fatigue les fabriques et les usines implantées nombreuses sur ce terroir semi-campagnard, à mi-distance de la gare Saint-Charles et des quais de la Joliette, où les vignobles et les terres maraîchères s'étageaient naguère sur des coteaux ensoleillés. Les champs de légumes ou de céréales, les vergers où poussaient les arbres fruitiers, les vignes, si belles qu'elles avaient peut-être donné leur nom au quartier [1], avaient reculé sous la poussée de la manufacture des tabacs dévorant trois hectares à elle seule. Un bon tiers du quartier demeurait interdit à ses habitants. Derrière des murailles menaçantes s'abritaient les casernes d'infanterie et le parc d'artillerie installés sur les hauteurs. La caserne Saint-Charles [2] – avec cette allure d'hôtel de préfecture que lui donnaient ses grandes ailes la dérobant aux regards, sa coupole et ses toitures d'ardoise si incongrues au pays de la tuile romaine – était une planète lointaine, un monde clos et inquiétant dont des pancartes couvertes d'interdictions rutilantes sommaient le commun des mortels de passer au large. Le parc d'artillerie était gardé jour et

1. Sur un acte notarié de 1369, on trouve mention d'une vigne, désignée dans un mélange de latin et de provençal comme *« vinea bella de maï »*. Pour souligner la beauté de la vigne le notaire emploie ce superlatif *« de maï »* qui signifie « de reste » dans le sens de « trop belle ». En provençal *« bello de maï »*.

2. Dénommée aujourd'hui caserne du Muy.

nuit par des sentinelles en armes et les patrouilles avaient ordre de tirer après sommations sur qui tenterait d'entrer sans autorisation.

Juste en dessous des enceintes militaires, sur une déclivité de terrain – comme pour donner une réalité à l'alliance du sabre et du goupillon face aux prolétaires « rouges » qui s'entassaient en contrebas et s'obstinaient à envoyer à la Chambre des députés des socialistes virulents –, d'autres hauts murs abritaient le « bouquet de vierges » qu'une riche aristocrate illuminée avait offert au Fils de Dieu, en fondant en 1840 – sur l'ordre de l'Éternel en personne – les religieuses *Victimes du Sacré-Cœur de Jésus*. Le couvent de ces sœurs cloîtrées, bien des habitants de La Belle de Mai, y compris ceux qui allaient à la messe, en ignoraient jusqu'à l'existence. Il est vrai que, contrairement aux militaires, les vierges qui faisaient leur salut en consolant le Sacré-Cœur de l'ingratitude des hommes ne ponctuaient pas leurs journées de sonneries de clairon et personne ne pouvait se vanter d'en avoir jamais croisé une rentrant à son couvent en braillant dans les rues un cantique vantant les prouesses sexuelles du fameux *artilleur de Metz*.

Seule une plaque de rue portant l'étrange nom de *traverse des Victimes* signalait au profane l'existence de ce lieu de silence et de prière, de ces bâtiments mal chauffés entourés par deux hectares et demi d'une verdure qui contribuait à renforcer son retrait du monde au sein même d'un quartier grouillant de vie.

Non loin de là, les bâtiments de la manufacture d'allumettes, les trois raffineries de sucre, l'usine de caoutchouc industriel, la fabrique de produits chimiques, les hangars de constructions mécaniques, les ateliers de confection de capotes militaires avaient achevé de bouleverser l'ancien faubourg rural dont seules quelques traces de jardinets cernant des maisons basses attestaient encore de l'ancienne vocation agricole.

Le reste du quartier était bâti de maisons modestes au long de rues étroites, la plupart sur le modèle « trois fenêtres marseillais [1] » dans lequel s'entassait un prolétariat proliférant malgré la précarité de son existence. Fuyant la faim et le chômage, n'osant pas toujours tenter le grand saut vers l'Eldorado américain tout en rêvant d'un autre monde, maints *immigranti* avaient posé ici leur sac de misère, entre la rue Loubon et Saint-Charles. Ils étaient devenus marseillais, après tant d'autres, tout en demeurant pour les autochtones les *Babis* ou les *Nabos* [2], « *venus manger le pain des ouvriers français* ». On criait à l'« *invasion italienne* ». Les journaux nationalistes réclamaient la disparition de Marseille des « *brutes transalpines issues de ce peuple aussi gueux qu'insolent* [3] ». Ce sont pourtant leurs bras qui faisaient tourner les machines du progrès sur lesquelles un patronat, déjà connu pour ses absences de scrupules, bâtissait la prospérité marseillaise.

---

1. Maisons typiques à trois étages et trois fenêtres par étage. Son architecture était dictée par l'utilisation de poutres récupérées des mâts de navires, dont la partie utile – sept mètres – déterminait les dimensions de l'immeuble.

2. Napolitains et plus généralement Italiens du Sud.

3. Le Gaulois.

Sur tout le quartier flottait une odeur persistante de fumées dégagées par les hautes cheminées des fabriques, mais aussi par les milliers de foyers domestiques brûlant un mauvais charbon fortement soufré qui irritait les yeux, agressait les sinus et vous donnait le souffle court. Dans les rues malpropres – c'était un jeudi – grouillait une marmaille bruyante qui se chamaillait pour un rien, se livrait à des jeux brutaux, des batailles rangées entre bandes rivales dans la poussière des terrains vagues. Les mères penchées aux fenêtres tentaient bien de ramener un semblant de calme parmi la raille déchaînée, en promettant d'une voix de stentor des représailles massives, mais elles ne faisaient qu'ajouter leur timbre sonore au tumulte ambiant.

Le quartier bruissait des cris des *petits métiers*, parcourant les rues à la recherche de pratiques : tondeurs de chiens aux gros ciseaux claquant comme des mâchoires pour annoncer leur passage, étameurs proposant de réparer les fonds de casseroles abîmés, raccommodeurs de faïences et de parapluies, ramoneurs bardés de cordages et de hérissons, *chiapacans* [1] adroits à capturer au lasso les bêtes errantes, marchands de chiffons ou de peaux de lapin, vendeurs d'anchois avec leurs barriques, de limaçons avec leurs charrettes, de marrons grillés avec leur four portatif, livreurs de charbon guidant une voiturette attelée à un âne, vitriers portant leurs carreaux amarrés à un cadre juché sur le dos, tous faisaient de la rue un théâtre permanent.

Raoul Signoret suivit un long périple dont la pre-

1. De l'italien *acchiappa cani* (attrape-chiens).

mière étape fut réservée à la fameuse rue Bleue. Il se crut arrivé dans le décor du premier acte de la *Carmen* de Georges Bizet. La caserne où étaient cantonnés les quatre bataillons du 141e régiment de ligne faisait face à la manufacture des tabacs où travaillaient plus de mille ouvrières. Rue Bleue ! Pourquoi ce nom aux couleurs célestes dans un quartier impossible à confondre avec une succursale du paradis ? La légende locale affirmait sans preuves qu'elle le devait à la couleur de l'uniforme des *cigareuses*[1], vêtues de blouses et de longues jupes bleues, vêtements de travail que les ouvrières conservaient sur elles en allant ou en venant des ateliers. D'autres assuraient que le nom de baptême de la rue évoquait les volutes de la fumée des cigares roulés un par un à la main dans les salles du deuxième étage du bâtiment E.

Le reporter repéra *« le réverbère fatal »*, appellation non contrôlée donnée par un confrère en mal de lyrisme morbide. La terre battue du trottoir avait bu le sang noir de l'homme sans tête. Une tache plus sombre désignait l'endroit exact où le corps décapité avait séjourné. À mesurer la surface modeste de la tache, l'hémorragie n'avait pas dû être considérable. Le journaliste en déduisit que l'assassinat avait pu être accompli ailleurs et le corps transporté ensuite où il avait été découvert.

Raoul Signoret s'attarda à détailler la façade de la manufacture, partie gauche du H monumental que for-

1. Appellation locale pour cigarières.

mait l'ensemble des bâtiments au-dessus desquels, comme deux banderilles dans la nuque du *toro,* étaient plantées deux grandes cheminées de briques empanachées. Au numéro 10 de la rue se situait un grand portail de bois à deux battants par lequel transitaient personnel et marchandises et notamment le millier d'ouvrières qui s'y engouffraient au petit matin pour n'en ressortir qu'à la nuit tombée après dix heures de travail seulement entrecoupées d'une brève pause sur place pour le déjeuner.

En contemplant les hautes fenêtres cintrées des bâtiments dont il apercevait les étages les plus élevés et en percevant – malgré les croisées maintenues closes hiver comme été afin que le moindre courant d'air ne vienne faire un tour de valse avec le tabac séché et réduit en filaments impalpables – le brouhaha des conversations entrecoupées de rires ou d'exclamations des *cigareuses*, le journaliste imaginait quelle avait dû être l'ambiance à la manufacture après la découverte du cadavre. Cette réflexion en amena une autre à laquelle, sur le moment, le reporter n'attacha pas une importance particulière. Il nota que le cadavre de l'homme sans tête aux mains sectionnées, dont seul *Chien-Bordille* avait apprécié la présence, avait été découvert pile en face du portail à deux battants par où entraient les ouvrières. Celui – ou ceux – qui avait accompli ce forfait répugnant aurait-il voulu – par cette mise en scène de grand-guignol – lancer un avertissement à quelqu'un ? Frapper les esprits en les terrorisant ? La manufacture des tabacs gardait entre ses hauts murs un trésor en marchandises représentant des millions de francs-or. La présence de ce pactole attirait toutes sortes de convoitises. Notamment ceux qui de près ou de loin gravitaient dans le milieu du banditisme, grand ou petit. Des trafiquants de tous calibres en avaient fait le champ clos de leurs exploits. Des affaires récentes revenaient à la mémoire du reporter : balles de tabac brut volées durant le trajet entre le port de la Joliette et la manufacture, disparition de cartons entiers d'*Élégantes*[1], de cigarillos *Niñas* ou de scaferlati à rouler ou à brûler dans la pipe, dont l'usine marseillaise s'était fait une spécialité. Des équipes de monte-en-l'air bien renseignées avaient déménagé nuitamment du magasin de transit la marchandise prête pour l'expédition, grâce à la complicité passive d'un gardien peu regardant sur ses fréquentations qui, contre compensation financière, avait « oublié » d'être le garant du monopole d'État. Pendant des mois on avait fumé pour pas cher dans une bonne partie de Marseille au gré du passage des « revendeurs », tandis que le fonctionnaire coupable démasqué après dénonciation attendait derrière les barreaux de la prison Chave l'heure du châtiment.

Qui sait, songeait le reporter du *Petit Provençal*, si le crime de la rue Bleue ne serait pas tout bonnement le dénouement sanglant d'une rivalité entre monte-en-l'air en désaccord sur le partage du butin ? Le châtiment d'un traître dont le cadavre était ainsi exposé aurait-il servi d'avertissement sans frais à *quelqu'un* se

1. Sœurs aînées des gauloises, vendues 0,65 F le paquet de vingt.

trouvant à l'intérieur de la manufacture ? Toutes ces hypothèses pouvaient approcher la vérité. Chacun savait bien à Marseille que, si La Belle de Mai était réputée pour ses *Babis*, elle ne l'était pas moins pour ses voyous.

– Mon cher monsieur Signoret, nous n'avons que l'embarras du choix pour remonter des pistes, avait soupiré le commissaire Attilio Onorati, à qui cette affaire apportait un surcroît de soucis. Je n'aurai jamais assez d'hommes pour seulement compter les crapules qui sévissent dans ce quartier. Encore heureux s'ils ne finissent pas par nous en chasser.

Raoul avait fait étape au commissariat de La Belle de Mai après s'être fait annoncer par téléphone. Onorati avait accepté de le recevoir, mais on voyait bien que cette faveur, le journaliste la devait à sa qualité de neveu du patron de la Sûreté marseillaise.

– Vous pensez à un règlement de comptes entre bandes rivales, commissaire ?

Le policier, un gros homme au crâne dégarni, aux moustaches en brosse et à la lippe charnue, avait une silhouette de phoque épuisé. Ses petits yeux sombres et vifs, très rapprochés, semblaient la seule chose animée dans cette face de gélatine. Son nez aux narines mobiles, noyé dans la chair d'une face en forme de poire, accentuait la ressemblance avec le mammifère marin. Il souffla bruyamment avant de répondre :

– C'est signé, cher monsieur. Le coup de couteau a été donné de bas en haut. Les voyous italiens, les professionnels, si j'ose dire, lorsqu'ils utilisent l'arme blanche portent toujours le coup de bas en haut, jamais l'inverse. Ainsi, la lame passe-t-elle sous les côtes et atteint le cœur plus sûrement, sans risquer de riper sur un os. Pas besoin d'y revenir. Je n'attends pas le rapport du légiste pour faire ma religion.

– À votre avis, pourquoi l'aurait-on décapité et mutilé ?

Onorati mit sa bouche en accent circonflexe :

– Il y a mille raisons. Un travail de cochon, entre nous. Ou plutôt de tueur des abattoirs, comme me l'a fait remarquer Barbini, le boucher de la place Gaffo. Il était parmi les premiers qui ont découvert le corps. Quand on tranche un cou, aux abattoirs, si les vertèbres résistent, on fait tourner la tête sur elle-même, jusqu'à ce que ça cède. C'est ainsi que le tueur a procédé.

Un frisson parcourut l'échine du reporter. Onorati regarda Raoul d'un œil morne et ajouta dans un soupir :

– On en voit de rudes dans notre métier.

– Vous auriez donc une piste du côté des abattoirs ?

Le commissaire écarta ses mains aux doigts courts dans un geste d'officiant :

– Je n'ai pas dit ça ! Je dis que la technique rappelle celle des tueurs des abattoirs. Ils travaillent à la chaîne et n'ont guère le temps de fignoler. Dans l'affaire qui vous amène, c'est peut-être – je dis peut-être – le crime d'un voyou qui aurait travaillé aux abattoirs. Mais tout aussi bien l'œuvre d'une brute épaisse à qui on a demandé de se charger de la corvée et qui n'a pas fait dans les détails. Il y a les meilleures chances pour que le type ait été déjà mort quand on l'a laissé sur place. C'était pas compliqué de lui trancher le cou.

Raoul remarqua :

– Il suffisait d'avoir le cœur à le faire.

Onorati n'était pas contrariant :

– Si vous voulez...

Le commissaire semblait résigné d'avance à classer l'affaire dans le carton « non résolu ». Il précisa, histoire de dire quelque chose :

– La victime était un sacré costaud. Ils ont dû s'y mettre à plusieurs. Pour le tuer et pour le transporter.

Raoul objecta :

– À moins qu'ils n'aient utilisé une charrette ?

– Pourquoi pas ?

Le reporter revint à sa préoccupation première :

– Auriez-vous une hypothèse à propos de l'abandon du corps devant l'entrée de la manufacture ?

Onorati secoua la tête négativement avec une moue qui lui remit les lèvres en accent circonflexe :

– Ils ne l'ont pas forcément abandonné là pour des raisons précises. Imaginez que – partis pour s'en débarrasser dans un terrain vague – ils aient rencontré quelqu'un en cours de route. Un passant, un noctambule... Ils auront jeté leur paquet là où ils se trouvaient, avant de décamper.

Raoul tiqua :

– Tout de même, juste sous un réverbère. À l'endroit où chaque matin défilent mille ouvrières...

– Éteint, le réverbère, monsieur Signoret, éteint... Je pense que vous allez chercher trop loin. Croyez-moi, j'ai plus d'expérience que vous.

Raoul ne voulait pas en démordre :

– Je n'en doute pas, mais...

– Alors faites-moi confiance. Je connais mon métier.

Le commissaire voulait en terminer avec ce blanc-bec et ses questions stupides. S'il n'avait pas été le neveu de Baruteau...

Le reporter prenait posément ses notes sur un petit carnet noir fermé par un élastique et n'avait pas l'air de vouloir décamper.

– Du côté de la victime, vous n'auriez pas une piste ?

Onorati soupira de nouveau :

– Tant qu'on n'aura pas la tête...

Décidément, c'était une litanie policière.

Le commissaire se fit pédagogue :

– Si vous avez compris qu'on a tout fait pour nous empêcher d'identifier le corps, cela signifie *a contrario* que s'il avait été entier nous aurions pu mettre un nom dessus au premier coup d'œil. C'est bien pour ça que je dis que c'est à 98 % une affaire entre bandes rivales du coin. Il s'en passe toutes les nuits. Apportez-moi la tête, et je vous récite son pedigree.

– Vous penseriez à quelqu'un de la bande de *L'As de Trèfle*[1] ?

– Celle-là ou une autre... Nous avons commencé à les regarder sous le nez. Et à les compter pour voir s'il n'en manquerait pas un. Mais vous pensez bien qu'ils ont tous des alibis en acier pour leur emploi du temps durant la nuit du crime.

1. Bande fameuse, sous les ordres de Louis Ausset dit *Testasse* (Grosse Tête), dont le quartier général était le bar *L'As de Trèfle* à Saint-Mauront, quartier contigu à La Belle de Mai.

Raoul comprit qu'il ne tirerait plus rien de ce gros flic apathique. Il n'était pas décidé à l'aider.

Le reporter referma son carnet noir en faisant claquer l'élastique sur la couverture.

Ce fut comme le signal du départ. Le commissaire se leva de son fauteuil l'air soulagé. Tendant une main grassouillette, il lâcha une ultime confidence comme on donne un os à ronger à un chien solliciteur pour s'en débarrasser :

– Un dernier détail, vous en ferez ce que vous voudrez. Sur l'avant-bras gauche du mort, on a pris soin de découper un carré de peau avant de livrer le colis.

Raoul Signoret releva les sourcils.

– Un carré de peau... Ça veut dire quoi ? C'est une signature ?

– On a voulu ôter un signe distinctif.

Un de plus, songea le journaliste. Le commissaire Onorati, qui pratiquait à son insu l'humour noir, ajouta :

– Ma tête à couper que c'est un tatouage.

4

Où l'on tente d'approcher le comptoir du bistrot Chez Loulou, lieu stratégique et poste d'observation privilégié de la vie du quartier

La salle du bar *Chez Loulou*, rue Fortuné-Jourdan, ne désemplissait pas. Depuis la découverte du crime de la rue Bleue elle était devenue le forum de La Belle de Mai. On y échangeait les dernières informations, on y supputait les nouvelles hypothèses, on y confiait sous le sceau du secret des choses dont on ignorait tout, prétexte à évoquer le fait divers sanglant.

Lorsque Raoul Signoret arriva devant l'estaminet, il était un peu plus de six heures du soir. La nuit était tombée. Des cris, des vociférations retentissaient à l'intérieur de l'établissement. Le journaliste, qui s'apprêtait à saisir le bec de cane, pensa qu'une violente bagarre opposait des consommateurs échauffés par leurs libations. Pas du tout : c'étaient des Italo-Marseillais en train d'échanger leurs points de vue selon la coutume locale : à haute voix et avec force gestes, chacun criant pour couvrir les autres. L'arrivant fut rassuré. En revanche, un remugle puissant l'agressa, au sein duquel dominaient l'odeur de la sciure mouillée, celle de la sueur humaine, le parfum du tabac caporal ordinaire, mêlés aux fragrances d'apéritifs anisés, de vermouths divers, ponctué par les arômes du café extrait d'un percolateur haut comme une chaudière qui dominait le comptoir de zinc et lâchait des panaches de vapeur à la manière d'une locomotive haut-le-pied. L'assistance était uniquement masculine. Pas la moindre *cigareuse* à l'horizon, ni autre représentante locale du sexe faible.

Le patron, Loulou Richard, jeta un bref coup d'œil professionnel à l'arrivant. Rassuré par son allure et sa bonne mine, il reprit son délicat sacerdoce, dosant avec une mine d'orfèvre sur son trébuchet un Mandarin Picon-Eau de Seltz sous l'œil soupçonneux d'un des soiffards qui lui assuraient sa rente.

Le temps d'accommoder ses narines et ses oreilles aux particularités sonores et olfactives du lieu, tout en commandant un *Cap Corse*-limonade, Raoul Signoret déclina son identité et sa fonction. Puis, se penchant à l'oreille du monumental Loulou, il lui demanda où il pourrait rencontrer Albert Rastègue, qui avait eu le privilège de contempler le premier dans toute son horreur le corps mutilé de l'inconnu de la rue Bleue.

Bien qu'il eût les moyens vocaux de dominer la situation, le patron opta pour la communication sémaphorique et mima d'un grand geste du bras une haute parabole dont la trajectoire fictive passait au-dessus des têtes de ses clients debout, agglutinés près du zinc. Il signifiait clairement que l'infortuné Rastègue se trouvait présentement assis à une table au fond de la salle, masqué par les premiers rangs des consommateurs agrippés au comptoir comme moules au rocher.

Raoul fit demi-tour et entreprit une manœuvre risquée. Elle consistait à franchir la marée humaine gesticulante sans se faire éborgner, ni renverser le contenu de son verre à pied sur son beau pardessus gris.

Dans un coin du bar le journaliste découvrit devant un verre vide une silhouette maigre et voûtée, portant un visage en lame de couteau, muet et blême, barré d'une moustache effrangée, dont les yeux avaient la vivacité et la couleur générale de l'huître. L'homme paraissait étranger au vacarme ambiant, perdu en lui-même dans un rêve mélancolique.

– Monsieur Rastègue ?

Sans attendre la réponse, Raoul s'assit en face de l'allumeur qui posa sur lui son regard vitreux.

– Puis-je vous offrir quelque chose ?

L'homme revint de loin et se contenta de répondre :

– Le même.

Raoul ignorant en quoi il consistait saisit le verre vide et reprit le chemin du comptoir. Le patron saurait bien, lui.

Au prix de quelques passes que n'aurait pas reniées un matador de toros, le reporter parvint à rejoindre la table sans renverser un verre plein de gros rouge.

– Pourrais-je vous poser quelques questions ?

L'allumeur émit une sorte de râle avant de demander d'une voix usée :

– C'est la police ?

Raoul pensa que le traitement auquel les hommes du commissaire Onorati avaient dû soumettre le malheureux n'avait pas arrangé l'état de ses méninges. Le journaliste rassura l'allumeur en déclinant son identité. Mais Rastègue avait déjà réintégré sa condition de cloporte ahuri et ne semblait pas avoir compris ce que l'autre lui voulait. Par bonheur pour le reporter, deux auxiliaires bénévoles à l'ouïe fine, ayant entendu l'arrivant dire qui il était, vinrent à son secours en s'installant sans plus de façons à sa table. Marcel Pujol, le peseur-juré en retraite, s'assit face au journaliste. Il prit prétexte de sa condition d'abonné au *Petit Provençal* pour se présenter et désigner son compagnon, le maçon Pippo Barizzone, reconnaissable au premier coup d'œil à sa casquette et à sa grosse blouse grise constellée de gouttes de plâtre séché. Ils offrirent spontanément de pallier la carence informative de l'allumeur, désormais en état de sidération permanente. Désignant Rastègue comme s'il n'était pas là, l'ex-vérificateur assura :

– Le pauvre Albert n'est plus dans son assiette, monsieur Signoret. Pensez donc : après un tel choc ! Mais nous pouvons peut-être vous être utiles...

Les yeux de Marcel Pujol brillaient à l'avance d'excitation.

Raoul Signoret, qui se devait de ménager le lectorat de son journal, se résigna à jouer le jeu et à subir ces offres de service de témoins intéressés à se donner de l'importance.

– Vous avez vu le cadavre ?

L'ex-peseur-juré eut un mouvement du buste en

arrière pour se rengorger et prit le bras de son interlocuteur :

– Comme je vous vois, cher monsieur ! Pippo et moi sommes les premiers après le pauvre Albert à avoir découvert le carnage.

Ce qui était faux, puisqu'un groupe d'ouvrières entourait déjà le cadavre à l'arrivée des habitués matinaux de *Chez Loulou*. Mais l'homme aime toujours à se vanter.

– Vous allez donc pouvoir me donner des détails qui me manquent.

– Tout ce que vous voudrez, cher monsieur !

Barizzone opina du chef :

– *Tutto !*

Raoul taquina le retraité :

– Vous n'avez pas son identité, tout de même !

Marcel Pujol éclata d'un rire de courtisan et dit en faisant la coquette :

– Nos renseignements ne vont pas jusque-là. Je donnerais cher pour vous la dire.

– Et moi pour la savoir, répliqua Raoul, même jeu.

Il désigna l'allumeur, toujours aux abonnés absents.

– Mais sans doute pourrez-vous répondre à ce que je voulais demander à monsieur.

L'ex-peseur-juré frétilla :

– Demandez, demandez...

– Comment l'homme, enfin... le corps était-il habillé ?

Fier à l'avance de son astuce, Marcel Pujol ricana :

– On peut dire : légèrement, pour la saison... Une simple chemise qui avait dû être blanche ouverte sur le torse et un pantalon de flanelle sombre, si je me souviens bien.

– Il avait ses chaussures ?

– Absolument. Des escarpins noirs de belle facture. C'était certainement quelqu'un qui avait les moyens de se les offrir. Je veux dire, ni un clochard ni un trimardeur.

– Vous avez mentionné un pantalon. Pas de veste sur lui ?

– Non.

– Ni même aux alentours ?

– Rien, je puis vous l'assurer car Pippo et moi avons inspecté les lieux grâce à la lanterne prêtée par le boulanger Mouren.

Ce n'était qu'un détail mais il confirma la certitude du journaliste tout en recoupant les maigres renseignements glanés auprès du commissaire Onorati.

L'homme avait sans doute été tué, et peut-être décapité, *ailleurs*. Le ou les tueurs auraient transporté la dépouille dans cette rue qu'ils savaient déserte la nuit, car, dans sa partie haute, entre caserne et manufacture, elle était dépourvue de maisons d'habitation. Ce ne serait donc pas un crime de rôdeur d'occasion. Son coup fait, l'agresseur n'aurait pas pris le temps de trancher le cou et les mains, de faire disparaître un signe distinctif sur le torse et de partir avec la tête de sa victime sous le bras.

– Pouvons-nous vous offrir quelque chose ?

La proposition de Marcel Pujol, tout émoustillé de sa participation à l'enquête, tira Raoul de sa rêverie morbide.

– C'est très aimable, mais je vous remercie, d'ailleurs je ne vais guère m'attarder. Une dernière question cependant : si je vous dis que ce spectacle affreux qu'il vous a été donné de contempler me paraît relever d'une sorte de mise en scène macabre, ai-je l'air de prendre mes désirs pour des réalités ?

L'ex-peseur-juré devint pensif. Il avait quitté son air de vieil enfant content de se faire valoir. Il regarda le journaliste dans les yeux :

– C'est étrange ce que vous me dites, cher monsieur Signoret, car je me suis fait la même réflexion.

– Et vous en avez conclu ?

– Que l'affaire concerne peut-être – je dis bien peut-être – la manufacture des tabacs.

Raoul sourit.

– Voilà qui est intéressant, monsieur Pujol. Si on avait voulu donner un avertissement solennel à quelque militaire, ce n'est pas là qu'on aurait déposé le corps, puisque le mur de la caserne Saint-Charles est aveugle sur la rue Bleue. D'autre part, il était impossible de le déposer devant l'entrée à cause du corps de garde qui veille jour et nuit. C'est donc la manufacture qui est visée.

Pujol opina :

– Je suis bien de votre avis. La manufacture, ou *quelqu'un* travaillant à la manufacture.

– Nous sommes d'accord. Cela ne nous avance guère, je le reconnais, admit le journaliste, mais ça nous évitera peut-être de nous éparpiller. C'est vers l'univers des *cigareuses* qu'il nous faut concentrer le tir.

Marcel Pujol, flatté de l'emploi du *nous*, rougit de fierté :

– Vous pouvez compter sur moi.

Raoul Signoret sourit intérieurement de cette puérile prétention.

À cet instant, comme par magie, le niveau des conversations qui – pour gênant qu'il soit – permettait de poursuivre un échange discret sans avoir à chuchoter baissa d'un coup. Nombre de têtes se tournèrent dans un même mouvement vers l'entrée du bar. Un trio d'hommes à l'air patibulaire, vêtus de pardessus sombres et coiffés de feutres mous, venait de pénétrer dans la salle enfumée et encombrée. Au fur et à mesure qu'ils avançaient, la foule des consommateurs s'écartait comme si elle redoutait le contact ou une espèce de contagion.

Le peseur-juré en retraite se pencha à l'oreille de Raoul :

– Oh, oh ! Nous avons de la visite.

Prenant son ami italien à témoin, il ajouta :

– Voilà un bon moment qu'on les avait plus revus par ici...

Pippo Barizzone se retourna pour dévisager les intrus.

Raoul Signoret observa les trois hommes s'avancer vers une table, aussitôt désertée des joueurs de manille qui l'occupaient et, dans un bar quasi silencieux, la voix sombre de celui qui semblait diriger le trio lança vers le patron :

– Trois *bossus*[1].

Avec ensemble les trois hommes s'assirent et se mirent à discuter à voix basse en jetant des coups d'œil autour d'eux.

Les conversations reprirent mais à voix mesurée, comme si l'arrivée du trio avait cassé l'ambiance bon enfant du bar *Chez Loulou.*

Marcel Pujol fit à voix basse les présentations à l'intention de Raoul qui ne pouvait suivre la scène, tournant le dos aux arrivants.

– De gauche à droite, me faisant face, vous avez Dante Rossetti, l'un des lieutenants de *Testasse,* le chef de la bande de *L'As de Trèfle* et Sauveur Gianello, dit *Petitou.*

– Y z'ont *sangé* de bar ? s'étonna Pippo Barrizone.

– On doit repeindre la salle de celui où ils se retrouvent habituellement, répliqua Raoul, provoquant un ricanement pointu du peseur-juré.

Marcel Pujol acheva les présentations.

– Enfin, nous tournant le dos, François Ferracci dit *Le Beau Frisé.* Avec sa gueule de bellâtre d'opérette, c'est le chargé de mission pour le recrutement du cheptel qui viendra alimenter les bordels et assurera les revenus de cette race infâme et paresseuse. Tous sont titulaires d'un certificat d'études de délinquant, et vivent du jeu et des femmes. Sans parler des trafics et des cambriolages.

Raoul Signoret demanda à Pujol :

– Où se retrouvent-ils d'habitude ?

---

1. Café arrosé de rhum.

– Leur quartier-général est de préférence le *Bar des Platanes* à Saint-Mauront. C'est tout à côté.

Celui que le peseur-juré avait désigné par son sobriquet de *Petitou,* Sauveur Gianello, se leva et vint vers eux.

Il avait l'air mauvais d'une sale petite gouape, un rictus permanent sur sa bouche mince, un accent vulgaire, une voix étonnamment détimbrée dans l'aigu et roulait des épaules comme un dur pour compenser son faible volume. Il désigna Albert Rastègue :

– Viens boire un coup *avé* nous, mon collègue. On veut te dire deux mots.

C'était moins une invite qu'un ordre.

Le voyou retourna s'asseoir avec ses complices, tandis que l'allumeur se dressait péniblement pour le suivre en tanguant de sa démarche cahoteuse. Rossetti fit asseoir l'arrivant à ses côtés en le guidant par le bras et commanda d'autorité un *Kina.* Puis les trois hommes se penchèrent vers leur invité.

Raoul, qui tournait le dos au quatuor, évitait d'attirer son attention en jetant des coups d'œil trop fréquents par-dessus son épaule, mais Marcel Pujol assurait le « reportage ».

– Ils doivent demander à Rastègue ce qu'il a vu ou pas vu, car je le vois opiner de temps à autre et lâcher quatre mots. Sans doute sont-ils venus pour savoir ce que l'autre a bien pu raconter à la police ou aux voisins.

L'allumeur vida son verre cul sec avec un savoir-faire qui trahissait une longue expérience. Le conciliabule dura un bon quart d'heure, après quoi, toujours avec ensemble, sur un signe de Rossetti qui semblait conduire les débats, les voyous se levèrent. Le malfrat jeta un billet de cinq francs sur le zinc avec un geste signifiant qu'il n'attendait pas de monnaie et le trio regagna la rue.

Rastègue, resté seul à la table, semblait un vieil enfant abandonné. Marcel Pujol fit signe à l'allumeur de revenir à sa place primitive. L'autre obéit comme un automate. Le peseur-juré lui laissa à peine le temps de s'affaler sur sa chaise.

– Alors, mon bon Albert, que vous voulaient ces messieurs ?

L'ivrogne regarda le retraité d'un œil vitreux pendant une bonne minute puis se décida à parler.

– J'ai rien compris. Ils voulaient savoir si j'avais vu la tête.

La perplexité du journaliste se lisait à livre ouvert sur son visage.

Pujol s'étonna :

– Diable ! La tête ? Ils cherchent la tête ? Et que leur avez-vous dit ?

Rastègue eut une sorte de hoquet :

– Bè ! La vérité. Qu'est-ce qu'ils *croyent*[1], *eusss* ? Que je l'ai emportée sous le bras ?

Raoul, qui écoutait sans en perdre une miette, n'en revenait pas. Se pourrait-il que ces trois-là ne sachent pas ce qui s'était passé dans la nuit du 24 janvier, face à l'entrée de la manufacture des tabacs ? Ou faisaient-ils les ânes pour avoir du son ?

---

1. Prononcez *croi-ïeu.*

L'allumeur était reparti dans son vide intérieur et son regard passait à travers choses et gens.

– À votre avis, en venant ici, que cherchaient-ils ? demanda le reporter à Marcel Pujol.

La réplique du peseur-juré en retraite fut sibylline mais attendue :

– Allez savoir ! Peut-être la même chose que nous ?

5

Où un « message secret » expédié à Raoul Signoret par Eugène Baruteau met en émoi la rédaction du Petit Provençal

Auguste Escarguel, titulaire (et unique rédacteur) de la rubrique *Faits et Méfaits* du *Petit Provençal*, était encore sous le coup de l'émotion. En l'absence de Raoul Signoret, il venait de décrocher le combiné de son confrère qui n'arrêtait pas de sonner, et avait trouvé au bout du fil Eugène Baruteau soi-même, patron de la Sûreté marseillaise. Jamais, en trente-sept ans de carrière, pareil honneur n'était échu au vieux localier. Aussi, grande fut l'émotion qui le submergea. Le cœur affolé, Escarguel s'était levé d'un bond, mis au garde-à-vous, avait bredouillé, bafouillé, appelé le commissaire divisionnaire *Excellence*, avant de se laisser retomber sur sa chaise en nage, ses jambes ayant cessé tout service. D'une voix mourante, il parvint enfin à demander à son interlocuteur ce qu'il désirait.

– Parler à mon neveu, pardi ! répondit la voix de basse-taille du commissaire.

La panique d'Escarguel monta d'un cran. Il parvint avec peine à articuler :

– Ssssssc'est... qu-qu'il... n'est-pas-là ! Monsieur le euheuheuh...

– Pas là ? Encore chez les filles, le bougre !

N'écoutant que sa solidarité confraternelle, le malheureux Escarguel – qui se promettait de ne plus jamais décrocher le téléphone de Raoul, bien que ce fût son occupation favorite – se crut obligé de prendre la défense du neveu.

– Oooooooh !.. ssssça n'est pas son ggg-genre. Da-d'ailleurs, Ra-aoul est marié et fffffi...dèle.

Le gros rire de Baruteau résonna au bout du fil.

Escarguel s'épongea le front :

– Jjjjje ppeux prendr'une co-commission ?

Il avait saisi de sa main libre une feuille de papier pelure et s'apprêtait à calligraphier le message du policier.

Après un bref silence, le vieux rédacteur, abasourdi, entendit ces mots ahurissants :

– Dites-lui simplement : « Il y a de la tête de veau à la maison, j'en garde un morceau pour toi. »

– Qu-Que sssssçaaa ?

Le commissaire lança sobrement avant de raccrocher :

– Il comprendra...

Le vieux journaliste poussa un long gémissement qui rappelait la vache en gésine.

Jamais en trente-sept années de *Faits et Méfaits* Auguste Escarguel ne s'était retrouvé en pareil état d'excitation. Devant ses yeux incrédules dansaient les lettres tracées de sa main. Il avait beau les lire et les relire, leur sens lui échappait. Il se persuada bientôt qu'il tenait en main un texte crypté. Le chef de la Sûreté, méfiant par profession, n'avait pas voulu qu'un quidam intercepte ce que le policier avait à confier à son seul neveu. Ça devait être sacrément important pour qu'Eugène Baruteau envoie un message codé.

Auguste Escarguel éprouva bientôt un sentiment dont il avait oublié depuis longtemps la réconfortante sensation. Appelons ça pour faire simple : de la fierté. Car c'était lui, trop souvent pris pour un vieux croûton inutile par le reste de la rédaction du *Petit Provençal,* qui allait annoncer la grande nouvelle à Raoul ! Quelle responsabilité ! Mais quel honneur, aussi ! Tout à coup, la vie de cloporte professionnel du rédacteur deuxième échelon, voué aux tâches subalternes, prenait une dimension nouvelle. Il allait être mêlé à une *vraie* enquête. De loin, certes, mais tout de même : tel Mercure aux pieds ailés, la nouvelle dont il était pour l'instant l'unique détenteur allait faire de lui l'indispensable messager dont dépendait le sort futur de la bataille engagée contre les forces du Mal. Voilà qui allait le changer des disputes entre cochers de fiacres et des menus larcins des petits cireurs de souliers du cours Belsunce. Car Auguste Escarguel n'en doutait plus, *« Tête de Veau »* était le nom de code d'une opération policière d'envergure dont le patron de la Sûreté marseillaise voulait avertir son neveu en priorité.

Lorsque la silhouette élancée de Raoul Signoret s'encadra dans la porte d'entrée de la salle de rédaction, l'antique rédacteur, malgré son arthrose, se leva comme un diable à ressort, expédiant sa chaise au sol, qui fit un bruit de tambour sur le parquet de bois. Il se précipita vers l'arrivant le souffle court et le cœur palpitant. Il cria : « Alerte ! » tout en agitant comme un éventail la feuille de papier où figurait le message codé sous le nez du reporter ahuri et amusé :

– Eh bien, mon bon Gu, qu'est-ce qui se pass...

Escarguel saisit le bras de Raoul, le serra tant qu'il put et, roulant des yeux terribles, fit « chut ! » en prenant des mines de conspirateur :

– Pas si fort.

– Mais je n'ai encore rien dit.

– Plus un mot. Venez par là.

Le vieux journaliste entraîna son jeune confrère vers une minuscule pièce contiguë où l'on entreposait les rames de papier destinées à la rédaction, ainsi que diverses fournitures de papeterie. Les rédacteurs présents suivaient la pantomime d'un air goguenard et regardaient ce couple désassorti traverser la salle enfumée.

Escarguel, s'effaçant devant Raoul, referma soigneusement la porte sur eux et se laissa choir sur une pile de rames posées sur le sol du cagibi.

Raoul le regardait, inquiet de voir cet homme d'ordinaire si paisible agité de la sorte :

– Qu'est-ce qui vous arrive, Gu ?

À mi-voix, jetant des coups d'œil sur la porte comme si un espion allait surgir, Escarguel dit simplement avec un air entendu :

– Vous aimez la tête de veau ?

Surpris par la question, Raoul Signoret se demanda si son vieil ami ne perdait pas la raison.

– Alors, vous aussi ?

– Quoi, moi aussi ?

– Rien. Pourquoi me demandez-vous ça ?

L'autre se fit encore plus mystérieux et lâcha :

– Parce qu'il y en a chez votre oncle.

– Il y a quoi ?

– De la tête de veau. C'est votre oncle qui me l'a confié. Il vous en garde un morceau, si j'ai bien compris. Il a ajouté que vous sauriez ce que ça signifie.

Alors, ce fut au tour de Raoul Signoret d'avoir l'air d'un qui a perdu sa raison. Comme si une mouche venait de le piquer, il se baissa, saisit Escarguel par les épaules en criant :

– De la tête de veau ? C'est mon oncle qui vous l'a dit ?

Escarguel se leva d'un bond et hurla au diapason de son interlocuteur :

– Lui-même, parlant à ma personne !!

– Il vous a bien dit ça ? Vous êtes sûr ?

Le vieux rédacteur prit un air pincé :

– Comme je vous le dis. Au mot près. Je ne suis pas gâteux, tout de même !

Raoul lui prit les mains et les serra chaleureusement :

– Alors, c'est qu'ils l'ont retrouvée !

– Retrouvé quoi ?

– La tête ! Vous ne comprenez pas ?

Non. Escarguel ne comprenait pas. D'ailleurs, quiconque aurait poussé la porte du cagibi à cet instant eût immédiatement téléphoné à l'asile d'aliénés de Saint-Pierre au sujet de deux cas urgents. Chacun parlant pour lui-même et n'écoutant rien, le plus âgé criait : « Je savais bien que c'était un message secret ! » Tandis que l'autre, en écho, répliquait par ces mots énigmatiques : « S'ils l'ont retrouvée, ils vont pouvoir mettre un nom dessus ! »

La porte s'ouvrit sur le visage inquiet de Cyprien Audibert, titulaire de la rubrique *La Vie du Port.* Escarguel, qui n'avait jamais élevé la voix depuis qu'il était entré au *Petit Provençal,* glapit :

– Vous, fichez-nous la paix ! Vous ne voyez pas que nous causons ?

Audibert, confus, se justifia :

– Je croyais que vous vous disputiez...

Et il referma la porte.

Elle se rouvrit aussitôt à la volée. Raoul surgit en trombe dans la salle de rédaction, la traversa en courant, suivi à distance par Escarguel qui s'époumonait à demander, tout en trottinant sur ses vieilles jambes :

– Signoret, où allez-vous ? Attendez-moi !

Les journalistes présents, plume suspendue, air affolé, observaient avec inquiétude cette étrange pantomime où deux confrères, jusqu'ici de mœurs ordinaires, paraissaient agités du mal des ardents venu s'abattre sur eux avec une imprévisible soudaineté.

– Je file à *L'Évêché,* répliquait le reporter, pêchant au passage son feutre posé sur son bureau, il y a de la tête de veau au menu !

Raoul disparu, tous les confrères d'Escarguel – qui remettait en place sa chaise bousculée – s'approchèrent de son bureau en prenant soin – s'adressant à lui calmement – de ne pas provoquer une nouvelle crise chez l'agité. Ils tentèrent de toutes les manières d'en savoir plus sur ce qui pouvait avoir mis dans cet état ce confrère d'habitude si insignifiant qu'on en oubliait parfois sa présence dans une rédaction en permanence bruyante et encombrée. Mais toutes les tentatives d'interrogatoire se soldèrent par un échec. Escarguel fut une tombe. L'aurait-on soumis à la torture, il aurait gardé pour lui son secret. Un homme ayant affronté les Prussiens au sein des Territoriaux en 70 n'allait pas entamer une carrière de traître à soixante-cinq ans ! C'est ce qu'il fit savoir avec force à ses tourmenteurs.

Le geste inélégant de Marius Pellissier, qui profita d'un moment d'inattention pour dérober le papier sur lequel le vieux rédacteur avait noté le message de Baruteau à son neveu, n'éclaira pas plus les journalistes. Dépités, ils retournèrent à leur travail en cours en gardant leurs points d'interrogation pour eux.

Le « message secret » conservait tout son mystère.

6

Où l'on fait la connaissance d'un chien qui aurait bien mérité d'entrer dans la police, tant son flair a fait avancer l'enquête

– Tu sais qu'il est formidable, ce *Chien-Bordille* ? s'exclama Eugène Baruteau en serrant son neveu sur sa vaste poitrine. En tout cas, plus dégourdi que mes inspecteurs. Il m'a retrouvé la tête du *pôvre* mort, lui. J'ai bien envie d'en faire un chien policier et de créer pour lui une brigade canine dont il serait le chef.

– Belle promotion sociale pour un chien errant ! répliqua Raoul Signoret en s'esclaffant. Alors, c'est ce *casbor*[1] pouilleux qui a retrouvé l'une des pièces manquantes du puzzle de la rue Bleue ? Racontez, mon oncle.

Adepte de l'humour macabre par profession, le chef de la Sûreté expliqua à sa manière :

– Il avait dû prendre goût à la barbaque humaine et

1. Chien bâtard.

se sentir frustré de voir l'allumeur de réverbères s'inviter à son petit déjeuner. Cette frustration l'a probablement mis en chasse, avec l'idée d'achever son repas interrompu. Ce bâtard a de la suite dans les idées, car la tête était à un bon kilomètre de l'endroit où on a découvert le corps : dans un terrain vague du boulevard Bonnes-Grâces. C'est derrière le Petit Lycée.

Raoul eut une grimace de dégoût.

– Vous voulez dire qu'on avait jeté la tête dans ce terrain vague comme une carcasse de boucherie ?

– Pas jetée, non. Enterrée peu profond. Enveloppée dans un sac de jute ayant contenu des boulets d'anthracite livrés par l'honorable maison Ginoux, vins, bois et charbons, 37, rue Caussemille. Mais le flair incomparable du limier de La Belle de Mai ne s'est pas laissé prendre à ce piège grossier. L'odeur de la bidoche en décomposition, l'un de ses mets favoris, semble-t-il, l'a infailliblement conduit sur la piste. Et de ses griffes excavatrices il a exhumé le trophée dont il comptait se régaler, quand...

Raoul interrompit son oncle :

– ... l'arrivée d'Albert Rastègue, sa perche à la main...

Baruteau sourit :

– Non, cette fois, ce n'était pas l'allumeur, hors service pour un bout de temps, mais des minots qui jouaient au *bataillon*[1]. Décidément, il sera dit que ce pauvre chien, qui ne demande rien à personne, ne pourra pas finir un repas tranquille.

---

1. Bagarre « pour de rire » entre bandes de gosses.

Raoul jura, la main droite levée :

– La prochaine fois que je vais à La Belle de Mai, je lui apporte un bel os à moelle.

Le journaliste jeta un coup d'œil au carnet de notes où il avait consigné le nom du charbonnier.

– Je suppose que l'honnête bougnat n'a rien à voir avec l'affaire bien que sa raison sociale figure sur le suaire improvisé.

– On est allés le voir pour la forme, confia Baruteau, mais il faudrait qu'il soit le roi des couillons pour assassiner un type et envelopper ses restes dans un sac portant le nom de sa boutique. Quant au sac lui-même, il ne nous a rien appris de particulier. Il y en a des centaines dans les maisons de La Belle de Mai, qui, une fois vidés, attendent que Ginoux vienne les reprendre au cours d'une prochaine tournée de livraison.

– Venons-en au plus important, dit Raoul Signoret. Il ressemble à quoi, votre type ?

Baruteau fit une grimace.

– Tu vas le voir, j'ai demandé à l'Identité de m'apporter des tirages photographiques. Il a l'air un peu revêche, ce qui ne t'étonnera guère après ce qu'il a subi.

– Ce n'est pas quelqu'un de vos connaissances ?

– À première vue, non. On est en train de le comparer avec ceux de notre album de famille, il n'a pas l'air d'en faire partie. Dans notre malheur, on a eu de la chance, car avec le froid qu'il fait ces temps-ci, il n'a pas eu le temps de se décomposer trop gravement. Mais enfin, ça nous ne nous avance guère. Apparemment, c'est un type pas très vieux, autour de la trentaine, encore que l'état dans lequel on l'a mis lui ait donné l'apparence d'en avoir beaucoup plus. Il porte moustache comme quatre-vingt-quinze pour cent des hommes d'aujourd'hui...

Baruteau s'interrompit. On venait de frapper à la porte de son bureau. Il ordonna d'entrer et déboula dans la pièce un petit homme chauve et pressé, portant sous son bras un jeu de photographies rangées dans un classeur.

Le commissaire fit les présentations :

– Inspecteur Camoin, de l'identité judiciaire, mon neveu, Raoul Signoret, journaliste au *Petit Provençal*.

Le petit homme chauve salua le journaliste et posa son classeur sur le bureau :

– Je vous ai fait des tirages grand format, monsieur le Divisionnaire, pour que monsieur votre neveu puisse mieux voir les détails et qu'ainsi, il se rende compte...

L'inspecteur Camoin était du genre lèche-bottes.

Baruteau l'expédia avant qu'il ne se lance dans des explications qu'on ne lui demandait pas. Le commissaire ouvrit le classeur, jeta un œil sur les clichés avant de les passer au journaliste non sans s'être inquiété :

– Tu n'as pas trop mangé à midi ? Parce que ça va risquer de te couper la digestion. Putain... On dirait qu'on l'a martelé sur une enclume.

– Ça va aller, assura le neveu, tout en sentant son estomac se nouer.

La dimension des tirages lui permettait de contempler une tête grandeur nature prise sous divers angles. L'homme avait les yeux grands ouverts comme si sur sa rétine persistait une vision d'horreur. Sa chevelure était collée au crâne. Sa moustache tombante et sombre lui donnait un air farouche, impression accentuée par des lèvres arquées pareilles à celles d'un bouledogue. Il avait pris des coups sur toute la face. La peau tuméfiée avait éclaté au niveau des pommettes comme celle d'un boxeur ayant pris une correction durant quinze rounds.

Baruteau rompit le silence qui s'était installé :

– Il ne t'aura pas échappé qu'il lui manque les deux oreilles.

Raoul eut une moue de dégoût :

– En effet... *Chien-Bordille* les lui aurait-il *rousiguées*[1] ?

– Ça ne semble pas être le cas, d'après le légiste. La coupure est trop nette. Donc...

– Donc, acheva Raoul, on les lui aurait découpées en plus du reste. Nous étions chez les équarrisseurs, nous voici chez Edmond About[2]. À votre avis, mon oncle, ça pourrait signifier quoi ?

– Deux choses au moins, dit Baruteau, un pli soucieux sur son front charnu. La première hypothèse porte sur les oreilles elles-mêmes. Peut-être présentaient-elles une particularité de forme, de dimension ou bien encore une blessure qui nous aurait permis d'identifier le bonhomme en publiant son signalement et en faisant appel à témoins. Il semblerait que le type ait porté sur le côté gauche du crâne une blessure faite

1. Rongées.

2. Romancier français (1828-1885), auteur célèbre en son temps pour *L'Homme à l'oreille cassée*.

à l'arme blanche, car en avant et en arrière de l'emplacement de l'oreille, on peut voir la trace d'une balafre plus ancienne. Un morceau du pavillon était peut-être déjà tranché avant qu'on le lui enlève en entier. C'est de ce « signe distinctif » qu'on aurait donc voulu nous priver.

Raoul Signoret consigna tout cela dans son carnet.

– Je vous le disais : c'est *l'homme à l'oreille cassée.* Et la seconde hypothèse ?

– La seconde, si nous avions les moyens de la confirmer, pourrait nous mettre sur une piste crapuleuse. Peut-être ne sais-tu pas que ceux qui sont déjà passés par nos mains subissent une petite séance de pose devant le service anthropométrique de la police. On leur prend diverses mensurations. Leurs empreintes, d'abord, et pour plus de sûreté celle de l'oreille droite. Parce qu'il y a des durs, surtout les récidivistes, qui se passent les empreintes au vitriol, pour les effacer. Alors, on se sert de l'oreille pour les identifier. Quand ils ne s'appellent pas Van Gogh, ils hésitent à se la trancher. Il se pourrait donc que le ou les assassins du bonhomme aient connu ce détail. Ils lui ont donc tranché les oreilles pendant qu'ils y étaient. Mais ce n'est qu'une hypothèse.

Pour dissiper le sentiment d'horreur que lui inspiraient les confidences de son oncle, Raoul Signoret se réfugia dans l'humour macabre en aboyant :

– Allez, *Chien-Bordille,* cherche ! Cherche les oreilles du monsieur !

– Raoul, tu es ignoble, dit Baruteau qui riait pourtant de bon cœur.

Le journaliste reposa les clichés sur le bureau.

– Mais dites-moi, mon oncle. Ne me disiez-vous pas que l'homme ne ressemblait à personne parmi vos photos de famille ?

– Les nôtres, non, mais il peut venir d'ailleurs, notre mort, *couilletti*. Et figurer dans d'autres archives policières, ou même militaires, va savoir ! Je vais faire diffuser sa photo vers divers services anthropométriques.

– Si je vous suis bien, vous vous persuadez – comme Onorati, le commissaire de La Belle de Mai – qu'il s'agit d'un règlement de comptes entre voyous.

– Tu l'as dit bouffi ! Et ce d'autant plus que je ne t'ai pas dit le plus beau.

Raoul regarda son oncle comme un père son enfant facétieux :

– Comme tous les conteurs d'élite, vous le gardez toujours pour la fin.

– Alors, écoute bien, mon garçon. Écoute ton vieil oncle, tu ne le regretteras pas.

Baruteau se renversa sur le dossier de son fauteuil qui émit un grincement de protestation :

– Je t'ai dit que *Chien-Bordille* avait retrouvé la tête manquante dans un terrain vague du boulevard Bonnes-Grâces.

– Vous l'avez dit.

Baruteau ferma à demi un œil et fixant son neveu de l'autre acheva son explication :

– Or, qui habite boulevard Bonnes-Grâces, au numéro 37 ?

– Je donne mes oreilles au chat.

– Un certain François Ferracci, bien connu de nos services et des femmes à la vertu si peu farouche qu'elles la monnayent pour lui assurer un train de vie de pacha. Le chéri de ces dames répond à l'élégant sobriquet de *Beau Frisé*.

À ce surnom, le journaliste eut une mimique de surprise.

– Tu le connais ? demanda Baruteau qui avait vu son neveu réagir.

– De vue. Je n'ai aperçu de lui que ses frisettes arrière. Il me tournait le dos dans le bar *Chez Loulou*, où il discutait avec deux de ses petits camarades en compagnie de l'allumeur.

– Eh bien, j'ai le regret de te dire que tu ne le verras plus de quelque temps, je l'ai fait mettre au frais.

– Si j'avais mauvais esprit, remarqua Raoul, je pourrais reprendre mot pour mot l'argumentaire que vous développiez au sujet du bougnat. Il faudrait que *Le Beau Frisé* soit particulièrement couillon pour aller enterrer devant chez lui la tête d'un type qu'il venait de zigouiller.

– C'est vrai. Mais tu sais, ces messieurs en ont souvent plus dans les manches que sous la casquette. Et outre, ils se croient plus malins que les autres. Ou intouchables, parce qu'à leurs moments perdus ils vont coller les affiches électorales de candidats peu regardants sur le recrutement. Avec moi, pas de passe-droit ! Je vais lui montrer, au *Beau Frisé*, que personne n'est au-dessus des lois.

– Il a avoué ?

Baruteau rigola.

– Ce n'est pas son genre ! Bien entendu, il a un alibi en acier trempé pour la nuit du crime et deux cents témoins pour venir jurer qu'il l'a passée en leur compagnie. Mais comme ils sont aussi menteurs que lui, tout ce qu'ils peuvent me dire me passe par le trou du dimanche ! Et ça me rend sourd comme un pot.

Raoul joua l'offusqué.

– Mon oncle !...

– Je suis comme ça, moi, déclara Baruteau avec un clin d'œil. Cela dit, j'ai comme l'impression que le mystère de l'homme sans tête de la rue Bleue (un beau titre pour ton journal, hein ?) sera bientôt dissipé. Ce n'est pas ton avis ?

Raoul Signoret eut une moue entendue :

– Ouh ! moi, vous savez, mon oncle : tant que vous ne me montrerez pas sa carte d'identité, je ne suis sûr de rien.

Baruteau imita à la perfection l'aboiement rauque du braque sur la piste du gibier.

– C'est ça. Allez Raoul, mon bon chien : cherche ! cherche !

7

Où notre héros, au péril de sa propre vie, sauve une fillette d'une mort certaine sous les yeux ébahis des habitants de la rue Bleue

Les journées polaires de février – mois redoutable à Marseille – commençaient à céder le pas aux jours meilleurs. L'hiver – sentant sa fin prochaine – avait encore mordu rageusement une semaine durant, avec l'appui d'un mistral glacial qui vous fouaillait jusqu'aux os, mais on sentait à présent poindre dans l'air le sourire de mars.

Tandis qu'il descendait la rue Bleue en direction de l'office de renseignements que Loulou Richard avait maquillé en bistrot de quartier, Raoul Signoret souriait tout seul à ces constatations météorologiques. Lui était spontanément revenu en tête un vers d'une poésie de Théophile Gautier, apprise à l'école communale de la rue du Refuge, au Panier, à un jet de pierre de la maison où il était né, rue des Trois-Soleils. Il ne l'avait jamais oublié :

Mars qui rit parmi les averses
Prépare en secret le printemps.

Tout en avançant vers le bar *Chez Loulou* dont il apercevait la devanture, au coin de la rue Fortuné-Jourdan, le reporter revoyait le visage de l'instituteur avec qui il avait appris ce poème – et tant d'autres ! – dont il se souviendrait toute sa vie. Félix Garbiers. Un maître d'école « à l'ancienne », admirable de dévouement, à la fois aimé et craint. Un de ces hussards noirs de la République que l'école laïque envoyait tels des missionnaires en terre étrangère, avec pour devoir primordial d'éradiquer l'obscurantisme semé dans les têtes depuis des siècles par les religieux à qui on avait trop longtemps laissé le monopole de l'enseignement. Garbiers, cheveux de jais taillés à la bressane, barbiche en pointe et pince-nez, col cassé et blouse noire, disait les vers comme personne. Il les vivait, les mimait, les jouait avant d'exiger de la classe qu'elle les sût par cœur. Pas un élève n'y échappait. Chacun à son tour était convié à monter sur l'estrade pour réciter la poésie apprise quatre vers après l'autre. On ne passait à la suivante que lorsque l'instituteur était sûr que tous – jusqu'au dernier des cancres – savaient celle-ci sur le bout du doigt.

La mémoire du journaliste, réveillée par le souvenir, retrouvait sans effort d'autres poésies favorites du maître d'école. Musset était une de ses idoles. En particulier sa réponse à la *Chanson de Becker*. Garbiers, comme l'oncle Eugène, attendait la revanche contre le *Boche* et y préparait les futurs soldats qui nous rendraient un jour l'Alsace-Lorraine. Il se délectait de vers revanchards :

Nous l'avons eu, votre Rhin allemand
Il a tenu dans notre verre.
Un couplet qu'on s'en va chantant
Efface-t-il la trace altière
Du pied de nos chevaux marqué dans votre sang ?

Raoul allait enchaîner sur le vers suivant lorsque tout à coup la réalité parut faire écho à sa rêverie. Le tambour affolé d'un grand cheval au galop faisait trembler la chaussée. Les cris d'horreur des passants accompagnèrent le grondement d'un tombereau qui dévalait la rue en pente. Un percheron emballé emportait dans une course folle son chargement de cartons destinés à la manufacture des tabacs. Les soubresauts de la banne lui faisaient semer sa cargaison comme le *Petit Poucet* ses cailloux, malgré les efforts du charretier. Debout, arc-bouté sur ses jambes, l'homme halait les rênes, tel un marin en perdition dans la tempête, sans parvenir à se rendre maître de la bête en furie. Les naseaux et les yeux dilatés, la bave à la bouche, le lourd animal, désormais incontrôlable, entraînait l'équipage dans son coup de folie. Les roues cerclées de fer fusaient sur le pavé. Le nocher hurlait pour que les passants s'écartent. Tous s'étaient plaqués aux murs de la caserne et de la manufacture et regardaient impuissants, les yeux écarquillés d'horreur, le lourd charroi rouler vers une fin qu'on devinait tragique.

Par réflexe, Raoul Signoret avait réagi comme les autres. Le dos droit appuyé contre le mur de la manufacture, il attendait que le tombereau achève sa course à l'abîme dans un fracas de bois brisés et de hennissements de douleur

Il vit alors une autre chose, qui affola son cœur.

Courant derrière une balle qu'elle venait de lâcher, une fillette – cinq ans, pas plus – quittait le trottoir, s'engageait sur la chaussée les yeux fixés sur son jouet. Inconsciente du danger, elle courait derrière, en dépit des hurlements des témoins. La collision avec l'attelage semblait inévitable – déjà plusieurs femmes qui assistaient à la scène, prises d'hystérie, avaient tourné de l'œil – quand les passants pétrifiés furent les témoins d'une scène incroyable. En moins de temps qu'il ne faut pour le dire, un homme jeune et athlétique venait de s'élancer derrière l'imprudente. En trois enjambées il l'avait rattrapée, prise dans ses bras, pratiquement sous les sabots de la bête qui allaient la piétiner et il poursuivait dans son élan, arrachant la fillette à une mort horrible. Par malchance, son pied glissa sur la bordure du trottoir d'en face au moment où il l'atteignait. L'homme ne put rétablir son équilibre pour éviter de choir. Il eut cependant assez de vigueur et de présence d'esprit pour ne pas chuter en gardant le petit corps hurlant sous lui. Grâce à un habile roulé-boulé, il fit en sorte que ce soit lui qui arrive en premier sur la terre battue du trottoir. Mais son front heurta le mur de la caserne et il perdit connaissance.

Des années de pratique intensive de la boxe française[1] avaient doté Raoul Signoret – car c'était lui – d'une souplesse et d'une force peu communes, que sa silhouette élancée ne laissait pas deviner.

Le cheval fou avait poursuivi sa course folle, mais, dans un ultime effort, le cocher était parvenu à faire dévier sa trajectoire. Agrippé à la rêne droite, il avait réussi à faire tourner l'animal vers la porte à double battant de la manufacture, ouverte sur la rue Bleue à l'heure des livraisons. La bête emballée n'avait pas pour autant ralenti son allure et ce brusque changement de cap avait fait chavirer le lourd tombereau. Il était allé se fracasser sur le montant gauche du portail, vidant cocher et chargement, tandis que le cheval fou, prisonnier du brancard et des harnais, chutait à son tour, se brisant les antérieurs sur les pavés de la cour.

Ces événements dramatiques s'étaient enchaînés à un tel rythme que les témoins étaient pétrifiés. Un brusque silence avait succédé au vacarme et aux cris d'effroi. Seuls se faisaient entendre à présent les hennissements pitoyables du percheron qui tentait vainement de soulever son énorme carcasse et achevait de se détruire.

Les premiers à reprendre leurs esprits ne se préoccupèrent pas de la bête – dont le revolver d'ordonnance d'un lieutenant du Train des Équipages, venu de la caserne de la Busserade toute proche, abrégerait bientôt l'agonie en lui logeant une balle derrière l'oreille – ni du cocher qui, debout, grimaçait en se tenant

1. Voir les trois premiers tomes des *Nouveaux Mystères de Marseille* (éditions JC Lattès).

l'épaule mais paraissait entier. Tous se ruèrent vers le « sauveur » encore assommé, dont le corps allongé semblait veillé par la fillette tétanisée qui en oubliait de pleurer.

On vit alors sortir de la boulangerie un couple dont l'homme était coiffé du calot blanc qui le désignait même à ceux qui ne le connaissaient pas. Il enlaçait par la taille le corps pantelant de la boulangère en larmes. Elle avançait comme une somnambule vers sa fille devenue muette. La mère avait assisté à toute la scène depuis la fenêtre du premier étage, au-dessus de la boutique, où les commerçants avaient leur logement, sans pouvoir intervenir, et payait le contrecoup de son émotion. L'air hébété de son époux s'expliquait autrement : il venait d'être brutalement tiré, par son épouse hurlant d'angoisse, d'un sommeil récupérateur des heures passées devant son four. Il ne réalisait pas encore ce à quoi tous deux venaient d'échapper.

La mère prit son enfant dans ses bras convulsifs, mais ce geste d'amour loin de tarir ses larmes les fit redoubler. La boulangère demandait pardon à la petite. Pardon de sa négligence, pardon d'avoir été « une mauvaise mère » en la laissant sans surveillance au rez-de-chaussée tandis qu'elle retapait la chambre conjugale – son mari dormant dans une pièce réservée à son repos diurne. Les sanglots maternels tirèrent la fillette de son état de prostration et bientôt elle se joignit aux lamentations. L'émouvant duo lacrymal faisait briller d'émotion les yeux des femmes présentes, de plus en plus nombreuses, car aux riveraines s'étaient à présent mêlées les *cigareuses*, attirées par le vacarme et les cris, en dépit des ordres des contremaîtres et chefs d'atelier qui exigeaient leur prompt retour à leur poste de travail. Peine perdue ! Elles n'allaient pas manquer pareil spectacle ! Des menaces de retenues sur leur salaire journalier n'allaient pas les faire rentrer plus tôt au bercail. Ces femmes étaient des battantes. On ne les impressionnait pas aisément. On l'avait bien vu en janvier 87, quand, aux cris de *« Roustan à la porte ! »*, cinq cents d'entre elles, vêtues de leur uniforme bleu, avaient descendu la rue Canebière, puis étaient remontées par la rue Saint-Ferréol pour demander à être reçues par le préfet. Elles exigeaient du représentant de l'État la révocation de leur chef, accusé de les harceler de vexations, de les brimer par des retenues salariales sous prétexte de cigares refusés pour malfaçon, mais emboîtés et vendus quand même. C'était la première fois qu'on avait vu chose pareille à Marseille. Des ouvrières défilant dans les rues en scandant des slogans revendicatifs ! Quinze ans après on s'en souvenait encore et on rappelait comme un haut fait les termes mêmes de *l'adresse* au préfet lancée par Liria Genovese, une des meneuses. « *Moi, je suis une femme pour le Droit et la Justice. Le travail ne me fait pas peur. Mais ce que nous fait passer cet homme, c'est à vous donner envie d'être galérien !* »

Et elles avaient gagné, les *cigareuses* de La Belle de Mai ! La grève s'était étendue à toute la manufacture durant des semaines, épaulée par les comités de soutien nés dans le quartier même et par la municipalité Flaissières.

Roustan avait demandé de son propre chef « à être

déplacé ». Ses ex-victimes lui avaient fait une *conduite de Grenoble* le jour de ses adieux, et le premier syndicat des ouvrières de la manufacture des tabacs était né dans l'élan de ce mouvement populaire spontané.

Quinze ans après, elle était toujours là, Liria Genovese, penchée sur le corps de Raoul Signoret. Le chignon relevé, la poitrine en proue de frégate sous le fichu de laine croisé, les hanches en contrebasse et le verbe toujours aussi haut, elle envoyait paître le contremaître qui voulait récupérer son troupeau. Aucun chef ne pouvait espérer s'imposer face à une Italienne en colère et qui crie !

Elle répliquait en furie aux injonctions du successeur de Roustan :

– Eh, quoi ! Rentrez ? Qu'est-ce que ça veut dire, rentrez ? On va pas le laisser tout seul sur le trottoir, après ce qu'il a fait, ce jeune homme si courageux ! On va attendre qu'il se remette. Quoi ? Qu'est-ce que vous dites ? Ça sera retenu sur nos payes ? Alors, ça ! On en reparlera !

L'autre ne voulait pas s'avouer battu :

– Écartez-vous. Vous voyez pas que vous lui pompez le peu d'air dont il a besoin ?

– Eh, c'est vous qui nous pompez l'air, *môssieu* Chevillon ! Et c'est pas d'hier !

Le ton montait. Les ouvrières, groupées autour de leur *diva,* tenaient des propos à faire rougir un chef d'atelier, émettant à haute voix des doutes sur sa virilité. L'homme n'insista pas, mais il tenta une feinte compassion pour venir à bout de l'entêtement des *cigareuses.*

– Au lieu de le laisser là, portez-le à l'infirmerie de la manufacture, on pourra le soigner et le faire revenir à lui.

Deux hommes, dont l'un habillé en bourgeois, enveloppé dans une grande cape, chapeau melon sur le crâne, avaient empoigné le corps du journaliste, qui par les pieds, qui sous les aisselles, et s'apprêtaient à mettre à exécution la suggestion du contremaître, quand un autre homme s'interposa.

– Emmenez-le plutôt chez moi. Dans ma boutique il se remettra au chaud.

C'était le boulanger, Jean-Baptiste Mouren, remis de son réveil en fanfare. Il tenait à payer sa dette envers l'homme qui venait de sauver sa fille.

Raoul n'était pas encore sorti de son étourdissement et déjà on se disputait la présence du héros du jour dont le front commençait à s'orner d'une bosse de belle taille.

Est-ce le timbre de contralto de Liria Genovese qui tira Raoul Signoret de sa torpeur ? Toujours est-il qu'il émergea lentement de son inconscience. Ses premiers mots furent :

– La petite...

– Elle est là ! cria la boulangère en montrant sa fillette comme un trophée. Vous me l'avez sauvée !

Elle tomba à genoux sans se soucier de ses rotules :

– Ah, monsieur ! Monsieur... Je sais pas que vous dire... Ce que vous avez fait...

La voix de Raoul était encore mal assurée.

– C'est normal ! Elle a l'âge de ma fille Adèle...

– Normal ? reprit le boulanger Mouren en écho.

Vous auriez pu y rester avec elle. Je ne sais pas comment vous dire ma reconn...

– Il revient ! Il revient ! claironna la voix de Lìria Genovese à l'intention de ses compagnes des derniers rangs massées autour du gisant. Jalouses de celles qui étaient aux premières loges, elles réclamaient des informations. Toutes se mirent à applaudir le héros du jour.

– Il en sera quitte pour une corne sur le front, ajouta l'Italienne. Mais c'est rien à côté de ce qui aurait pu lui arriver.

Elle ajouta dans un grand rire :

– Et beau petit comme il est, c'est pas une bosse qui va le défigurer !

Cette repartie détendit tout à fait l'atmosphère et les ouvrières commencèrent à refluer vers leurs ateliers dans un brouhaha de commentaires et d'exclamations, sous l'œil furibard du contremaître. L'homme enrageait de ne pouvoir faire fermer les portes de la manufacture, le cadavre du percheron que l'on venait d'achever et les restes du tombereau demeurés en travers de l'entrée cavalière empêchaient toute manœuvre des battants.

– Vous êtes sûr de ne pas vouloir aller à l'infirmerie ?

– Ça va mieux, ne vous inquiétez plus, répondit le journaliste à ceux et celles qui l'entouraient et le voyaient avec inquiétude tenter de se relever.

Autour d'eux, les plus vaillants aidaient celles qui avaient tourné de l'œil à se remettre de leurs émotions. Certains en profitaient pour les peloter sous le prétexte de les soutenir et on entendit çà et là des voix de femmes outrées qui remettaient les plus audacieux à leur place, gifles à l'appui.

– Dégoûtant ! Saligaud ! Vous n'avez pas honte ?

L'homme au chapeau melon se pencha vers Raoul et lui tendit les mains afin de l'aider à se remettre debout. Le journaliste les saisit mais crut avoir une hallucination. Ce bon Samaritain, c'était Félix Garbiers ! Le maître d'école auquel il pensait précisément au moment où l'attelage avait débouché dans la rue Bleue. Aucun doute possible. C'était lui avec vingt années de plus, mais c'était lui. Quelle coïncidence ! Des cheveux gris dépassaient du chapeau solidement vissé sur la tête, le bouc était saupoudré de sel, mais ce pince-nez sur un appendice osseux projeté en avant du visage, cette barbiche toujours si bien taillée, ce strict costume anthracite, ce col cassé sur une pomme d'Adam proéminente et ce regard gris clair où passaient tous les sentiments d'une âme généreuse, ne pouvaient appartenir qu'à ce maître d'école qui avait laissé à son ancien élève un souvenir aussi durable qu'admiratif.

– Monsieur Garbiers..., dit doucement Raoul en achevant de se mettre debout. Le journaliste faisait une bonne tête de plus que l'instituteur. Pour la première fois, il voyait « de dessus » un homme qu'il avait contemplé « d'en bas » durant toute une année scolaire.

La barbiche frémit d'étonnement.

– On se connaît ?

Le journaliste sourit et répondit d'une façon qui ne pouvait qu'enchanter son vis-à-vis :

L'absinthe ? ce poison couleur de vert-de-gris,
Qui vous rend idiot, sans qu'on soit jamais gris ?
Merci ! Le cabaret ? L'on sait ce qu'on y gagne !

L'homme au chapeau rond saisit les vers au bond et ils poursuivirent ensemble :

Singulier goût d'aimer à battre la campagne !
Je n'ai jamais compris, sobre dès le matin,
Les éblouissements de ce comptoir d'étain.

À coup sûr, le rimailleur auteur de ce poème n'avait jamais rencontré Albert Rastègue...

Le maître d'école était ravi. Il recula le buste. Examinant son interlocuteur, il dit à mi-voix :

– Édouard Maurel : *Sobriété.* Tiré du *Manuel d'éducation morale, civique et sociale* d'Étienne Primaire, un nom prédestiné. Tu t'en souviens encore ?

– Et de bien d'autres !

Ce tutoiement, qui avait spontanément fusé, rendit Raoul Signoret à son enfance. Il revoyait la classe au plancher de bois avec son gros poêle noir qui ronflait en hiver et accueillait aux beaux jours un garde-manger grillagé où grouillait un élevage de vers à soie. Ça sentait la craie et l'encre violette, qu'un élève de corvée hebdomadaire versait dans les encriers de porcelaine à l'aide d'une bouteille emmanchée d'un bec de métal. Aux murs blancs, alternant avec des tableaux de mesures et de capacités, étaient accrochées des cartes de géographie où les couleurs chantaient la grandeur de l'Empire colonial français. La carte de France, elle, était de teinte rose, endeuillée en haut et à droite par la malheureuse Alsace-Lorraine « que les Prussiens nous avaient volée en 70, mais que nous leur reprendrions un jour prochain ». Au-dessus de l'estrade et du tableau noir figurait la « maxime de la semaine » tirée des fiches *La morale par l'exemple,* découpées en grosses lettres noires et collées avec soin lors des séances de travaux pratiques :

Garder un objet trouvé, c'est voler.

Ou encore :

Il faut toujours prendre le temps d'être bon.

On sentait Félix Garbiers tendu à déchiffrer sur l'architecture du visage de l'homme qui lui faisait face les traits de l'enfant qu'il avait été. Il cherchait son identité, classée dans un coin d'une mémoire prodigieuse, capable d'engranger des milliers de vers, de répliques de comédies classiques et d'extraits de romans restitués sans une hésitation.

– Attends, ne me dis rien d'autre que l'année...

– Année scolaire 1881-1882.

Le visage du maître d'école s'éclaira d'un sourire vainqueur.

– Raoul Signoret !

– Quelle mémoire !

Félix Garbiers secoua la tête, admiratif :

– Tu as rudement grandi, dis donc ! Quel plaisir de te retrouver, surtout dans ces conditions. Tu as été magnifique de courage et de sang-froid. Cette fillette te doit la vie. J'étais fier de toi, naguère, à l'école de la rue du Refuge, je le suis encore plus aujourd'hui après ce que tu viens d'accomplir.

Raoul, ému, sourit.

– Je n'ai fait que mon devoir. Je devais avoir en tête la gravure accrochée derrière votre bureau. Un écolier, bâton levé, faisait face à un chien menaçant pour protéger sa petite sœur blottie derrière lui.

– Je l'ai encore ! s'exclama Garbiers. La légende est « *Sang-froid dans le danger : victoire assurée* ». Nous venons d'en vivre une belle illustration.

– J'ai été à bonne école, monsieur Garbiers.

L'instituteur rosit sous le compliment.

– Tu étais un très bon élève, c'était facile. Te souviens-tu de Franceschetti et Xamena, ça c'était du sport ! Jamais revu de pareils *cabrins* [1].

L'hypermnésie de l'enseignant l'aidait à reconstituer mentalement l'effectif de la classe où Raoul et ses condisciples avaient peiné sur les chausse-trapes orthographiques, grammaticales, arithmétiques semées par un maître qu'ils adoraient, mais d'une exigence sans faiblesse.

Raoul Signoret revoyait très bien les deux éternels redoublants – que Garbiers venait d'extraire de sa prodigieuse mémoire – toujours occupés au fond de la classe à autre chose qu'à écouter le maître.

---

1. Cancres entêtés.

Autour des deux hommes qui se congratulaient, les gens écoutaient ce dialogue dans un silence relatif qui soulignait leur étonnement.

Un duo d'*hirondelles*, ces sergents de ville montés sur bicyclette, arrivait pour les constats et les témoignages. Une grande partie des badauds s'écarta du « héros » pour s'employer à renseigner les procès-verbaux des agents. Chacun voulait ajouter la sienne avec force gestes, pour rendre le récit plus croustillant. Déjà, le fait divers, traduit par des bouches marseillaises, prenait une allure d'épopée homérique auprès de quoi le récit de la guerre de Troie ressemblerait bientôt à une saynète de patronage.

Félix Garbiers prit familièrement le bras du journaliste.

– Sais-tu que je t'ai suivi de loin ? Je suis un de tes lecteurs, abonné au *Petit Provençal* depuis son premier numéro.

– Alors, vous avez pu voir que vos leçons n'ont pas été inutiles.

– Je n'en avais jamais douté. Déjà à douze ans, tu...

Le maître d'école fut interrompu par le boulanger :

– Dites, c'est pas pour vous être désagréable, mais restez pas là à discuter. Ce monsieur est encore étourdi par le gadin qu'il a pris. Venez à la boulangerie vous remettre un moment.

Il s'adressait aussi au maître d'école.

– Ma femme serait heureuse de vous offrir quelque chose à boire pour vous remettre et trinquer avec vous. On va pas se quitter comme ça, tout de même !

– Vous êtes trop aimable, dit Raoul, s'apercevant

de l'état dans lequel il avait mis ses vêtements. Lui toujours si élégant ressemblait à un chemineau avec son pardessus maculé et déchiré à la couture de l'épaule, son pantalon souillé de boue, ses chaussures crottées. Quant à son feutre, les sabots du percheron s'en étaient chargés...

La boulangère, sa fille dans les bras, éperdue de reconnaissance regardait le journaliste avec des yeux en adoration.

– Venez, ça me ferait plaisir.

Raoul se laissa convaincre. En traversant la rue il grimaça : sa cheville tordue l'élançait.

Le reporter se trouva bientôt confortablement installé en compagnie de l'instituteur dans l'arrière-boutique de la boulangerie, au chaud, assis devant une table ronde recouverte d'une toile cirée semée de fleurs sur laquelle le boulanger avait aligné toutes les bouteilles de sa réserve personnelle et des plateaux surchargés de viennoiseries et de gâteaux.

– Mangez, mangez ! exhortait-il ses invités.

Sa façon à lui de commencer le paiement de sa dette.

– Je ne voudrais pas paraître capricieux, dit Raoul, mais un petit café me ferait le plus grand bien. Certainement plus qu'un alcool qui me couperait les jambes.

– Surtout après le poème de Maurel ! plaisanta l'instituteur, faussement sévère.

La boulangère, qui brossait vigoureusement le pardessus de son hôte et s'était engagée à recoudre la couture déchirée, bondit sur ses pieds et se précipita sur le placard où elle serrait ses provisions.

Elle jeta un œil attendri à sa fillette rescapée, qui, rompue par ses émotions, s'était endormie sur une *radassière*[1] et suçait son pouce, agitée de petits spasmes.

Le café moulu de frais fut bientôt prêt et Raoul lui trouva une vertu revigorante. Il ne put éviter de l'accompagner d'un croissant encore tiède, de crainte que le boulanger ne l'en gave de force.

Le maître d'école et le journaliste continuaient d'échanger des souvenirs communs ponctués de grands rires, des énoncés de problèmes de robinets remplissant des baignoires qui se vidaient sournoisement, des astuces mnémoniques pour éviter les fautes d'orthographe (« *l'accent circonflexe de cime est tombé dans l'abîme* ») ainsi que des exercices d'arithmétique nés dans les cervelles machiavéliques d'inspecteurs généraux en retraite, qu'aucun des deux n'avait oubliés.

En riant à l'avance, Raoul, qui avait retrouvé toute sa tête, récita : « *J'ai deux fois l'âge qu'avait mon frère lorsque j'avais l'âge qu'il a. Quand il aura l'âge que j'ai, la somme de nos deux âges sera 63 ans. Trouvez l'âge des deux frères*[2]. »

– Oh, j'ai beaucoup mieux depuis, répliqua le maître d'école, l'air gourmand. Il énonça :

« *Un marchand fait confectionner 8 douzaines de chemises avec de la toile valant 2,60 francs le mètre.*

---

1. Banquette provençale paillée à deux ou trois places, généralement garnie de coussins.

2. Ces énoncés authentiques sont tirés de manuels scolaires de l'époque (*La Gloire du certif* de Michel Jeury, éd. Robert Laffont, 2000).

Il faut 8,60 mètres de toile pour 3 chemises et l'on donne à l'ouvrière chargée de la confection 11 francs pour 6 jours de travail. Cette ouvrière fait 7 chemises en 5 jours. Combien coûtent 3 douzaines de chemises et combien ce marchand devra-t-il vendre la demi-douzaine de chemises pour gagner 27,70 francs sur le tout ? »

Garbiers, l'air ravi, semblait attendre la réponse !

Raoul fut sauvé par la boulangère qui, un flacon d'arnica en main et un tampon d'ouate dans l'autre, se mit en devoir de bassiner de gestes tendres la bosse qui ornait son front.

Le journaliste eut un regard doublement reconnaissant :

– Ça fait du bien, je vous remercie. J'en serai quitte pour un gros bleu qui va peu à peu virer au coucher de soleil sur l'Adriatique.

Il se leva, étira ses muscles douloureux et s'apprêta à prendre congé de ses hôtes :

– Je vais faire un saut à la maison pour me changer.

– Mais vous reviendrez nous voir, hein ! s'exclamèrent les commerçants en même temps.

– Bien sûr ! Vous n'avez pas fini de me supporter.

La boulangère lui tendit son pardessus reprisé :

– J'ai fait juste une *bigourelle* [1], mais ça tiendra bien jusqu'à la maison.

– Au fait, demanda l'instituteur, que nous vaut le hasard de nos retrouvailles ?

---

1. Raccommodage hâtif.

– J'enquête sur le mort de la rue Bleue pour mon journal.

À ces mots, Félix Garbiers subit une transformation à vue. Jusqu'ici avenant et souriant, visiblement ravi de retrouver son ancien élève, il s'inscrivit sur ses traits une sorte de souffrance qui affaissa son visage.

Raoul l'entendit murmurer, tête baissée :

– Une affaire atroce. C'est épouvantable.

Le reporter, ému par la façon dont son ancien maître d'école prenait à cœur ce crime hors du commun, n'en fut pas autrement étonné. La compassion faisait partie de la nature de l'instituteur. Il se souvenait combien la mort d'un des élèves de la classe, frappé par la diphtérie, l'avait affecté durablement.

Pour rompre le silence qui s'était abattu sur le quatuor, Raoul qui avait pris la main de Garbiers et d'une pression amicale lui témoignait son affection demanda :

– Et, vous ? Vous habitez le quartier ?

L'instituteur se secoua :

– Non seulement j'y habite, mais j'y enseigne. J'ai une classe de certificat d'études au Petit Lycée [1].

– Je pourrai venir vous y rendre visite, alors ? Vous connaissez bien le quartier et ses habitants et je...

– Si ça te fait plaisir, dit sobrement Garbiers.

– Si je ne vous dérange pas, bien sûr...

---

1. Ancien couvent des Augustins, devenu en 1863 annexe du Grand Lycée – Lycée Thiers – où l'on plaçait les plus jeunes élèves pensionnaires. L'établissement, fermé en 1911, fut ensuite transformé en clinique obstétricale jusqu'en 1996.

Le maître d'école se reprit :

– Quelle idée ! Je ne sais trop à quoi je pourrai te servir, mais tu seras le bienvenu. Tu es marié, des enfants ?

– Oui, je suis marié à la fille de Léon Jacquemet[1].

Garbiers émit un sifflement admiratif.

– Le négociant ? Mazette ! Un beau parti.

– « Beau », sans aucun doute, sourit Raoul, toujours aussi amoureux de sa femme. Mais pas au sens où vous l'entendez. Le beau-père et moi sommes un peu – comment dire ? – distants...

L'instituteur rougit :

– Pardonne-moi, je ne voulais pas être indiscret.

– Vous ne l'êtes pas. Le gros Léon ne m'a jamais pardonné d'avoir « suborné », comme il dit, sa fille unique et empêché de la placer comme bru à l'un de ses concurrents.

Au mot « suborner » Garbiers ne se put retenir de citer Molière :

Et dans le même temps, le perfide, l'infâme
Tente le noir dessein de suborner ma femme !
(Orgon, dans *Tartuffe*, Acte V, scène 3.)

– Voilà donc pourquoi je vis au Panier et non rue Paradis, compléta Raoul. Je ne m'en plains pas. Je n'ai jamais quitté le quartier, moi.

– Je vois à qui tu fais allusion, sourit l'instituteur qui semblait heureux d'avoir changé de sujet. Mais je

1. Voir *L'Énigme de La Blancarde*.

me devais d'obéir à M. l'Inspecteur d'académie. Cela dit, je regrette d'avoir quitté la communale de la rue du Refuge. Je crois y avoir fait un bon travail. On progressait : mon prédécesseur avait eu quatre guillotinés parmi ses anciens élèves, moi, un seul !

Malgré l'horreur du propos, Raoul Signoret éclata de rire.

– Sur ces paroles définitives, je vous salue et vous dis à bientôt.

– Une seconde, une seconde, dit le boulanger Mouren qui revenait de son fournil les bras chargés. Il déposa sur la table deux énormes sacs en papier remplis de grosses brioches, d'oreilles de Prussiens[1], de *casse-dents*[2], de fruits confits et de gâteaux.

– J'ai mis des *suce-miel* d'Allauch, des bonbons pour la petite et des chocolats pour Mme Signoret. Revenez en prendre quand vous voudrez.

Le boulanger le serra sur son cœur avec émotion.

– Il faut fêter ça tous ensemble. Laissez-moi faire. Je vais réunir quelques amis, vous nous ferez l'honneur de venir trinquer avec nous à la santé de la petite. Je vous ferai prévenir du jour. On peut vous joindre au *Petit Provençal* ?

Raoul, confus, comprit qu'il ne pouvait refuser.

La boulangère, rougissante, s'approcha. Elle avait recousu le pardessus.

– Laissez-moi vous faire la bise.

---

1. Gâteau en pâte feuilletée en forme de cœur qu'on appelle aussi « palmier ».

2. Croquets aux amandes.

La femme plaqua sur les joues du journaliste deux baisers de nourrice et fondit une fois de plus en larmes qu'elle cacha en se précipitant sur la banquette paillée où sa fille dormait toujours.

Félix Garbiers, ayant consulté sa montre, avait précédé Raoul dans la rue sur un simple : « À bientôt, je file donner mon cours. »

Le boulanger Mouren expliqua au journaliste que l'instituteur apprenait gratuitement à lire et à écrire aux *cigareuses,* au moment de la pause de midi.

Raoul, les bras chargés, dut passer la porte de profil. Il claudiquait légèrement, mais refusa qu'on lui appelle un fiacre. Il prendrait le *circulaire* Belle de Mai (en priant pour que le wattman Joseph Olivari ne soit pas de service). Il le mettrait à deux pas de chez lui. Le reporter partit en direction de la gare Saint-Charles salué par le couple tant qu'il n'eut pas disparu à l'angle de la rue Guibal.

– Avec mon allure *braillasse*[1], ma boiterie et tout ce que je transporte, se dit-il, si je rencontre un agent de police, je suis bon. Il ne croira jamais que je n'ai pas dévalisé une boulangerie !

1. Mal habillé.

8

Où l'on assiste à un pugilat au cours duquel deux cigarières règlent leurs comptes en public sous les yeux ravis des badauds

La place Cheylan n'avait guère changé d'aspect depuis que ce terrain vague avait été promu par l'usage au rang de place publique. Les jours de pluie, on y pataugeait dans une boue collante qui vous crottait jusqu'aux mollets et les jours de vent, le mistral soulevait des nuages compacts de poussière jaunâtre qui se glissait dans les vêtements, faisait crisser les dents et pleurer les yeux. La place était longée par un ruisseau que chacun ici désignait par le mot provençal : le *biaou*. Il charriait les eaux chaudes déversées par le lavoir à laine de la manufacture située en aval, ce qui lui donnait la singularité de se mettre « à fumer » dès que la température de l'air était inférieure à 10 °C. D'où qu'on arrive, on finissait toujours par aboutir place Cheylan. Sa position centrale en avait fait le cœur de La Belle de Mai. C'était le forum du quartier. Outre le marché quotidien on y voyait toutes sortes de colporteurs, on y trafiquait des objets dont la provenance n'était pas forcément connue, les *boumians*[1] y faisaient danser leur ours au rythme d'un tambourin, et les joueurs de boules le transformaient en champ clos de leurs affrontements. On y organisait même – en dépit des arrêtés préfectoraux – des parties dites « intéressées » où joueurs et spectateurs pariaient des sommes considérables qui changeaient de main sur un carreau réussi ou un appoint proche de la perfection. Certains y laissaient leur chemise, d'autres étaient devenus de véritables professionnels et devaient à leur adresse au jeu provençal, qu'on appelle la « *longue*[2] », une rente de situation et le privilège de ne plus avoir à pointer à l'usine.

Ce ne sont pourtant pas les échos d'une partie de *longue* qui attirèrent Raoul Signoret en cette fin d'après-midi de samedi, vers la place Cheylan. C'était une rumeur faite de centaines de voix mêlées, ponctuée de cris, de rires, d'encouragements, de vociférations. On se serait cru à l'approche d'un terrain de football quand le match est déjà commencé.

Le journaliste arrivait de la rue Bleue où, grâce à la recommandation de l'oncle Eugène auprès de la direction de la manufacture des tabacs, il avait pu visiter les lieux en compagnie d'un jeune ingénieur sans per-

1. Bohémiens.

2. La pétanque ne sera « inventée » qu'en 1910 à La Ciotat, par un ancien champion atteint de rhumatismes qui ne pouvait plus faire les trois pas exigés du tireur au jeu provençal.

turber le travail des ouvrières. Le samedi, en effet, les ateliers de hachage des scaferlatis, de confection mécanique des cigarettes et du filage des rôles à chiquer s'arrêtaient à deux heures, le restant de l'après-midi étant consacré au nettoyage des machines jusqu'à quatre heures. Les cigarières remettaient en ordre leur atelier, rangeaient leurs moules en bois et leurs grands ciseaux, afin de pouvoir attaquer le travail sans perdre un instant le lundi matin suivant, et recueillaient dans de grands sacs les bouts de cigares tombés à terre qu'un surveillant mettait soigneusement dans un local fermé à clef où ils seraient recyclés et hachés pour être mêlés aux scaferlatis, avant d'être soumises à la fouille et autorisées à quitter la manufacture.

Le reporter avait ainsi pu se familiariser avec le travail bien particulier des époulardeuses, à qui était confié le soin de réceptionner les bottes de feuilles à leur arrivée, des écoteuses, chargées d'enlever la côte médiane de la feuille de tabac, et celui des robeuses, qui au premier coup d'œil savaient choisir la feuille qui envelopperait le cigare, à ne pas les confondre avec les paqueteuses et les balayeuses dont la tâche était plus délicate qu'on ne croit car elles ne devaient à aucun prix soulever un nuage de tabac pulvérulent, qui n'aurait pas manqué de faire éternuer tout un atelier.

Raoul fut frappé par l'aspect carcéral de la manufacture. Les ouvrières étaient continuellement placées sous surveillance : contremaîtres, chefs d'atelier, gardes-magasins se relayaient pour maintenir leurs subordonnées en état de sujétion. Au moindre écart, les sanctions pleuvaient. Le jeune ingénieur lui montra, comme un trophée, les comptes rendus du conseil quotidien qui se tenait à midi en présence du directeur et du contrôleur en chef de fabrication. Ils ressemblaient à autant de cahiers de punition : suspension de dix jours pour deux surveillants « ayant tenu une discussion inconvenante à l'heure de la sortie », renvoi d'un ouvrier de l'atelier de séchoir pour « commerce clandestin », renvoi d'une ouvrière de l'écotage s'étant portée à des « voies de fait sur un surveillant », renvoi d'une autre pour « découverte de morceaux de chiffons dans deux de ses cigares », trois jours de mise à pied pour une robeuse « surprise à fumer pendant les heures de travail », huit jours de mise à pied d'une cigarière pour « injures envers son surveillant », renvoi d'un ouvrier ivre pour « s'être battu avec un camarade de l'atelier de torréfaction ».

– Ce matin même, avait expliqué le jeune ingénieur d'un air satisfait, nous en avons surpris une à mouiller le tabac qui lui avait été distribué pour la confection de l'intérieur des cigares. Elle a été dénoncée par une camarade plus consciencieuse qu'elle qui va bénéficier d'une prime.

Raoul Signoret était effaré. Pas étonnant, songeait-il, que dans pareille ambiance, de temps à autre, comme on le lui avait raconté, la soupape saute et que tout cela finisse dans les cris et les coups. C'était payer cher par des humiliations quotidiennes la garantie d'emploi assurée par l'État et les quelques avantages sociaux – service médical gratuit, retraite – accordés aux *cigareuses* et encore refusés aux autres ouvriers de l'industrie marseillaise.

– C'est donc si grave de mouiller le tabac ?

Le jeune homme avait paru piqué par un taon :

– Si c'est grave ? Le mouillage clandestin rend plus facile la manipulation du tabac.

– Et alors ?

– Alors ? La cigarière va plus vite...

– Je ne comprends pas...

– C'est pourtant simple. Elle fabrique plus de cigares que les autres dans la journée.

– Mais encore ?

– Elle est payée aux pièces, cher monsieur ! C'est donc une façon malhonnête d'augmenter son salaire [1] !

Raoul Signoret, exaspéré par la suffisance de l'ingénieur, avait planté là ce jeune homme si fier d'être entré à la manufacture des tabacs par la porte de la direction, rue Jobin, et non par le n° 10 de la rue Bleue.

Le journaliste y pensait encore en approchant de la place Cheylan tandis que la rumeur s'enflait. Il percevait à présent des acclamations semblables à celles que l'on pouvait entendre autour d'un ring de boxe quand la foule en appelle au lynchage du vaincu acculé dans les cordes. Impossible qu'il s'agisse d'une partie de boules. Les spectateurs ne se permettraient pas de crier, ni même de parler « sur le coup » quand le joueur se concentre avant de pointer ou tirer.

En effet, le spectacle qui s'offrit aux yeux éberlués de Raoul n'avait rien à voir, ni de près ni de loin, avec une partie de boules, si acharnée fût-elle. Un grand cercle de badauds vociférants avait dégagé une aire au

1. Authentique.

centre de la place, dans laquelle s'affrontaient... deux ouvrières de la manufacture. On repérait aisément des collègues de travail des combattantes, qui prenaient parti pour l'une ou pour l'autre, et les habituels badauds, toutes classes sociales confondues dans la même bassesse, la bouche tordue, les yeux brillants, excités par le spectacle de deux furies se battant comme des chiffonnières. Aucun des spectateurs ne semblait disposé à interrompre l'affrontement. L'empoignade n'avait rien d'un simulacre. Échevelées, les vêtements en désordre, chacune s'était munie d'un bas de laine épaisse rempli de sable « emprunté » à un chantier voisin et c'est avec cette lourde matraque qu'elles tentaient mutuellement de s'assommer tout en s'insultant. Les coups pleuvaient, heureusement pour la plupart dans le vide, mais la hargne qui se lisait sur le visage des lutteuses disait bien qu'il s'agissait d'un combat au *finish*.

Au milieu des cris, des rires vulgaires, des encouragements hurlés à pleine voix, on entendait les halètements des deux combattantes qui s'injuriaient à pleine bouche :

– Moucharde ! Tu vas la dépenser à payer le docteur, ta prime !

– Tricheuse ! Tu nous fais passer pour des feignasses !

Raoul comprit bientôt que les deux femmes étaient celles-là mêmes dont venait de lui parler l'ingénieur de la manufacture et qu'elles avaient décidé de régler leur différend « à la loyale », devant témoins. Un cercle de *cigareuses* les bras noués en chaîne tenait les badauds à distance tout en lançant des encouragements, lorsque avec un bruit mou l'une ou l'autre des lutteuses atteignait sa cible. Les spectateurs se gardaient bien d'intervenir. La foule, ravie de ce divertissement imprévu, non seulement s'en régalait sans retenue, mais deux camps d'importance inégale avaient choisi chacun sa « championne ». Il faut reconnaître que les partisans de la victime de la dénonciation semblaient les plus nombreux. Des bandes de minots, accourus en troupes de toutes les rues avoisinantes, avaient délaissé leurs jeux habituels pour profiter du spectacle des deux mégères qui frappaient sous tous les angles avec des *han !* de bûcheronnes. Ils n'étaient pas les derniers à inciter les lutteuses à taper de bon cœur, assurés de l'impunité par leurs parents, les premiers à leur donner le mauvais exemple.

La plus jeune des combattantes – celle qui avait été dénoncée –, ayant réussi à agripper la tignasse de son adversaire, lui fit plier l'échine et d'un coup bien ajusté lui coupa le souffle en abattant son bas lesté de sable sur son dos. Le choc expédia la dénonciatrice à terre, le visage dans la poussière. La foule hurla, des bravos crépitèrent, incitant la furieuse à compléter son avantage. Voyant le succès à sa portée, celle-ci s'apprêtait à parachever sa victoire quand elle fut soulevée de terre par deux bras vigoureux qui l'enserrèrent au niveau de la taille, tandis que, la matraque lâchée sous l'effet de la surprise, ses bras battaient l'air comme les ailes d'une harpie.

Raoul Signoret – tel Jupiter raptant Europe – venait d'interrompre le combat en enlevant l'une des combattantes, au grand désappointement de la foule privée de ces jeux du cirque à domicile. Des cris dépités fusèrent de tous côtés.

– De quoi y se mêle çui-là ?

– Oh, jeune ! Laisse-les continuer, merde ! Pour une fois qu'on se régale !

Raoul, tout occupé à éviter les ruades de la fille en colère, maintenait son étreinte, tandis que deux cigarières aidaient leur collègue à se relever. La femme, couverte de poussière, saignait de la bouche et tentait de ramasser le bas rempli de sable qui lui avait échappé dans sa chute, avec sur le visage un air farouche qui signifiait sa volonté de reprendre le combat.

C'est alors qu'un homme jeune et de haute taille s'interposa. Malgré les protestations des amies de la dénonciatrice, il prit la femme aux épaules et la maintint solidement tout en lui prodiguant des paroles l'incitant à se calmer et à laisser tomber à terre son bas-assommoir. Ce qu'elle se décida à faire.

Mais l'autre, toujours ceinturée par le reporter, continuait à vociférer et à promettre à son adversaire de la retrouver à la première occasion.

– Lâche-moi, toi, salaud, que je la finisse, cette charogne !

Raoul obtempéra. Il la posa à terre. La fille se retourna et il put voir enfin son visage, ou du moins ce que la colère, la transpiration, ses cheveux rabattus en longues mèches pendantes et collées aux joues par la sueur en laissaient paraître.

Le peu qu'en vit le reporter lui laissa penser que dans un état normal la jeune femme devait avoir des traits réguliers qui conféraient à sa beauté rustique un charme indéniable, malheureusement gâché à cet instant par l'éclat furieux du regard noir qu'elle jetait à l'homme qui l'avait empêchée par son intervention de mener à bien la correction promise à sa dénonciatrice. Reprise par une bouffée de colère, elle lança la patte comme une chatte furieuse et griffa à la joue Raoul, surpris par la soudaineté de l'attaque. Furieux, il était sur le point d'empoigner l'impudente, décidé à lui administrer une fessée pour lui apprendre à respecter les gens, quand elle fut sauvée par l'arrivée des gardiens de la paix qui, à l'exemple des carabiniers d'Offenbach, débarquaient après la bagarre. Au lieu d'intervenir discrètement, ils s'époumonaient depuis l'extrémité de la place Cheylan à galoper vers le groupe dans un galop rythmé par leurs godillots, tout en se servant de leurs sifflets comme d'un avertisseur. Si bien que, lorsqu'ils se trouvèrent sur l'emplacement du ring improvisé, les combattantes s'étaient éclipsées. Tous ceux qui auraient pu avoir quelque chose à se reprocher, ou ne désiraient pas témoigner, s'étaient éparpillés comme une volée d'étourneaux et ne restaient plus sur place que ceux et celles à qui leur âge ou leur condition physique interdisaient de prendre les jambes à leur cou. Sans jouer la provocation, les cigarières s'étaient arrangées pour se trouver sur le trajet des agents lancés aux trousses des fuyards et entraver leur progression. Si bien que, jugeant la poursuite inutile, c'est vers Raoul Signoret que se dirigea le sergent de ville, celui qui semblait commander l'équipe d'intervention. Il regarda le journaliste sous le nez :

– C'est vous qui vous êtes battu ?

– Pas du tout, je...

– Et ça ?

Le brigadier désigna les traces de griffes sur la joue du journaliste.

– C'est en essayant de séparer les combattantes.

Le sergent de ville regardait Raoul avec l'air de celui à qui on ne la fait pas.

– Vos papiers.

– Laissez-le, chef, je m'en porte garant. Il a au contraire tout fait pour que ça ne tourne pas mal.

C'était le grand gaillard qui avait pris en charge l'autre furie.

Il tendait une large main au journaliste.

– Sébastien Payan.

– Raoul Signoret, du *Petit Provençal.*

– Vous êtes celui qui a sauvé la petite du boulanger ?

– C'est exact.

– Je suis le maréchal-ferrant de la rue Séry. On m'a raconté comment ça s'était passé. Chapeau ! Vous vous êtes fait des amis à la rue Bleue.

Le regard du sergent de ville avait changé du tout au tout. Il se mêla aux congratulations. Puis se tournant vers le forgeron :

– Qu'est-ce qui s'est passé ?

– Deux *cigareuses* qui réglaient un compte. Une a dénoncé l'autre à la direction pour je ne sais pas quoi.

– Vous les connaissez ?

– De vue, chef, de vue. Ne me demandez pas de jouer au mouchard.

Le brigadier se tourna vers Raoul :

– Et vous ?

– Je n'ai même pas eu le temps de voir leur figure. Je serais incapable de les reconnaître.

Le sergent de ville n'en crut pas un mot, mais comprit qu'il était inutile d'insister.

– On finira bien par savoir. Tout se sait, dans le quartier.

Il salua réglementairement et s'en alla, escorté des pèlerines noires de ses subordonnés. Les deux bas de laine abandonnés gisaient dans la poussière, à demi vidés du sable qu'ils avaient contenu, comme des peaux de serpent après la mue, seuls vestiges de la bagarre qui avait mis la place Cheylan en état de siège.

Les deux hommes demeurés seuls, le maréchal-ferrant convia le journaliste à se remettre de ses émotions devant un apéritif servi par Loulou Richard en personne.

Raoul jeta un coup d'œil à Payan.

– Vous savez qui sont ces deux bagarreuses ?

L'autre sourit en clignant de l'œil.

– Bien sûr ! Tout le monde connaît tout le monde à La Belle de Mai. Celle que vous avez ceinturée se nomme Gilda Del Vesco. Un foutu caractère. Belle fille, avec ça, mais pas commode. J'ai essayé de la *furer*[1], il y a deux ans, je me suis fait rembarrer de première. L'autre, c'est Angèle Reboul, la fille d'un douanier en retraite. Elle habite à deux pas de ma forge. Je sais pas ce qui leur a pris à ces deux folles.

---

1. De la séduire.

– Je crois savoir, dit Raoul. La fille Reboul aura dénoncé l'autre à la direction pour avoir mouillé son tabac. On va pas les fusiller pour autant.

Le maréchal-ferrant hocha la tête.

– Croyez pas ça. On va pas leur couper la tête, c'est sûr, mais il va y avoir sanction. Pas seulement pour le mouillage.

– Pour la bagarre ? demanda Raoul Signoret. Mais elle ne s'est pas déroulée à la manufacture !

– On voit que vous les connaissez pas, expliqua Payan. Le règlement précise « quiconque aura fait preuve d'une mauvaise conduite notoire à l'extérieur, surtout lorsqu'elle est signalée par les autorités locales, devra être rayé ». Les condés ils vont bien aller faire leur rapport à la direction. À la manufacture ils rigolent pas avec la discipline, même en dehors des heures de travail. Les chefs et les sous-chefs sont souvent d'anciens sous-officiers. Ils traitent les ouvrières comme ils traitaient leurs hommes à la caserne. Ma promise avait réussi à décrocher un emploi, elle a pas tenu le coup. Elle fait de la couture à domicile, maintenant. Au moins elle est sa patronne. Là, il suffirait que le brigadier apprenne que c'était des *cigareuses* qui se battaient, pour que ces deux fadades aient des ennuis. Au moins une mise à pied. Ça devrait guère aller plus loin, parce que les deux ont des appuis.

– Comment ça ?

– Une c'est l'espionne de la direction. C'est pas la première fois qu'elle moucharde, ni qu'elle prend une rouste. L'autre elle a été embauchée sur recommandation.

– Celle que j'avais en main ?

– Oui. Elle a été pistonnée, ils n'oseront pas trop lui faire de mal. Mais ils vont marquer le coup. Il faudrait pas qu'elle recommence trop souvent.

– En tout cas, dit Raoul c'est un sacré tempérament.

– Sûr, dit Payan. C'est elle qui vous a *graffigné* ?

Le forgeron montra la joue du reporter où se dessinaient trois traces rougeâtres.

– Ça se voit ?

Le forgeron rigola :

– Un peu. Va falloir que vous trouviez une explication pour madame.

– Ne vous inquiétez pas, je lui dirai que cette fois j'ai voulu arrêter un chat emballé.

9

Où l'on apprend (enfin !) l'identité du mort sans tête de la rue Bleue et l'on constate combien son « père » prend l'affaire au tragique

– Échec et mat ! laissa échapper à haute voix le vieux monsieur, dans l'euphorie de la victoire. Il ajouta sans reprendre souffle : « Je vous paye un café ! »

Aussitôt, il fut cerné par des regards furieux venus des tables voisines. On entendit même des *chhch-chuuuuttt !* outrés.

Le vieillard, rouge de confusion, n'osant pas regarder les autres joueurs, répéta à voix très basse, penché vers son vis-à-vis : « Je vous paye un café. »

L'étudiant en droit, impassible, mais jubilant *in petto*, releva le buste. C'était gagné. Pas la partie, il s'en fichait. Le café. Le vieux paierait. Comme tous les jours depuis le début de l'année universitaire. Ça ne ratait jamais. La tactique était simple. Il suffisait de tourmenter assez longtemps l'adversaire. Lui montrer qu'il n'avait pas affaire à un débutant. Ensuite, le laisser mijoter dans son angoisse en le plumant une à une de toutes ses pièces. Puis, au dernier moment, quand il se voyait perdu, commettre volontairement une bourde énorme sur laquelle l'ancêtre se jetait comme la vérole sur le bas-clergé breton et le café était gratuit. Dans l'euphorie d'avoir battu un champion, le vieux *raspi*[1] sortait ses sous. Le garçon fit un clin d'œil complice à l'étudiant et lança d'une voix modérée : « Deux cafés, dont un serré, deux ! »

Eugène Baruteau, chef de la Sûreté, et Raoul Signoret, chroniqueur judiciaire au *Petit Provençal*, avaient choisi de se retrouver dans le cadre de la *Brasserie du Chapitre*, sur le cours éponyme[2]. Cela pour des raisons essentielles. D'abord, le policier évitait de recevoir trop souvent son neveu dans son bureau de *L'Évêché*, afin que les journalistes concurrents de Raoul ne crient pas au favoritisme. Ensuite, niché en haut des allées de Meilhan, l'établissement était suffisamment éloigné du commissariat central et des sièges des journaux marseillais, regroupés autour du Lacydon, pour qu'on n'y croise pas à tout moment un adjoint du divisionnaire ou un confrère de Raoul, curieux de savoir ce que se confiaient le policier et le journaliste. Enfin, cette brasserie était la seule à Marseille où, en début de soirée, on ne soit pas obligé de prendre un porte-voix pour

1. Avare.

2. Aujourd'hui square Stalingrad. La brasserie existe encore, sous le nom de *Brasserie des Danaïdes* à cause de la fontaine et du groupe statuaire qui orne la place. On y joue toujours aux échecs.

parler avec son invité : elle était le siège de *L'Échiquier marseillais* et l'on sait que le joueur d'échecs est une espèce méditative, silencieuse jusqu'au mutisme et de bonne compagnie.

Cela dit, Eugène Baruteau avait quelques raisons supplémentaires de parler à voix basse à son neveu. Ce qu'il était en train de lui confier n'avait rien d'officiel, il ne fallait surtout pas en faire état pour le moment dans *Le Petit Provençal*, mais visiblement, cela passionnait le reporter, à voir son visage attentif jusqu'à la tension.

– C'est un militaire, lâcha à mots couverts le commissaire divisionnaire, jetant de brefs coup d'œil aux alentours.

Raoul fit des yeux ronds.

– Sans blague ? Mais alors, ça n'a rien à voir avec les voyous !

Eugène Baruteau balaya à nouveau du regard les tables voisines. Le joueur le plus proche préparait un gambit du roi. La manœuvre requérait toute son attention. L'homme avait autre chose à faire qu'à laisser traîner ses oreilles.

– Je te dis que c'est un militaire. Ça ne signifie pas que ce soit une rixe *entre* militaires. Il a pu être tué par un voyou. Si tu réfléchissais au lieu de foncer tête baissée...

– Vous avez raison, mon oncle. Vous avez son identité ?

Baruteau hésita.

– Oui, mais pour l'instant, tu la gardes pour toi, hein ? Fais pas le couillon.

– Oh, mon oncle !...

– Lieutenant d'Estournel. Alfred d'Estournel du 141e de ligne.

– Mais alors, il a été tué devant sa propre caserne !

– Presque. Disons, à côté. C'est pour cette raison que j'avais fait adresser à l'État-Major du 15e Corps un jeu des photos du type découvert rue Bleue, que je t'avais montrées.

– Qu'est-ce qui vous a fait penser qu'il pouvait s'agir d'un militaire ?

Baruteau feignit d'être offusqué par la question :

– Que fais-tu de la fameuse intuition des enquêteurs d'élite ? Des milliers de bidasses circulent dans le quartier, la manufacture est un magasin d'approvisionnement pour cœurs mâles esseulés en quête de viande fraîche et tu voudrais que je n'aie pas pensé qu'un type de vingt-cinq ans, retrouvé assassiné en pleine rue, pouvait très bien être un militaire, dans ce coin où les casernes fleurissent comme colchiques à l'automne ?

– Bravo ! Là, vous me la coupez, mon oncle.

Baruteau, qui à l'occasion ne crachait pas sur les plaisanteries un peu lestes, ne laissa pas passer :

– Conserves-en tout de même un morceau. À ton âge, ça peut encore te servir.

Après avoir évacué la toux consécutive à l'éclat de rire retenu que les deux hommes partagèrent, le commissaire acheva :

– Je m'étais dit que peut-être quelqu'un parmi les culottes de peau le reconnaîtrait. L'État-Major a transmis les clichés aux commandants de Saint-Charles et de La Busserade. Avant-hier, le général Metzinger[1] m'a appelé pour me dire qu'ils croyaient avoir reconnu un de leurs officiers, et voilà !

Le journaliste demanda :

– Les mutilations qu'il a subies sont-elles à présent explicables ?

– Tout à fait. D'Estournel était une tête brûlée. Il s'était battu en duel avec un camarade à l'occasion d'une querelle amoureuse. Il avait eu une partie du pavillon de l'oreille droite emportée, ce qui le rendait repérable au premier coup d'œil.

– Et l'autre oreille ?

Baruteau cligna de l'œil.

– L'assassin avait sans doute le goût de la symétrie. À moins, comme je te l'ai dit, qu'il ait pensé qu'à l'armée, comme pour les malfrats, on prend l'empreinte des oreilles. Pendant qu'il y était, il a achevé le travail. Si tu veux mon avis, les oreilles ont été découpées plus tard. Avant que la tête soit jetée dans le terrain vague à côté de chez le *Beau Frisé*.

– Et la découpe à l'avant-bras gauche ?

– Un tatouage, ça ne fait pas de doute.

Raoul s'étonna :

– Comment se fait-il que ses chefs n'aient pas signalé l'absence du lieutenant d'Estournel tout de suite ?

– On n'a pas eu de chance, le type était en longue permission. Deux semaines. Il est originaire de Nancy

1. Général de division commandant le 15e Corps d'armée à Marseille.

et sa mère était à l'article de la mort. Elle est morte, depuis. D'Estournel serait resté dans sa famille pour régler la succession.

– D'accord, dit Raoul, mais la découverte du corps sans tête par l'allumeur de réverbères remonte à plus de deux semaines. Ses supérieurs n'ont rien dit quand ils ne l'ont pas vu revenir ?

– Tu ne crois pas que chaque fois qu'un militaire déserte ou s'absente sans permission, ils dérangent la police ! Ils règlent ça entre eux. Maintenant, c'est plus pareil. Il ne s'agit plus de justice ou de police militaire, mais de droit commun.

Raoul opina :

– Ça ! Pour du droit commun, c'est du pur jus. Le type est censé être au chevet de sa mère mourante à Nancy et il se fait couper en tranches à Marseille, à deux pas de sa caserne. Êtes-vous sûr qu'il y soit allé, à Nancy ?

– On est en train de vérifier.

– Il habitait où, à Marseille, d'Estournel ? À la caserne ?

Baruteau consulta le dossier qu'il avait apporté :

– Non. Dans un meublé de la rue du Théâtre-Français, au n° 11, tenu par la veuve Debesson.

– Je suppose qu'organisé comme je vous connais vous m'avez apporté sa fiche de la police des meublés ?

Baruteau fouilla dans sa sacoche et en sortit un classeur cartonné.

– La voilà !

– Connue de vos services ?

– Des peccadilles. Elle arrondit ses fins de mois en fermant les yeux lorsque certains pensionnaires ou clients de passage, de préférence jeunes et célibataires, invitent dans leur chambre des jeunes femmes un peu trop voyantes et parfumées bon marché, ou bien des « cousines » de passage à Marseille. Que veux-tu, les temps sont durs pour les veuves.

Raoul se redressa :

– Je sens que je vais aller y faire un tour.

– Je ne peux pas t'en empêcher.

– Croyez-vous que je puisse aller aussi voir les chefs de d'Estournel à la caserne Saint-Charles ?

Le commissaire eut une moue dubitative.

– M'étonnerait qu'on t'accueille avec une haie d'honneur et la fanfare. Ça les rend ronchons, cette histoire...

– Avec un mot de recommandation de vous, mon oncle...

Baruteau prit son air commissaire divisionnaire.

– Écoute mon Raoul, je t'aime bien, je crois te l'avoir prouvé. Mais je ne me vois guère téléphoner à Metzinger pour lui demander de t'organiser une petite visite touristique à la caserne du 141ᵉ. D'autant que le père du régiment, le colonel Couillot...

Raoul ne put se retenir :

– Couilles au quoi ?

Baruteau soupira :

– Celle-là, je savais ne pouvoir y échapper.

Raoul jubilait :

– Il s'appelle vraiment Couillot ! ? Non ! C'est trop beau ! Vous dites ça pour me faire plaisir.

Baruteau, ignorant l'interruption, poursuivit imperturbable :

– Le colonel Couillot, disais-je, est du genre pète-sec.

– Sans doute son nom qui le rend morose, mais si on sait le prendre dans le sens du poil...

– Ouais, ben vas-y t'y frotter. Je le connais. C'est un type célèbre pour avoir préparé aux petits oignons la brève allocution d'accueil des nouvelles recrues. Un modèle du genre. Je vais te la dire.

Le commissaire toussa pour dégager ses bronches encalminées par des années de fumée de pipe, acheva son demi de bière et, prenant un ton de commandement, il récita à mi-voix :

« *Jeunes gens ! Vous n'êtes pas encore dignes de porter le beau nom de soldat ! Je suis chargé de faire de vous des hommes. Je suis votre colonel et je m'appelle Couillot. Vous avez trente secondes pour faire tous les jeux de mots possibles à partir d'un pareil patronyme et d'en rigoler tout votre content, parce que je vous jure bien que ça sera la première et la dernière fois de tout le temps où vous resterez sous les drapeaux qu'il vous sera donné l'occasion de le faire !* »

Le commissaire fut aussitôt pris sous le feu croisé des regards outrés des joueurs d'échecs troublés dans leur stratégie, qui réclamèrent le silence.

Baruteau, ravi, chuchota :

– En général, la douche froide suffit et ça ne va pas plus loin.

Raoul ne put retenir un fou rire d'autant plus intense

qu'il le contenait afin de ne pas troubler la réflexion des passionnés d'échecs qui les cernaient.

– Vous me donnez encore plus l'envie de faire sa connaissance.

En arrivant au sommet du raidillon qui conduit à la caserne Saint-Charles, Raoul Signoret eut une mauvaise surprise. Apparemment d'Estournel avait cessé d'être « l'inconnu de la rue Bleue ». Cinq confrères faisaient le pied de grue devant le poste de garde, parlementant avec l'officier de permanence qui avait de grands gestes de refus.

Il y avait là les représentants du *Petit Marseillais*, du *Sémaphore,* du *Soleil du Midi*, du *Journal de Marseille* et du *Petit Phocéen*. À croire qu'ils avaient tous un oncle Eugène à *L'Évêché*, ou que l'identité du cadavre sans tête de la rue Bleue n'était plus qu'un secret de Polichinelle.

Raoul, dépité, en conclut que la concurrence commençait à s'organiser, ce qui était la moindre des choses, et salua les « chers confrères ». Un peu de bagarre lui éviterait de s'endormir sur ses lauriers.

– Non messieurs, s'entêtait l'officier de permanence, vous n'entrez pas, les ordres du colonel sont formels.

Anatole Bistagne, du *Sémaphore*, s'approcha de l'officier et lui glissa quelques mots à l'oreille qui mirent le rose aux joues du militaire. Il fit demi-tour en disant « je vais voir ce que je peux faire ».

Les autres entourèrent aussitôt leur confrère.

– Que lui as-tu dit ? Quel pouvoir de persuasion possèdes-tu qui nous est refusé ?

– Je lui ai dit que je suis le grand frère d'Alice Bistagne.

– Et alors ?

– C'est sa maîtresse.

Ernest Santoya, du *Petit Phocéen*, s'esclaffa bruyamment :

– Voilà ce que c'est d'avoir des relations !

Jules Négrel, du *Soleil du Midi*, compléta la réflexion :

– Et de savoir s'en servir à bon escient.

Sans illusions sur ses propres capacités, Bistagne expliqua sobrement :

– Ce qui est surtout précieux, en la circonstance, c'est d'avoir une petite sœur qui a le feu au cul et se met sur le dos les pattes en l'air dès qu'elle aperçoit un uniforme.

On fit entrer les journalistes dans le poste de garde, tandis que l'officier de permanence téléphonait au capitaine Reveilhac, adjoint du colonel Couillot. Quand le premier eut fait part à son chef redouté du désir de « ces Messieurs de la presse » de le rencontrer au sujet de « l'affaire d'Estournel », s'opéra sur le visage du « père » du 141e régiment de ligne ce qu'en langage de théâtre on appelle « un changement à vue ». Ses joues rebondies furent le siège d'un bouleversement chromatique faisant passer le teint vultueux du colonel du cramoisi habituel – signe d'un tempérament en perpétuel état d'indignation – au vermillon le plus franc. En même temps que s'élevait jusqu'aux gypseries du plafond du bureau son timbre sonore, rappelant le phoque à l'époque du rut. Le brutal crescendo éprouva les tympans de son subalterne, pourtant rompus aux crises caractérielles de son chef.

– Et puis quoi ? Ils ne veulent pas se faire servir une collation, pendant qu'on y est ?

Les bajoues du colonel, à qui le col officier servait de présentoir, en tremblotaient d'indignation, tandis que les poils de sa courte moustache en frémissaient. Les deux hommes que le devoir de leur charge amenait à collaborer quotidiennement ne se ressemblaient en rien. Autant Reveilhac était distingué, courtois, d'humeur égale, sans que son ascendant sur ses hommes en pâtit, autant son chef était une caricature de militaire, grossier, intolérant, gueulard, imbu de son autorité. En outre, le physique même se mettait de la partie pour les opposer. Reveilhac était grand, élancé, distingué, Couillot bas sur pattes, bedonnant et vulgaire. Reveilhac était glabre, les traits réguliers, Couillot portait vissé à l'œil droit un monocle qui le faisait grimacer en permanence comme une gargouille et se détachait à chacune de ses colères, pour pendouiller sur la bedaine au bout de son ruban comme le balancier d'une pendule détraquée. Cet ensemble de dissemblances physiques leur avait valu d'être emballés par leurs subalternes dans le pseudonyme commun de *Doublepattes et Patachon*.

Tandis qu'il assistait impassible à la *sortie* de son chef, l'adjoint le contemplait avec dans l'œil un tel mépris qu'il craignait qu'un jour Couillot ne le lise à livre ouvert. Crainte vaine. Le colonel était si sûr d'avoir toujours raison qu'il ne pouvait même imaginer qu'on ne fût pas de son avis.

« Regardez-le, songeait le capitaine. Plus ils sont courts sur pattes, plus ils aboient et emmerdent le monde. Pas étonnant que Napoléon ait ravagé l'Europe. C'était pour se venger d'être un nabot. Et Alexandre ? Il paraît qu'à cheval, il avait l'air d'un gamin monté sur un poney. »

On ignore de qui le capitaine Reveilhac tenait ce détail historique inédit, mais cette pensée l'aidait à résister à l'envie qui le démangeait – chaque fois qu'il entrait dans le bureau de son chef – de faire taire une fois pour toutes le braillard.

– Foutez-moi ces pékins dehors, Reveilhac. Avec mon pied au cul s'ils insistent !

Le capitaine tenta de se faire l'intermédiaire des solliciteurs :

– Mais mon colonel, les bonnes relations du 141e avec la population marseillaise voudraient peut-être que nous fournissions nous-mêmes les renseignements demandés. Cela éviterait de lire des bêtises dans les journaux et dans le cas présent, pour l'honneur de l'arm...

Il ne put aller plus loin.

Couillot avait quitté son bureau, redressé sa petite taille qu'un rase-pet et des jambes arquées de cavalier raccourcissaient encore, lui donnant la silhouette d'un basset dressé sur ses pattes arrière. Il hurla un ton plus haut :

– R.A.B.[1], Reveilhac ! La République (en privé, Couillot, royaliste de stricte obédience, disait *La Gueuse*) ne m'a pas confié le commandement d'un régiment de ligne à quatre bataillons pour devenir l'informateur des fouille-merde. Je suis à ce poste de commandement pour préparer les générations montantes à l'idée de la Revanche par le Sacrifice.

Le colonel s'approcha de la fenêtre de son bureau. Il donnait sur la place d'armes de la caserne Saint-Charles, le royaume où il entendait régner sans partage.

Son teint ne pouvant pas raisonnablement augmenter sa rutilance chromatique sans mettre en danger l'intégrité de son système circulatoire, c'est sa voix qui franchit encore un cap d'intensité. Performance que Reveilhac, pourtant rompu aux colères jupitériennes de son chef, n'eût pas crue réalisable.

Après avoir jeté un coup d'œil magistral à la cour où des bidasses en tenue de quartier faisaient l'exercice tandis que les sous-officiers repéraient les cossards ou les petits malins afin de les priver avec sadisme des permissions espérées, le colonel Couillot fit une brusque volte-face sur lui-même comme s'il eût été chaussé de patins à glace. Il tendit un index menaçant comme un fleuret vers son adjoint :

– Reveilhac !

– Mon colonel ?...

1. Initiales de « Rien à branler », fort usitées dans l'armée française pour se débarrasser d'une question inopportune ou d'un interlocuteur agaçant. Équivalent du célèbre « pas le savoir ! ».

– Qu'est-ce que c'est que ces clampins sur la place d'Armes ?

Le capitaine eut soudain l'impression d'avoir enfilé les bottes de son petit frère. Il articula le début d'une réponse :

– Les gens dont je vous ai parlé, mon col...

Couillot beugla de plus belle :

– Les journalistes ? Nom de Dieu ! Qui les a laissés entrer ?

– L'officier de permanence, mon col...

– Qui est-ce, aujourd'hui ?

Reveilhac savait très bien à quoi s'en tenir, car c'était le nom d'un excellent camarade qui figurait au tableau, mais il fit semblant de chercher.

– Je pense que c'est Carpentier, mon colonel.

– Envoyez-le-moi. J'aurai deux mots à lui dire. En attendant, pour moi, c'est quarante-cinq dont quinze[1]. Metzinger en ajoutera une louche à la taille qu'il jugera bonne.

Reveilhac demanda abasourdi :

– Vous allez porter l'affaire à l'échelon du corps d'armée ?

– Je vais me gêner ! hurla Couillot. En attendant, allez me flanquer dehors ces civils qui n'ont rien à foutre ici.

– Je leur dis quoi ?

Le colonel fit semblant de réfléchir.

1. Dans l'échelle des sanctions disciplinaires le « 45 dont 15 » était l'une des plus sévères : il signifiait 45 jours d'arrêts de rigueur dont 15 en cellule.

– Vous pourriez vous contenter de leur dire d'aller se faire foutre, mais vous leur ferez savoir que cette affaire ne nous concerne pas, d'Estournel avait été viré de l'armée française.

– Ils ne me croiront jamais, mon colo...

Couillot brama :

– Je vous dis de leur dire ça et de les mettre dehors, exécution !

Le capitaine coiffa son képi, salua réglementairement, fit un demi-tour de virtuose et sortit en lâchant :

– Je m'occupe de ces messieurs de la presse et je vous envoie Carpentier, mon colonel.

Resté seul dans son bureau, Couillot revint à la fenêtre jeter un regard chargé de fiel sur le groupe de civils vers qui son adjoint se dirigeait à grands pas : « Pauvre France ! » lâcha-t-il, sans qu'on puisse déterminer à qui, à quoi il s'adressait.

L'irascible vit un grand jeune homme blond coiffé d'un feutre et vêtu d'un pardessus laissant apparaître à l'échancrure une écharpe de laine rouge se détacher du groupe de journalistes et venir au-devant de Reveilhac. Il suivit avec attention la pantomime entre les deux hommes. Il tentait de déchiffrer sur l'attitude générale des deux interlocuteurs et leurs physionomies respectives le contenu de leur dialogue, tout en commentant à haute voix la scène.

– Quelle couille molle, ce Reveilhac ! C'est avec de pareilles brêles qu'on veut récupérer l'Alsace-Lorraine ?

Le capitaine, l'air navré, faisait de grands gestes accompagnant un refus courtois mais ferme. De ses grands bras écartés il refoulait le groupe de journalistes reformé autour de Raoul Signoret vers la sortie de la caserne. Il montra, en se retournant, la fenêtre du bureau où Couillot se tenait en embuscade. Celui-ci se recula vivement, se cachant à demi derrière une embrasse de rideaux. Sa colère se retourna vers Reveilhac :

– Quel con, celui-là ! Il doit s'abriter derrière moi. Il imita le ton de son adjoint : « S'il ne tenait qu'à moi, messieurs, je vous dirais tout sur la vie privée et publique du lieutenant d'Estournel mais mon chef, le colonel Couillot, s'y oppose formell... »

Cette idée fit encore monter d'un cran la rogne du basset à cinq ficelles[1]. N'y tenant plus, il ouvrit la croisée à grand fracas et gueula :

– Reveilhac, nom de Dieu ! J'ai dit : dehors ! Vous attendez quoi ?

Raoul Signoret s'avança jusque sous les fenêtres du colonel. Ôtant son feutre comme s'il eût été empanaché, il salua comiquement en se courbant jusqu'au sol et dit avec un grand sourire :

– Il attend que vous ayez le courage de descendre vous-même nous le dire en face !

On assista alors à un événement jusqu'alors inouï chez les *biffins* du 141e. Face à cette insolence imprévue, le colonel Octave Couillot demeura plusieurs secondes d'affilée sans hurler. Il y eut assez de témoins à la scène pour en faire perdurer le caractère excep-

1. Les cinq galons du grade de colonel.

tionnel, dans les chambrées comme au mess des officiers.

Mais sa nature reprit bientôt le dessus et on l'entendit beugler jusqu'à la manufacture des tabacs.

– Reveilhac ! Appelez la garde ! Un sergent et quatre hommes baïonnette au canon !

Cet ordre saugrenu déclencha chez les journalistes un fou rire général, traversé de réflexes antimilitaristes de base, qui les ramenaient à leur jeunesse enrégimentée.

On entendit fuser du groupe de civils qui regagnaient la rue du Muy en se tenant les côtes, entourés de soldats en armes qui se mordaient l'intérieur des joues pour ne pas être repérés en train de fraterniser avec l'ennemi, l'inévitable :

– En voilà un qui a des Couillot-cul !

– Avec des chefs pareils, les *Pruscos* n'auront qu'à bien se tenir !

D'autres criaient par réflexe *« La Quille, bordel ! »* tout en aspergeant au hasard la façade de la caserne de bras d'honneur lancés comme des bénédictions.

Pris d'une subite inspiration, Mario Albano, du *Petit Marseillais*, la tête tournée vers Couillot, tout en retraitant entonna d'un beau timbre de baryton le refrain d'une délicate bluette apprise au temps de son service militaire. Il durait alors trois ans, on avait le temps de se constituer un répertoire. Il disait à peu près ceci :

La peau de mes rouleaux pour tous les caporaux,
La peau de mes roupettes pour l'caporal trompette
La peau de mes roustons pour l'caporal clairon

Ce qui pend par-devant, ça s'ra pour l'adjudant
Le reste de la boutique, pour le chef de musique !

Une manière originale qu'il avait trouvée là de ne pas quitter le champ de bataille sans avoir combattu.

La poigne vigoureuse du caporal de garde mit fin au récital.

En remontant vers son chemin de croix quotidien, le lieutenant Reveilhac poussa un long et douloureux soupir.

Il se trouvait encore dans la cour et pourtant il entendait déjà son chef gueuler à travers deux étages de maçonnerie. « Carpentier doit être en train de se faire savonner », songea-t-il.

C'était exact. Le capitaine Antoine Carpentier, stoïque, au garde-à-vous sous l'orage sonore ne tentait même plus de se justifier.

– Qu'est-ce que ça signifie, ça ? « Je pensais, que »... Vous n'avez pas à penser. Ici, c'est moi qui pense pour les autres. Heureusement, d'ailleurs, quand on voit de quelle bande d'incapables dont je suis entouré. Votre quatrième ficelle[1], vous allez pouvoir vous l'accrocher, Carpentier. Comptez sur moi. Une pancarte de deux mètres sur trois prévient le clampin de passer au large. « Terrain militaire, défense d'entrer. » Ça ne vous suffit pas ? Et vous comptiez

1. Le quatrième galon qui permet au capitaine d'accéder au grade de commandant.

quoi en les accueillant ? Leur raconter les frasques d'un camarade ? Ça les regarde ? Vous pouvez me le dire ?

Carpentier demeurait silencieux. De toute façon, l'autre n'attendait pas de réponse.

– Quant à vous...

Reveilhac qui venait d'entrer dans le bureau saluait de nouveau son chef.

– Qui était ce jeune gommeux insolent qui m'a défié de descendre ?

– Raoul Signoret, du *Petit Provençal*, mon colonel.

Couillot acheva son numéro par un rugissement de triomphe :

– Aaaah ! vous voyez, imbéciles ! En plus, il y avait un socialiste parmi eux !!!

10

Où l'on fait la connaissance d'une veuve de la variété « joyeuse », qui a bien connu le mort de la rue Bleue

La veuve Debesson avait de beaux restes. Dans sa course implacable – qui fait de toute existence humaine un lent processus de démolition – le Temps s'était montré assez clément avec elle. Encore bien en chair, des hanches de poulinière dont les courbes étaient accentuées par le vertugadin et le corset, des joues pleines, un teint fleuri sans excès, de superbes cheveux noirs coiffés en haut chignon et des tenues du bon faiseur choisies pour la gaieté de leurs coloris, c'était ce qu'on appelait alors « une belle femme ». Et avec ça, un je-ne-sais-quoi d'effronté dans le regard lorsqu'il croisait celui d'un homme qui fit songer à Raoul Signoret que, si veuve il y avait, elle devait être de la variété joyeuse.

Ces réflexions, le reporter du *Petit Provençal* se les fit dès qu'il eut franchi le seuil de l'*Hôtel meublé*

Gyptis, en parcourant les quelques mètres qui le séparaient du comptoir d'accueil derrière lequel se tenait la propriétaire. Tout était briqué, ciré, entretenu à son image. Des plantes vertes en abondance baignaient le hall d'une agréable lumière d'aquarium très reposante pour le regard.

Le journaliste joua sur l'effet de surprise :

– Madame, j'arrive de Briançon, je suis un ami de promotion du lieutenant d'Estournel. On m'a dit qu'il logeait chez vous et que je pourr...

À ce nom, la veuve Debesson se dressa comme un diable à ressort derrière sa banque en poussant un grand cri.

– Ah ! monsieur ! Vous n'avez pas su ? Quelle horreur !

– Qu'aurais-je dû savoir, madame ?

Le visage de l'hôtelière perdit ses belles couleurs.

– Je ne sais quels étaient vos liens avec le lieutenant, monsieur, mais il est arrivé un grand malheur ! La semaine dernière, ces messieurs de la police sont venus m'apprendre qu'Alfr..., je veux dire le lieutenant d'Estournel, avait été assassiné de la plus atroce façon. Le mort de la rue Bleue, c'était lui. Je ne l'avais pas revu ici depuis plus d'un mois et...

Raoul joua l'incompréhension :

– La rue Bleue ?

– Oui, l'homme à la tête coupée, c'était lui ! Vous n'avez pas lu le journal, alors ?

Le journaliste adopta le ton mélodramatique convenant à un jeune homme de bonne éducation très affecté par l'atroce révélation :

– Ciel ! Que m'apprenez-vous là, madame ! Alfred assassiné ? Mais comment ? Mais pourquoi ? Mais par qui ?

Les Comédiens-Français donnaient *Phèdre* le soir même au théâtre du Gymnase tout proche du meublé *Gyptis*. Le doyen fût-il entré à l'instant où Raoul Signoret donnait sa réplique, il lui signait illico un contrat de pensionnaire.

Le reporter fut parfait dans le rôle de l'ami accablé par la cruauté du sort. Il s'accrocha au bord du comptoir, vacilla ce qu'il faut et poussa la rouerie jusqu'à mettre la main au front, comme il l'avait vu faire dans un drame romantique.

Avec une souplesse que n'aurait pas laissé deviner son corps grassouillet, la veuve bondit de derrière son comptoir et prit les mains de Raoul dans un geste de sollicitude appuyé, le priant de venir se remettre un instant auprès d'elle dans le profond de l'un des fauteuils de cuir qui leur tendaient les bras.

Au passage Raoul nota que d'un coup d'œil professionnel elle avait examiné de pied en cap la tournure de l'arrivant. Examen réussi.

– Hélas ! monsieur, expliqua-t-elle avec des sanglots dans la voix, je sais seulement ce que m'a dit la police en venant perquisitionner dans les affaires d'Alf... du lieutenant d'Estournel. Il paraît qu'on l'a assassiné en pleine rue à La Belle de Mai. Et d'après ce que dit la presse, son meurtrier s'est acharné sur son pauvre corps...

– La police a-t-elle trouvé quelque chose qui l'aurait mise sur la piste du misérable qui...

– Je n'en sais rien, gémit la veuve. Je ne pense pas. L'ennui, c'est que, l'affaire s'étant ébruitée, cela est très fâcheux pour mon commerce. Tous ces policiers qui sont venus fouiller ma maison...

Raoul Signoret s'étonna :

– Le malheureux n'a pas été assassiné ici que je sache !

La veuve expliqua avec un soupir :

– Vous connaissez la malignité humaine. Il y a des gens assez mal intentionnés pour insinuer que ce meublé, créé par feu mon mari, un homme d'une scrupuleuse moralité, recevait des clients peu recommandables. Que les pensionnaires honnêtes ne finissent pas lardés de coups de couteau dans un quartier de mauvaise réputation. Que si ce malheur est arrivé au lieutenant, c'est qu'il était une personne d'une moralité douteuse. À l'occasion, ils laissent entendre que mon établissement serait une maison de rendez-vous. Alors, pensez donc, avec ce crime, je ne sais quelles horreurs ils peuvent colporter à présent maintenant sur mon compte et sur celui du lieutenant d'Estournel !

Raoul se dit qu'il aimerait bien connaître ce qu'il y avait à raconter sur les relations entre la propriétaire et son locataire. Peut-être qu'en s'y prenant avec adresse, on pourrait en apprendre.

La veuve se leva, insista pour aller chercher deux petits verres « pour se remettre », disparut dans la pièce attenante et revint avec une bouteille contenant une liqueur brun foncé dont elle remplit d'autorité les verres, en disant d'un air gourmand :

– C'est du *cacao chouao*. Je le fais moi-même à partir d'extraits que vendent les colporteurs.

Après avoir trempé ses lèvres dans ce sirop écœurant, Raoul ne douta pas du caractère « maison » de la fabrication.

– Nous en buvions souvent avec Alfred (ça y est, elle l'avait lâché !) avant d'aller nous coucher, quand il ne rentrait pas trop fatigué de la caserne. Il adorait ça.

« Un homme de goût, assurément », songea Raoul, la bouche empâtée par la mixture. Il sourit intérieurement, ayant noté au passage le « avant d'aller nous coucher ».

Allons ! Mme Debesson était une polissonne qui n'hésitait pas à faire porter des cornes posthumes à feu Debesson quand un locataire était de son goût. Raoul en eut confirmation quand, par hasard, le regard de la propriétaire du *Gyptis* croisa le sien. Elle eut beau baisser les yeux avec des pudeurs de rosière, on la sentait tout émoustillée de ce tête-à-tête imprévu avec « un jeune homme si bien de sa personne ».

Raoul enfoncé dans le rôle de l'ami inconsolable expliqua :

– Alfred était parti dans sa famille à Nancy, où il a eu le chagrin de perdre sa mère. C'est pour cette raison que je venais...

La veuve le coupa :

– Voilà pourquoi il m'a laissée si longtemps sans nouvelles ! Moi qui pensais qu'il m'en voulait pour tout autre chose.

Elle était d'une bêtise touchante, finalement. Pour

ne pas éclater de rire, Raoul dut fortement évoquer la photographie de la tête tuméfiée du lieutenant d'Estournel découpée comme une pièce de boucherie. Il poussa la veuve dans la voie des confidences.

– Suis-je indiscret en vous demandant de quelle autre chose mon ami Alfred aurait pu vous en vouloir ?

Elle rosit, hésita, puis finit par confier :

– Oh, rien... Il avait insisté à plusieurs reprises pour recevoir ici même, euh... je veux dire dans sa chambre, une... une jeune femme et... j'avais été obligée de me fâcher. Car la réputation de la maison, n'est-ce pas ?

Raoul traduisit en clair : d'Estournel recevait des poules dans sa turne et la veuve lui avait fait une scène de femme jalouse.

Le reporter posa une nouvelle banderille, histoire de jauger la bête.

– Peut-être cette jeune femme était-elle la fiancée d'Alfred ?

Le dernier mot fut prononcé avec un clin d'œil complice.

Raoul avait vu juste. Le ton changea. La corne le frôla.

– Fiancée ou pas, nous avons des principes dans cette maison. Interdiction de recevoir des personnes du sexe opposé dans sa chambre, quand on est célibataire. La police des garnis ne plaisante pas. On peut être assimilés à des proxénètes. Pas de ça chez moi ! Au-dehors, Alfred, je veux dire le lieutenant d'Estournel, fréquentait qui il voulait. Je ne pouvais pas... je veux dire je n'étais pas chargée de le surveiller. Mais ici ? Il aurait fait beau voir ! D'autant plus que, si vous voulez mon avis, cette jeune femme n'avait pas très bon genre. Jolie, j'en conviens, si on aime les brunes piquantes. Mais un peu vulgaire, si vous voyez. Et pas très élégante. Ils n'étaient pas du même monde.

La violence de sa réaction prouvait que la veuve s'était trouvée « en concurrence » avec d'autres conquêtes du coq de garnison. C'était sans doute pour elle le prix à payer pour avoir à son tour le droit de bramer d'amour sous le quintal de l'étalon galonné.

Sans doute d'Estournel, qui dépensait en général plus qu'il ne gagnait, bénéficiait-il de tarifs préférentiels au *Gyptis*. Entre les bras dodus de la patronne il devait régler ses notes en nature... Une mentalité de barbeau, ça. Pas étonnant que ce militaire à la morale élastique ait eu des fréquentations plus que douteuses.

Quant à la veuve, la reconnaissance du bas-ventre lui faisait fermer les yeux sur les entorses au règlement, malgré ses dires. L'oncle Eugène l'avait confirmé.

– Je suis sûr que ça s'est arrangé entre vous, dit Raoul... Alfred était si charmant. Et quel bon camarade !

– Bien sûr, ça s'est arrangé...

La veuve poussa un soupir à faire tourner les ailes d'un moulin :

– Quand je repense au beau garçon que c'était !... Vous savez mieux que moi quelle allure l'uniforme donnait à ce torse de lutteur... C'était un lion, cet homme !

Mme Debesson resta un instant rêveuse, puis confia :

– Il était devenu pour moi plus qu'un pensionnaire... Un confident, un soutien, un véritable ami. Vous savez, une femme seule, mener un commerce comme le mien, si contraignant... La présence d'un homme en qui j'avais toute confiance me rassurait.

Raoul renchérit :

– Si Alfred n'était pas qu'un pensionnaire ordinaire, vous-même lui aviez procuré une sorte de foyer et non plus une simple pension.

La veuve ne chercha pas à nier :

– Il était comme chez lui, ici. Il recevait qui il voulait. Du moment qu'il ne s'agissait pas de femmes, à cause de la réputation de la maison, je n'y voyais aucun inconvénient. Des amis venaient fréquemment le chercher, dans la soirée, avec qui il allait probablement se distraire. Il arrivait que je ne le revoie pas de deux ou trois jours.

Raoul, sans rire, suggéra :

– Peut-être partait-il en manœuvres ?

La suggestion convint à la veuve.

– Probablement, car ses absences étaient de courte durée. Jusqu'à ce jour horrible, où...

Un nouveau gros soupir gonfla la poitrine généreuse et inconsolée.

– Comme la vie est mal faite... Depuis qu'il n'est plus là, cette maison me rend mélancolique. Je n'ai plus goût à rien.

– Ces amis dont vous me parlez, osa Raoul, c'étaient des militaires ? Je vous demande ça, parce qu'il sont peut-être aussi des camarades à moi.

La veuve réfléchit :

– Je n'en sais rien. Ils ne portaient pas d'uniformes,

en tout cas. Mais c'étaient peut-être des militaires en civil ?

Peut-être...

– Alfred vous les avait-il présentés ?

– Attendez que je me souvienne... Je ne pense pas. En revanche, je crois me souvenir que l'un d'entre eux portait un sobriquet amusant. *Le Beau René, Le Beau Poulet*...

– *Le Beau Frisé* ?

– C'est ça ! *Le Beau Frisé !* Un soir Alfred m'avait dit : « Je dois sortir, si mon ami *Le Beau Frisé* passe, dites-lui de me rejoindre là où il sait à dix heures. » Vous le connaissez aussi ?

Raoul mentit avec aplomb.

– C'est un ami d'enfance commun. Vous l'avez revu, depuis la mort d'Alfred ?

– Non, tiens, c'est vrai. Il ne s'est plus manifesté.

– La discrétion, sans doute, dit le journaliste avec un sérieux papal. Ou le chagrin de revoir ces lieux encore imprégnés de la présence de son ami...

Tout en écoutant distraitement la patronne du *Gyptis,* Raoul Signoret faisait mentalement le point. Il savait encore trop peu de choses sur le mort de la rue Bleue entre le moment où il s'éclipse officiellement pour aller enterrer sa mère à Nancy et celui où on le retrouve coupé en deux morceaux d'inégale importance dans une rue de La Belle de Mai, pour espérer glaner ici des informations capitales auprès de sa « veuve ». Mais il savait qu'une fois son enquête étoffée, il pourrait avec profit la compléter ici de ces détails qui font les portraitistes d'élite dans la presse moderne.

Auparavant, il irait se renseigner auprès de l'oncle Eugène sur la possible identité de cette « brune piquante mais un peu vulgaire » qui avait rendu jalouse la patronne du meublé Debesson.

En redescendant la rue Canebière en direction du port pour rentrer chez lui où l'attendaient son épouse Cécile et leur fille Adèle, Raoul Signoret riait tout seul. La veuve, pour désolée qu'elle fût, ne paraissait pas inconsolable.

– Qu'allez-vous faire à présent ? avait-elle demandé au moment où le journaliste prenait congé.

– Je vais aller voir du côté de mes camarades du 141e, afin de savoir si je peux apprendre quelque chose sur les circonstances de la mort de notre ami... Ils ont une Amicale des anciens, à deux pas, rue Curiol. Le siège est à la *Brasserie Phocéenne.*

Raoul se mordit les lèvres au sang pour ne pas ajouter « et puis le colonel Couillot ne me refusera pas une audience pour me parler de son subalterne ».

– Vous me direz si vous apprenez quelque chose, hein ?

– Bien sûr ! jura le reporter.

– Vous savez que ma maison vous est ouverte.

– C'est très aimable.

En raccompagnant son hôte jusqu'à l'entrée, elle demanda :

– Au fait, vous avez où coucher, ce soir ? Parce que vous savez que...

Du bras elle montra l'escalier qui conduisait à l'étage.

Un couple descendait. À la manière furtive dont il traversa le hall, sans saluer la patronne, évitant de croiser les regards de l'hôtesse et de son visiteur, on devinait que la chambre n'avait été occupée qu'« un petit moment ». Et payée d'avance.

L'invitation à passer la nuit sous le toit du *Gyptis* avait été si directement formulée qu'en remerciant Raoul Signoret avait failli répondre : « Désolé pour vous, j'ai ce qu'il faut à la maison. » Il se contenta d'un demi-mensonge : « J'ai de la famille à Marseille. »

– Promettez-moi de ne pas vous gêner.

– C'est promis.

– Et revenez quand vous voulez, monsieur, euh... Je ne connais même pas votre nom.

Raoul avait pris l'air confus.

– En effet. Quel mufle je fais ! Jean-François Breton, lieutenant au 159e R.I.A. [1] basé à Briançon.

– « Jean-François », avait-elle répété, songeuse. C'est joli comme prénom. C'est doux. Moi, c'est Yvonne...

---

1. Régiment d'infanterie alpine.

11

Où l'on apprend une incroyable nouvelle : on a trouvé un second cadavre au pied du même réverbère, face à la manufacture des tabacs

– Allô, mademoiselle, je vous ai demandé le 272 à Marseille, voici plus de vingt minutes. Je vais devoir l'attendre encore longtemps ?

Le ton du commissaire divisionnaire Eugène Baruteau était celui des grands jours de colère.

Au bout du fil, la voix de crécelle et la mauvaise foi de l'opératrice achevèrent d'exaspérer le policier.

– Comment, il n'y a pas d'abonné ? Vous vous fichez de moi ! C'est le numéro du *Petit Provençal* que je vous demande, mademoiselle ! Si le journal avait cessé de paraître, on l'aurait su, non ?

Le chef de la Sûreté marseillaise ne perdit pas le temps d'écouter la justification de la demoiselle des Postes. Homme des grandes décisions, il hurla à travers la cloison à l'intention de son adjoint :

– Durbec ! Le téléphone est encore en dérangement

et les opératrices s'en foutent. Pendant ce temps, les malandrins se paient du bon temps. Envoyez-moi donc un de nos fiacres avec cocher sachant lire les noms de rues sur les plaques, au *Petit Provençal*, au 75, rue de la Darse[1]. Dites-lui de me ramener *fissa* mon neveu, Raoul Signoret. Il en va de sa tête. Pas du neveu, du cocher. Comment ? Oui, c'est pour l'affaire que vous savez.

Une demi-heure plus tard, le reporter était assis face à son oncle, dans le grand bureau de *L'Évêché* qu'avait valu à Eugène Baruteau sa récente promotion au grade de divisionnaire.

– Mon cher Raoul, disait le policier, ton métier, comme le mien, nous a persuadés d'être les locataires provisoires d'une planète où les cinglés sont proliférants, les barbares envahissants, où les voyous ont toutes les audaces, où les braves gens sont une espèce en voie de disparition. Nous sommes, toi et moi, sans illusions. Pourtant, plus ça va, plus je m'inquiète.

Connaissant son oncle, Raoul savait pertinemment qu'une telle introduction annonçait une nouvelle à sensation. Le grand flic, volontiers cabotin, la retenait encore pour lui donner plus d'impact. Le commissaire faisait, comme on dit à Marseille, « sa galline », équivalent de « sa coquette ». Il faisait languir le client en attendant le moment opportun de lui lâcher LA nouvelle pour laquelle il avait expédié un « panier à

1. Aujourd'hui rue Francis-Davso.

salade » quérir son neveu. C'était le seul véhicule policier hippomobile disponible à ce moment-là.

L'heure de la Révélation approchait, car Eugène Baruteau prononça la question rituelle :

– Tu es bien assis, mon Raoul ?

Le neveu acquiesça d'un battement de cils tout en songeant : « Quel histrion ! » comme aurait dit sa tante *Thérésou*, la femme du commissaire.

– Alors, tiens-toi aux accoudoirs, conseilla le policier. On vient de trouver pas plus tard que ce matin, « à l'aube où blanchit la campagne », pile face à la porte d'entrée de la manufacture des tabacs de la rue Bleue, le cadavre d'un homme tout à fait mort.

Raoul plaisanta :

– Tiens ! Albert Rastègue aurait-il repris ses tournées d'allumeur de réverbères ?

Baruteau fut surpris par le saugrenu de la question :

– Pas que je sache, mais c'était au même endroit, sous le même réverbère éteint. Et comme pour l'autre, il y avait très peu de sang autour du cadavre. À croire qu'on les zigouille ailleurs, les types, à La Belle de Mai, et qu'on les transporte ensuite là où nous les trouvons.

– Diable ! s'écria Raoul qui, pour combattre l'émotion, avait souvent recours à l'humour noir, comme son oncle. Ne me dites pas qu'on lui avait aussi fait les ongles ?

– Non, pas de manucure, ni d'oto-rhino, ce coup-ci.

– Avait-il encore toute sa tête ?

– Toute. C'est même à ça qu'on l'a reconnu illico. Il avait juste reçu un coup de couteau dans la poitrine, appliqué de bas en haut afin de passer sous les côtes, comme le *pôvre* d'Estournel. Un seul coup, mais suffisant pour le saigner comme un porc. On a dû se servir d'un sacré *schlass*.

– Et qui est l'heureux bénéficiaire, si j'ose dire ?

Baruteau jubilait. Il sentait son neveu sur les charbons ardents.

– Cherche un peu.

Raoul savait devoir passer par le caprice du gros chat de la Sûreté. Il se prêta au jeu.

– Un autre militaire ?

– Non.

– Dommage, j'eusse assez aimé que vous m'apprenassiez la brutale disparition de notre excellent camarade, le colonel Couillot. Auquel cas, les suspects n'auraient pas manqué : la totalité de l'effectif des hommes encasernés sous les ordres de ce braillard aurait pu avoir eu envie de le faire taire une bonne fois. Son adjoint, le capitaine Reveilhac, eût fait un coupable idéal.

– Cherche donc ailleurs.

Raoul se gratta l'occiput.

– Alors qui ? Un commerçant, un artisan, un travailleur de La Belle de Mai ?

Baruteau eut un sourire.

– En quelque sorte.

Le reporter s'agita sur son siège comme un suspect à la question.

– Le jeu sadique auquel vous vous livrez me laisse penser qu'il s'agit d'un gros poisson.

Baruteau faillit s'étrangler de rire :

– Tu ne crois pas si bien dire ! C'est même un poisson bleu.

Raoul en eut assez.

– Je vous en prie, mon oncle, cessez de me torturer ou je dis à tante Thérèse que vous avez recommencé de fumer la pipe en cachette malgré votre emphysème chronique. Donnant, donnant : mon silence contre l'identité du mort.

Baruteau, rouge de confusion, pris comme un gamin en faute, fit disparaître dans un des tiroirs de son bureau le cendrier et la *Peterson* en bruyère flammée qu'il s'était rachetée malgré les promesses faites à son épouse[1]. Il releva la tête, vexé d'avoir été pris la main dans le sac. Il s'accorda encore quelques secondes, histoire de faire comprendre à l'insolent qu'il restait maître du jeu, et enfin lâcha en détachant les syllabes :

– Fran-çois Fer-rac-ci, dit *Le Beau Frisé*.

Pendant une seconde, le silence fut palpable, puis Raoul dit sobrement :

– Ah, merde.

Baruteau s'étonna :

– La mort brutale de cette irrécupérable canaille te causerait-elle un quelconque chagrin ?

– Pas le moins du monde, au contraire, l'air qu'on va respirer à La Belle de Mai en sera moins vicié, mais cette mort ne cadre pas avec mes plans.

Baruteau s'esclaffa :

– Parce que *Môssieu* a des plans, maintenant, voilà du nouveau. On peut savoir ?

---

1. Voir *L'Énigme de La Blancarde*.

– Je veux bien qu'on tue un type par mois à La Belle de Mai et qu'on retrouve son cadavre à l'aube, rue Bleue.

– Tu veux bien..., ironisa en écho le policier. J'en suis fort aise.

Raoul acheva :

– Mais où ça ne va pas, c'est qu'il faudrait une logique à tout ça et je ne la vois guère...

– Explique-toi.

Raoul entama une charade macabre :

– « Mon premier est un militaire. Il est retrouvé dans un état qui prétend empêcher toute identification. » Que ce type soit un don juan de garnison n'en fait pas *a priori* la victime désignée d'un règlement de comptes.

Baruteau objecta :

– À moins qu'un mari jaloux...

Raoul l'interrompit :

– Un mari jaloux se sert d'un revolver... ou d'un tribunal, mais ne se livre pas à cette mise en scène de grand guignol.

– Admettons, convint le policier.

Raoul reprit sa charade :

– « Mon second est un voyou bien connu à La Belle de Mai et autres lieux à marée basse, pour avoir montré des dispositions naturelles à faire travailler les femmes à sa place et pour son compte exclusif, ou arrondir ses fins de mois difficiles par des trafics et cambriolages divers qui le dispensent d'épeler son nom chaque fois qu'il entre en prison, car il y est aussi célèbre que dans son quartier. »

Le journaliste parut réfléchir.

– Bien. Cela posé, ils ont été assassinés de la même façon, selon la même technique et exposés de la même manière spectaculaire au vu et su des passants. Pourtant, je ne vois rien de commun entre les deux victimes, issues de milieux sociaux différents et pris par des occupations fort éloignées.

Baruteau, cynique, ironisa :

– Boh ! tu sais : tous deux sont des tueurs, dans le fond. La seule vraie différence entre eux est que pour la même mauvaise action on donne des médailles à l'un et des années de prison à l'autre.

Raoul fut ravi. En prenant de l'âge, l'oncle Eugène teintait sa moustache de hérisson au noir de l'anarchisme. Pour un chef de la police, c'était encourageant. Le neveu eut un mouvement de la tête accompagné d'un sourire qui voulait souligner son adhésion à la formule.

– Cela posé, reprit-il, il y a un point commun objectif entre les deux affaires. Les deux corps ont été retrouvés au même endroit, la technique d'exécution est la même, donc il pourrait n'y avoir qu'un assassin et alors...

Baruteau leva la main pour interrompre son neveu.

– Raoul, attention à ce type de raisonnement où l'on saute à pieds joints vers la conclusion. C'est le plus sûr moyen de s'engager sur une fausse piste.

– Que voulez-vous dire, mon oncle ?

– Que les ressemblances dans ce qu'on pourrait appeler la « mise en scène » des meurtres ne signifient pas *ipso facto* que les affaires soient liées et qu'ils n'aient eu qu'un seul exécutant. Autrement dit, le second a pu être « copié » sur le premier qui a tant frappé les esprits. Il pourrait y avoir, tapi dans l'ombre, un type de La Belle de Mai – que nous ne connaîtrons peut-être jamais – qui s'est tenu le raisonnement suivant : « J'ai besoin de me débarrasser du *Beau Frisé*. Si je refaisais ce qu'on a fait au militaire ? Ainsi, au cas où on retrouverait l'assassin de d'Estournel, on lui ferait porter aussi le chapeau du second crime, même en l'absence d'aveux, et on viendrait pas chercher de mon côté. »

Raoul admira la pertinence du raisonnement et demeura un instant perdu dans ses pensées. Il émergea bientôt et dit :

– En tout cas, il y a une chose indubitable dans ce que vous nommez la « mise en scène » des crimes, c'est le lieu choisi. Que les affaires soient ou non liées, elle s'adressent toutes deux à la même « personne » si j'ose dire. Je veux parler de la manufacture des tabacs. Vous ne me l'ôterez pas de la tête. C'est entre ces hauts murs que gît la raison de leur accomplissement. *Quelqu'un*, depuis la rue Bleue, dit à *quelqu'un* à l'intérieur du bâtiment : attention ! Je suis là. Et voilà ce que je sais faire, si...

– Si, quoi ?

– Je ne sais pas, moi... « Si tu ne passes pas par où je veux », ou « si tu n'obéis pas », « si tu refuses ce que je demande, y compris ta complicité », *prends garde à toi* ! Comme dans *Carmen*. Un exemple : imaginons que des voyous préparent un coup. Ils ont besoin, comme la dernière fois, d'un complice ayant les moyens de les introduire sans effraction dans la manufacture, vers les stocks de tabac. Le type – ou la femme, qui sait ? – refuse. On tue d'Estournel – pour des raisons qu'il nous restera à découvrir – comme premier avertissement. Rien ne change. On tue alors *Le Beau Frisé* pour faire comprendre qu'on ne cédera pas.

– Attends, attends, attends ! s'écria le commissaire. *Le Beau Frisé* est un voyou. Je ne vois pas une bande aller jusqu'à sacrifier un des siens pour impressionner quelqu'un.

– Sauf si c'est une bande adverse.

– Moui..., admit Baruteau à contrecœur.

Ce fut au tour du policier de demeurer silencieux et pensif avant de conclure :

– Tu n'as peut-être pas tort, mais ça ne nous avance guère.

– Raison de plus pour continuer à phosphorer, dit Raoul. Pour Ferracci, on peut tout balancer dans le journal de demain ?

Baruteau acquiesça d'un mouvement de tête.

– Ne te gêne surtout pas. Plus on remuera la vase, plus les têtards remonteront à la surface. Mes hommes sont en train de cuisiner quelques barbeaux de belle taille pour savoir si des fois ils n'auraient pas découché cette nuit.

– Ce Ferracci, vous l'aviez finalement relâché faute d'arguments dans l'enquête sur le meurtre de d'Estournel ?

Baruteau rigola.

– Exact. Mais à présent, il doit regretter de ne pas

être resté auprès de l'oncle Eugène. S'il m'avait écouté, il ne se serait pas empalé sur un couteau qui traînait par là.

– Vous pensez toujours qu'il avait été de près ou de loin mêlé à l'exécution du lieutenant ?

Baruteau soupira.

– En fait, je n'en sais rien. Ce qui m'intriguait, c'est ce que tu m'avais rapporté de ton stage au bar *Chez Loulou*. Pourquoi Ferracci était-il allé demander à l'allumeur s'il avait vu la tête coupée ? Je ne le saurai jamais. Là où il est aujourd'hui, m'étonnerait qu'il m'envoie la réponse... Mais d'autres, peut-être, me la fourniront un jour. Patience...

Raoul s'apprêtait à prendre congé, mais son oncle le retint.

– Pendant que j'y étais, pour éviter de te déranger pour rien...

Le reporter interjecta :

– Vous appelez ça « pour rien », vous ? Une exclusivité pareille ! Je vais avoir un jour d'avance sur la concurrence. Si on me retrouve rue Bleue avec un coup de couteau dans le ventre, vous saurez pourquoi.

– Je sais que je te gâte, répliqua Baruteau soudain attendri. Que ne ferait-on pas pour son fils préféré [1] ? Je disais « pour rien » afin de paraître modeste et ne pas t'accabler de ma générosité. Mais, au fond de moi, je veux – que dis-je ? –, j'exige de toi une reconnaissance éternelle gravée sur le marbre de mon futur tombeau.

1. L'oncle Baruteau a tenu le rôle de père pour Raoul.

– D'avance, vous l'avez, mon oncle. Tant que ce n'est pas une reconnaissance de dette...

Le commissaire avait pris un classeur dans l'un de ses tiroirs et en sortit une liasse de feuillets dactylographiés.

– Je t'ai mis de côté quelques provisions pour la route au sujet de notre ami d'Estournel. Tu vas voir qu'elles apportent de l'eau à ton moulin. Pour l'instant tu garderas ce que je vais te dire pour ta gouverne, mais ça te servira selon la manière dont tourne le vent dans cette affaire. Et tout d'abord, je t'ai assez fait bisquer pour aujourd'hui, j'abats mon jeu d'entrée.

Le reporter frétilla sur sa chaise.

– Figure-toi que nos amis de la *Grande Muette*[1] venaient de virer d'Estournel, quand un coup de couteau l'a ravi à notre affection.

Raoul s'écria :

– Non ! Pas possible. Et vous y croyez ?

– Pas plus que toi. C'est une magouille de plus. Ils n'en sont pas à leur première. Après ce qu'ils ont fait subir à ce malheureux Dreyfus, ça c'est un enfantillage. En revanche, il est avéré que d'Estournel était l'officier le plus mal noté du régiment. Son dossier militaire est chargé comme un mur de pissotière publique. Je lis : « *Officier sans zèle, ayant tout à apprendre du commandement, n'ayant aucune conscience de ses devoirs, nul au point de vue militaire, sournois, n'a aucun avenir dans l'armée.* »

Baruteau releva la tête.

1. Surnom donné à l'armée française.

– Je pense que l'État-Major avait déjà dans l'idée de le virer, quand la mort crapuleuse du lieutenant leur aura fourni le prétexte de passer à l'action immédiate. Ils ont dû antidater les documents officialisant la chose et le tour était joué. L'armée n'était pas éclaboussée. Tu ne crois pas ?

Raoul opina :

– Plus rien ne peut m'étonner venant d'une institution qui, pour ne pas se renier, s'est déshonorée à fabriquer des faux au plus haut niveau, lorsque l'innocence du capitaine Dreyfus ne pouvait plus faire de doute pour personne. D'après vous, mon oncle, ils vous ont repassé le bâton merdeux ? Officiellement, d'Estournel n'était plus un militaire au moment de sa mort, mais un civil qui avait de mauvaises fréquentations. Ça ne concerne plus l'armée. C'est bien votre avis ?

– Tu as tout compris. Grâce à ce tour de passe-passe avec le calendrier, c'est un civil qu'on a zigouillé rue Bleue.

Raoul explosa d'indignation :

– C'est pas beau, ça ? C'est courageux, surtout. L'honneur de l'armée française ! Il est frais comme la tête de d'Estournel à ce jour !

– Bien, dit Baruteau. Revenons à notre mouton noir. Il a passé deux ans à Saint-Cyr, mais ça tu t'en fous. Il a été nommé *sous-bite*[1] à Lyon où il s'est mis aussitôt à la colle avec une certaine Madeleine Gonzales, danseuse au théâtre Bellecour qui faisait des

1. Sous-lieutenant, en argot militaire.

extra en pratiquant la débauche tarifée à domicile avec l'assentiment de sa mère. On l'a su parce que d'Estournel avait convaincu la donzelle de venir habiter chez lui et, probablement, profitait d'une partie de ses revenus. C'est la plainte de la vieille maquerelle – voyant s'envoler sa rente – auprès du colonel qui a fait découvrir le pot aux roses. Le père du régiment avait réprimandé le lieutenant de vivre ainsi publiquement avec une « danseuse ».

– Ça commence bien, constata Raoul.

– Attends, le reste ne déçoit pas. Pour entretenir la fille, d'Estournel a contracté des dettes. À l'époque, sa solde était de 225 francs par mois, il en dépensait 250. Il devait de l'argent à la moitié du régiment.

Raoul qui prenait fébrilement des notes intervint :

– Attendez : c'est alors qu'il s'est mis à jouer.

Baruteau pouffa.

– Comment as-tu deviné ?

– Un don de plus à mon actif, bouffonna Raoul. Donc, un trou pour boucher l'autre. C'est un classique, votre lieutenant.

Baruteau reprit la main :

– Bref, d'Estournel devint l'un des piliers du Casino de Charbonnières. Il s'y montra même avec sa logeuse, une veuve dénommée Edmée Santini dont il était probablement l'amant.

– Décidément..., lâcha Raoul.

– Pourquoi dis-tu ça ?

– Parce que, tel le marin dans chaque port, d'Estournel avait une veuve dans chacun de ses lits. Ici, à Marseille, il était l'amant de la veuve Debesson, propriétaire du meublé où il logeait rue du Théâtre-Français. Mais nous n'en sommes pas à une près.

– J'ignorais ce détail, dit Baruteau. D'où le tiens-tu ?

– De la veuve en question. Je ne vous en avais pas parlé, parce que je pensais qu'il ne s'agissait que d'une péripétie d'ordre privé. Mais elle vient à présent compléter le portrait du personnage en accentuant le trait. Nous avons affaire à un coq de garnison au physique avantageux qui collectionne les aventures, qui préfère l'amusement au service, à un joueur, à un débauché, à un officier à la moralité douteuse, aux fréquentations qui ne le sont pas moins...

Raoul repensa à ce que lui avait confié la veuve.

– À l'occasion, il faudra me dire si vous avez trace d'une jolie fille brune un peu vulgaire que d'Estournel a tenté d'accueillir dans le meublé de la rue du Théâtre-Français et que la patronne a virée. Il semblerait que la demoiselle ait été un sujet de discorde entre le lieutenant et la tenancière.

Baruteau nota et proposa :

– Revenons à lui, si tu veux bien. C'était un homme financièrement aux abois.

– Je vois ça d'ici. Il a donc pu être tenté de fréquenter des gens aussi dépourvus de scrupules que lui-même d'argent. Des « amis » de rencontre recrutés dans les bistrots de La Belle de Mai. À partir de là, on peut tout imaginer. Les voyous auront accueilli d'Estournel en pensant qu'il pourrait toujours servir et – qui sait ? – l'auront même entraîné dans des affaires louches. La suite peut se deviner. L'officier dévoyé veut faire le mariole même chez les voyous, peut-être se montre-t-il « pas régulier » comme ils disent, peut-être menace-t-il de dénoncer ses complices s'il ne bénéficie pas d'une rallonge au moment du partage, ça tourne au vinaigre, ils décident de le liquider.

– Bravo, inspecteur Signoret. Nous ne devons pas être loin de la vérité.

– Oui, mais vous oubliez la manufacture, mon oncle ! Pourquoi le cadavre est-il disposé devant, au lieu d'être balancé dans le port ou abandonné dans une pinède des environs ?

Baruteau leva les yeux au ciel.

– Oh ! le crampon ! Quand il a une idée dans la tête, il l'a pas aux pieds, celui-là ! Comment elle fait Cécile, pour te supporter ?

Raoul prit un air faussement détaché :

– Pour me faire supporter, j'ai d'autres arguments...

Eugène Baruteau regarda son neveu comme un père admirant la réussite de sa progéniture :

– Petit prétentieux, va !

12

Où notre héros est fait malgré lui citoyen d'honneur de La Belle de Mai à la demande de son « maire »

Adèle Signoret (six ans) était excitée comme une puce. L'idée d'être conviée à une fête donnée en l'honneur de son papa l'avait mise dans tous ses états.

Quand Raoul, un jour de la semaine précédente, était arrivé de La Belle de Mai les vêtements en désordre, sans chapeau, encore crotté et boitillant, la fillette avait connu l'une des plus belles frayeurs de sa jeune vie.

Elle s'était précipitée vers son père qui n'avait pas eu le temps d'ôter son pardessus.

– On t'a fait mal, papa chéri ? Qui c'est qui t'a frappé ?

Les sanglots avaient jailli avant même les explications de Raoul, au moment où elle découvrait sur le front paternel la bosse qui y prenait ses aises malgré l'arnica de la boulangère. Cécile, d'abord interdite, n'avait pas voulu ajouter à l'angoisse de sa fille et avait fait mine de le prendre en plaisantant :

– Tu t'es cogné à ton rédacteur en chef, mon chéri ?

Mais son regard disait son inquiétude.

Elle avait pris Adèle au bras et obtenu un début de consolation après avoir promis pour le dessert du soir « un biscuit Coste à la vanille avec du beurre et du chocolat râpé dessus ».

Puis elle était passée à l'interrogatoire :

– Tu t'es encore battu avec des voyous [1] ? Avec le tigre échappé du jardin zoologique ? Qui était-ce cette fois ?

– Un percheron.

– Ah, de mieux en mieux ! Que t'avait fait cette pauvre bête ?

– À moi, rien, mais elle allait piétiner sous mes yeux une petite fille de l'âge de la nôtre et je n'étais pas d'accord du tout.

Raoul avait raconté l'accident de tombereau qui avait bouleversé les gens de la rue Bleue. Au fur et à mesure qu'il parlait, il pouvait lire dans les yeux de Cécile la fierté et l'admiration qu'elle portait à celui qu'à part soi elle nommait « mon héros préféré ». Elle avait soupiré, pourtant :

– Vous auriez pu vous faire massacrer tous les deux. Et qu'est-ce qu'on serait devenues, nous autres, sans toi ?

Elle avait serré plus fort Adèle contre elle.

– C'est certain, avait reconnu Raoul, mais, par bon-

1. Voir les volumes précédents.

heur, il n'en a rien été. Tu sais, dans ces moments-là, on ne réfléchit pas aux conséquences. Si chaque fois qu'on est placé devant une situation d'urgence, on pensait : je risque de me faire mal, on ne ferait jamais rien.

– C'est pourtant l'attitude de quatre-vingt-quinze pour cent des gens, avait dit Cécile. Et il a fallu que je tombe sur un garçon qui fait partie des cinq pour cent toujours prêts au sacrifice. C'est flatteur, mais c'est épuisant.

Raoul avait regardé sa femme amoureusement.

– Tu le regrettes ?

Cécile s'était penchée pour dire un ton plus bas et très vite afin que de jolies oreilles roses ne fournissent pas à une petite langue vive l'occasion de se mêler de la conversation :

– Je te le ferai savoir tout à l'heure, quand certaine demoiselle aura regagné sa couche.

Raoul avait regardé sa femme avec les yeux qui étaient les siens le jour où il l'avait rencontrée, en compagnie d'un camarade commun, au concert qui se donnait Théâtre des Nations, rue Paradis[1]. C'est là qu'ils entendirent pour la première fois *Prélude à l'après-midi d'un faune* de Claude Debussy, accueilli avec hostilité par beaucoup de mélomanes marseillais pour lesquels la musique de Berlioz était encore beaucoup de bruit pour rien. Cécile et Raoul, enthousiasmés par les audaces et le climat rêveur de l'œuvre, avaient partagé leur enthousiasme, alors que l'ami faisait la

1. Appelée ensuite salle Prat. On y donnait des concerts de musique classique.

fine bouche. Cécile avait vingt-deux ans, elle était belle comme le jour, sa grâce naturelle et son allure de liane fragile masquaient un caractère suffisamment trempé pour avoir résisté aux exigences paternelles en matière de projets matrimoniaux[1], la faire rompre avec son milieu, dédaigner les avantages matériels qu'il lui aurait assurés, afin de partager la vie simple de l'homme qu'elle aimait. Raoul était tombé raide amoureux de ces yeux sombres et de cette longue chevelure brune de Méridionale. Il l'était toujours. Les années passaient et leur amour, loin de se tarir, semblait prendre des forces toujours nouvelles, des raisons supplémentaires de perdurer.

Afin de ne pas céder (en présence d'Adèle) à un attendrissement trop explicite, Raoul était revenu aux raisons qui avaient justifié son geste :

– En vérité, vois-tu, si j'ai réalisé en un éclair que cette gosse allait à la mort, je n'ai pas eu vraiment conscience que je pouvais y aller avec elle.

– Tu as bien fait d'agir ainsi et je suis fière de toi, mon amour.

Raoul lui avait pris les mains, ému, lui aussi. Pour briser l'émotion, il avait feint de changer de sujet :

– Tu as tort, vois-tu, de ne jamais vouloir m'accompagner au stade de l'Huveaune pour voir jouer l'Olympique de Marseille. Tu comprendrais la métaphore sportive dont je vais me servir pour t'expliquer ce qui s'est passé en moi quand j'ai vu le percheron débouler et la petite traverser la rue. Tu prétends ne rien com-

1. Voir *L'Énigme de La Blancarde.*

prendre au football, mais tu sais tout de même qu'il y a des joueurs qui sont devant, on les appelle les attaquants, et d'autres qui jouent à l'arrière : les défenseurs.

– Jusque-là, ça va, avait dit Cécile.

– Et puis, avait repris Raoul, il y en a un tout seul dans sa cage : c'est le gardien de but. En général, c'est le plus couillon de l'équipe.

– Tiens donc ! On le choisit pour cette raison ?

– En quelque sorte. Parce que, s'il était trop intelligent, il ne serait pas un bon gardien. Les autres n'arrêtent pas de s'interroger sur la tactique à suivre pour tromper l'adversaire. Le gardien, lui, agit avant de réfléchir. C'est un instinctif. Il doit arrêter le but. Comment ? Pas le savoir ! S'il se posait trop de questions, il irait ramasser le ballon au fond de ses filets.

Cécile avait suivi la démonstration, un sourire amusé sur les lèvres. Raoul avait conclu en prenant ses deux « femmes » dans ses bras :

– Je suis comme le gardien de but : un peu couillon mais efficace.

Cécile lui avait rendu son baiser.

– C'est faux : en plus, tu es intelligent, toi. Et beau. Et je t'aime.

L'intervention d'Adèle avait mis fin à cet échange de tendresse amoureuse. Elle venait de découvrir les deux gros sacs en papier rapportés par son père et en commençait l'inventaire en le ponctuant d'exclamations incrédules autant que ravies.

– *Quéssecé* tous ces gâteaux, papa ? Et ces bonbons ? J'ai jamais vu des paquets aussi gros. C'est pour qui ? Tu vas les vendre ?

– C'est pour toi, ma bichette, à condition que tu les manges à un rythme raisonnable.

Cécile, prudente, était intervenue avec un clin d'œil entendu à Raoul :

– Je vais les répartir dans des boîtes haut perchées, si tu vois ce que je veux dire. La distribution se fera petit à petit. Et puis, il faut quand même les mériter, tu ne crois pas, papa ?

Papa avait partagé cet avis.

Adèle était comme au matin de Noël quand elle découvrait les jouets au pied de l'arbre. Le biscuit Coste avec beurre et chocolat râpé n'avait plus de saveur. La petite ne savait plus où donner des yeux et des mains. Si bien qu'un bon mètre carré de plancher avait été constellé de miettes diverses et que l'on marchait sur les berlingots, les pralines, les dragées, les pastilles de menthe.

– Elle lui coûte cher, sa fille, à ce brave homme, avait plaisanté Cécile.

Raoul avait transmis alors l'invitation du boulanger à Adèle.

– Un prochain dimanche, on ira à La Belle de Mai tous les trois, invités à une fête chez le papa et la maman de la petite fille, pour montrer qu'on est contents que Marguerite ne se soit pas fait écraser par le cheval emballé.

Adèle avait battu des mains.

– Moi aussi ?

– Toi, maman et moi.

– Y aura encore des bonbons et des gâteaux ?

– Finis d'abord ceux-là. On verra après...

L'excitation était montée d'un cran lorsque Adèle avait appris qu'on irait tous ensemble vers cette contrée exotique et lointaine, « en fiacre avec des vrais chevaux ». Et qu'on mettrait la belle robe de velours bleu, les chaussettes blanches, les souliers vernis sous le manteau assorti et les gants blancs offerts par Tonton *Euzène* et Tatie *Thérésou.* Face à ces mirobolantes perspectives, le tour sur le petit âne de La Plaine et même le manège de la foire de la Saint-Lazare ne pesaient plus bien lourd, distractions « réservées aux petits ».

Voilà donc quelques-unes des raisons qui avaient mis en transe Mlle Signoret, debout dès cinq heures du matin ce dimanche-là, après une nuit agitée, exigeant – trépignements à l'appui – d'une Cécile ensommeillée la confection dès le saut du lit des *anglaises* promises.

Lorsque le fiacre déboucha sous un beau soleil place Cheylan, venant de la rue Jobin, Raoul Signoret se demanda si l'on était bien début mars et non à la veille du 14 Juillet. Devant la salle des fêtes, où devait avoir lieu le vin d'honneur promis, une foule compacte stationnait, des enfants couraient en cherchant le meilleur moyen de cochonner leurs beaux habits dans la boue stagnant dans les flaques, et une fanfare des *Amis de l'Instruction Laïque* s'époumonait à jouer très faux mais très fort un air très martial.

L'accueil fut digne d'un président de la République. À peine le couple eut-il mis pied à terre, des vivats à n'en plus finir éclatèrent, des bravos crépitèrent et le cercle se resserra autour des arrivants comme si chacun voulait les voir de près à les toucher. Cécile, particulièrement en beauté dans sa robe de soie grège portée sous un manteau, avait provoqué des murmures admiratifs et des sifflets qui ne l'étaient pas moins, de la part de jeunes du quartier venus en curieux. La jeune femme se penchait sur Adèle effrayée, muette et blême, réfugiée dans les longues jupes maternelles. Ces gens, expliquait-elle à sa fille, malgré le caractère démonstratif et bruyant de leur accueil, ne voulaient que du bien à son papa chéri.

Raoul lui-même, sidéré par l'ampleur de la manifestation, ne sachant trop comment réagir, saluait la foule le chapeau à bout de bras, comme un candidat aux élections. Il put bientôt distinguer dans le magma humain des visages connus. Au premier rang desquels les Mouren, le boulanger et la boulangère, dans leurs habits du dimanche, qui déjà le prenaient dans leurs bras pour le serrer sur leurs cœurs.

– Et à moi, alors ? Il me la fait pas la bise ? tonitrua une voix de mezzo qui ne pouvait appartenir qu'à Liria Genovese. C'était elle et, sans plus de façons, elle écrasa dans un embrassement fougueux le journaliste sur son torse généreux dont le corset qui le contenait lui coupa le souffle. Raoul put à l'occasion se rendre compte qu'une ouvrière de la manufacture, même un dimanche, portait comme seul parfum l'odeur du tabac. De même nota-t-il chez nombre d'entre elles l'aspect terni de leur teint, à mi-chemin entre la chlorose et la cachexie, conséquence visible mais non reconnue[1] de la nocivité du contact quotidien avec la nicotine.

Les *cigareuses* présentes en nombre s'extasiaient sur la beauté d'Adèle et les vieilles Italiennes de la première génération d'immigrées retrouvaient spontanément leurs racines linguistiques. Les mots doux des *mamme*[2], imbattables au chapitre des diminutifs affectueux quand elles s'adressent à des enfants – y compris ceux des autres –, fusaient de toutes parts : « *com'è carina la fanciulletta* », « *o, tesoruccio mio, sta bambolina*[3] » ! En un instant, on se serait cru transporté « là-bas », ce pays que tous avaient dû fuir, pensant que la misère serait un peu moins cruelle, ici.

Raoul, confus, ne savait comment exprimer sa reconnaissance :

– Vous me gênez, monsieur Mouren, il ne fallait pas vous mettre en frais pour moi, je n'ai fait que...

Pour toute réponse, le boulanger l'avait interrompu en saisissant la petite Marguerite dans ses bras et avait dit avec une intensité qui déformait ses traits et lui faisait secouer sa fille comme un sac de farine :

– Vous m'avez rendu ça !! Vous vous rendez compte ? Vous m'avez gardé ma petite sur terre, monsieur Signoret ! C'est notre raison de vivre à ma femme et à moi.

1. Les maladies du travail ne seront reconnues qu'en 1919.
2. Pluriel de *mamma*.
3. « Comme elle est mignonne la petite fille », « Oh, mon petit trésor, ma petite poupée ».

Les larmes lui montèrent aux yeux.

Raoul comprit qu'il n'y avait plus rien à dire et, à partir de cet instant, se laissa faire.

Tour à tour les (déjà) vieilles connaissances du quartier venaient congratuler le héros du jour : Marcel Pujol, le peseur-juré en retraite flanqué de Loulou Richard qui avait laissé un moment son bar à l'*extra* [1], preuve de sa confiance en lui, car l'heure sacrée de l'apéro du dimanche approchait. Était aussi présent, méconnaissable, car exempt de son habituelle croûte de ciment et de plâtre, le maçon Pippo Barrizzone, superbe dans son seul costume du dimanche, la *moustace* en guidon de vélo et le *toscano* [2] vissé au coin de la bouche.

Raoul Signoret craignit un instant « qu'un seul être lui manque » mais il fut bientôt rassuré en apercevant, perdue dans la foule, la fine silhouette encapée et sommée d'un melon noir de Félix Garbiers. L'instituteur, comme intimidé, se tenait en retrait des plus enthousiastes des admirateurs de son ancien élève et contemplait sourire aux lèvres les interminables congratulations que celui-ci accueillait avec sa modestie naturelle.

Raoul lui fit signe d'approcher, mais Garbiers eut un geste de la main et une mimique que le reporter traduisit « nous nous verrons en temps utile, tranquillement, je ne veux pas t'accaparer, tu te dois d'abord à eux ». Son maître d'école s'était déplacé pour lui, c'était l'essentiel.

---

1. Serveur intermittent.
2. Cigare toscan au parfum redoutable.

Le boulanger Mouren prit le bras du journaliste et, s'adressant à la famille Signoret, proposa :

– Monsieur Raoul, madame, nous allons entrer dans la salle des fêtes pour trinquer ensemble comme je vous l'avais promis.

La foule s'engouffra à leur suite et Raoul découvrit une salle entièrement pavoisée, au fond de laquelle – sous un calicot où l'on pouvait lire « *À M. Signoret les habitants de la rue Bleue reconnaissants* » – se dressait un buffet gargantuesque. Derrière les tréteaux, alignée comme à la parade, se tenait une escouade de femmes d'ouvriers et de petits commerçants du quartier, ceintes de tabliers blancs, prêtes à servir aux participants les appétissantes merveilles qui s'empilaient sur les nappes fleuries.

Cela n'avait rien à voir avec les buffets mondains ou professionnels auxquels Raoul Signoret avait dû participer à son corps défendant, par souci de convenance et de relation publique. Ici, on sentait que tout le quartier s'était mobilisé pour apporter le meilleur de ce qu'il savait faire et le partager. C'est pourquoi on pouvait contempler et sentir une symphonie chromatique et olfactive composée d'à peu près tout ce qui se mange sur la rive nord de la Méditerranée, un empilement hétéroclite et des voisinages incongrus qui eussent fait tordre le nez des larbins compassés de chez *Linder* ou *Castelmuro*, les traiteurs de la bonne société marseillaise. Les panisses frites côtoyaient les tranches de polenta nappée de sauce tomate épaisse, les pizzas découpées en portions, les supions[1] marinés, les anchois frits, les moules farcies, les morceaux de figatelli rôtis, les sardines à l'escabèche faisaient face aux tranches de coppa et de salami, les brousses du Rove dans leurs cornets et les tartines de poutargue ou de tapenade concurrençaient les effluves de la mozzarella et du parmesan prédécoupés et empilés sur des assiettes de faïence dépareillées. On trouvait même des spécialités espagnoles, comme les moules ou *calamares* en sauce piquante et du turron, ce nougat mou qui graisse tous ceux qui l'approchent, grâce à la participation du marchand de salaisons de la rue Loubon, que ses parents, émigrés de Castille, avaient doté d'un patronyme digne d'un grand d'Espagne : Juan-Cristobal Dujondorizo. Du pain frais tranché dans des miches odorantes, grandes comme des roues de brouette, attendait avec sérénité les assauts de ceux qui voudraient tremper, tartiner, saucer ou plus simplement sentir craquer sous leurs dents la croûte dorée à point. Les marchands de fruits et légumes avaient apporté des oranges et des bananes, la fleuriste de la rue Toussaint des petits bouquets en décoration et celle du boulevard Boyer une somptueuse gerbe de roses rouges destinées à Cécile. Bien entendu, Jean-Baptiste Mouren avait tenu à être le premier des fournisseurs du buffet. Il avait dû passer les trois quarts de son stock de farine et deux nuits blanches à cuire gâteaux, petits-fours salés et sucrés, entremets, ainsi qu'une monumentale pièce montée,

1. Petites seiches.

véritable tour Eiffel de gourmandise qui dominait l'ensemble de son mètre quatre-vingts.

Après quelques instants d'observation, Marguerite et Adèle couraient comme des amies de toujours dans une cour de récréation, jouant aux cachettes, disparaissant sous les nappes ou piochant au passage dans les victuailles selon leur gourmandise ou leur caprice, sans plus de souci de ces « beaux habits » qui les avaient transformées un instant avant en gravures de mode enfantine.

On entendait déjà péter les bouchons de *spumante* ou de *barbera* d'Asti, ce rouge mousseux, apporté par M. Caviglia, le marchand de vins du boulevard Amayen [1], préféré au champagne, qui n'avait pas sa place dans cette fête de la générosité populaire.

Raoul, saoulé de bruits, d'odeurs, de sensations divers avant même d'avoir trempé ses lèvres dans un premier verre, pour masquer sa gêne, ne put s'empêcher de dire en riant au boulanger :

– C'est ça que vous appelez un « vin d'honneur » à La Belle de Mai ?

Mouren, radieux, rosissait de bonheur.

Les verres commençaient à tinter, les bouches encombrées à reprendre leurs conversations, les Signoret et les Mouren venaient de se porter des toasts mutuels, lorsque toutes les têtes se tournèrent avec ensemble vers la porte d'entrée. Un homme de haute taille, le bas du visage mangé par une barbe noire impeccablement taillée court, un regard sombre d'une

1. Aujourd'hui boulevard Leccia.

extraordinaire intensité sous des sourcils fournis, s'avançait entouré d'une cour d'adorateurs comme une idole.

– Il est venu, murmura Félix Garbiers, proche de Raoul, j'en suis ravi pour toi.

Le journaliste au premier coup d'œil avait reconnu Bernard Cadenat[1], l'homme à qui le faubourg ouvrier s'identifiait au point de l'envoyer fidèlement depuis 1898 le représenter à la Chambre des députés, mais que tout le monde surnommait ici « le maire de La Belle de Mai ». Il siégeait à l'extrême gauche dans la municipalité Flaissières parce qu'il trouvait bien pâlot le socialisme de celui qu'il qualifiait de « *Jésuite rouge* ». Il y avait entre l'élu et la population ouvrière du quartier une osmose totale, depuis que ses électeurs s'étaient cotisés en 98 pour payer la campagne électorale de Cadenat contre le radical Bouge. Il était l'un d'entre eux et non pas un de ces politicards faussement « sociaux » qui faisaient carrière sur leur misère. Cadenat, fils de colporteur, ancien coupeur de tiges de bottines, qui « chantait rouge » dans sa boutique de la rue Caussemille, à force de travail était devenu patron de sa petite entreprise. Mais il s'était octroyé le même salaire qu'à ses ouvriers dont il partageait la peine dix heures par jour. Et lorsque ce franc-maçon sans Dieu, bouffeur de curés à tous les repas, était entré en politique comme on entre en religion, c'était pour être la

1. 1853-1930. Socialiste de tendance guesdiste, il fut l'élu municipal et législatif de La Belle de Mai de 1886 à sa mort. Maire de Marseille de 1910 à 1912.

voix tonitruante et dérangeante des sans-grade. Il avait partagé leurs souffrances et leurs luttes et fait du faubourg un bastion du collectivisme marseillais. Confiants dans un homme qui avait gardé la pureté originelle de ses engagements, les gens de La Belle de Mai vouaient à leur inamovible député une affection nourrie de la fraternité du cœur et des idées.

La salle entière s'était portée spontanément à la rencontre de l'arrivant qui avançait serrant des mains, distribuant les sourires et les bonnes paroles, appelant nombre d'entre eux par leurs prénoms, s'enquérant de la santé d'un vieux parent, des progrès à l'école d'un enfant, de l'avancée d'un dossier d'aide sociale. En le regardant s'approcher, fendant la foule comme un navire de haut bord dans la vague, Raoul ne pouvait s'empêcher de se remémorer quelques-uns des hauts faits qui avaient tissé la légende de celui que *Le Soleil du Midi*, journal royaliste, surnommait « Marat » et chez qui il dénonçait « *le sombre apôtre de la révolution, hirsute, excessif et farouche* ».

Ennemi des compromis, Cadenat défendait ses convictions avec une fougue qu'un caractère tellurique rendait redoutable pour ses adversaires. Bourrageas, le directeur du *Petit Marseillais*, l'avait appris à ses dépens, qui avait été précipité par le député dans l'eau croupie du canal de la Douane pour un article qui avait déplu à l'élu. Nommé un temps adjoint municipal à la police, on avait vu, le 1er mai 93, le « maire de La Belle de Mai » défiler ceint de son écharpe tricolore à la tête des ouvriers et déclencher une bagarre monstre contre les forces de l'ordre qui lui avait valu révocation et un mois de prison !

– Aaaah ! Voilà l'homme le plus célèbre du quartier ! s'écria Cadenat de sa voix de tribun, où roulaient encore les cailloux de son Languedoc natal. Il tendit une main vigoureuse dont le journaliste – entraîné par la pratique de la boxe française à ne jamais se laisser surprendre – parvint à bloquer l'étau.

Raoul répliqua sur le même ton enjoué :

– Célèbre après vous seulement, monsieur le « maire », après vous !

Le député saisit le reporter aux épaules avec un franc sourire.

– En tout cas, laissez-moi vous féliciter, parce que les actes d'un tel courage exemplaire ne courent pas les rues.

Il se tourna vers l'assistance.

– Je propose par un vote à main levée que nous fassions Raoul Signoret citoyen d'honneur de La Belle de Mai !

Une forêt de bras se dressa, ponctuée par un hurlement d'approbation. Pour être officieux, le scrutin était aussi unanime que sincère.

– Mes amis, s'écria le député de la 2e circonscription, je vous épargnerai un discours. Trinquons simplement au héros du jour et à l'avenir de La Belle de Mai !

Rouge jusqu'à la racine de ses cheveux blonds, le journaliste, muet d'émotion, ne savait quoi dire et décida de se taire. Il mima simplement sa joie et sa fierté en saluant une nouvelle fois l'assistance, sans pouvoir s'empêcher de penser que, s'il voulait désormais poursuivre dans la discrétion l'enquête qui l'avait conduit dans le faubourg, il avait vraiment fait ce qu'il fallait !

Comme pour donner raison à son inquiétude, Adèle, l'amie préférée de Marguerite, expliquait gravement, passant de groupe en groupe :

– Le héros, c'est mon papa !

Tandis qu'il pensait aux raisons premières qui l'avaient amené dans ce coin de Marseille, Raoul, machinalement, parcourait l'assistance du regard, tout en conversant avec Cadenat. Il eut bientôt la crainte irraisonnée de croiser parmi toutes ces silhouettes sympathiques celles plus inquiétantes des « amis » du *Beau Frisé*, qui lui auraient un peu gâché la fête. Ce désagrément lui fut épargné. Les voyous méprisent les gens de peu et ne les fréquentent guère. En revanche, l'œil du journaliste fut attiré par un couple qui dans un coin de la salle poursuivait une conversation animée, ponctuée de gestes d'énervement. Ces deux-là se disputaient violemment. Raoul s'y arrêta d'autant plus que l'homme qu'il apercevait de trois quarts était Félix Garbiers. L'instituteur avait la mine sévère jusqu'au farouche d'un maître d'école qui découvre qu'après deux semaines d'explications consacrées à en déjouer les pièges, pas un de ses trente-deux élèves n'a su correctement accorder le participe passé dans une dictée. Quant à la très jeune femme qui lui faisait face, elle était d'une beauté sauvage, celle que Mérimée prête à Carmen, avec ses cheveux noirs abondants retombant librement sur les épaules et ses yeux d'escarboucle. Il lui sembla reconnaître en elle la jeune ouvrière qu'il avait empêchée de se battre l'autre jour. Ses vêtements fatigués et sans grâce ne parvenaient pas à affadir son port de tête et son allure fière. La taille cambrée, le buste tendu, elle parlait à Garbiers avec une violence palpable, alors que le vacarme ambiant montait à mesure que le niveau des bouteilles baissait. Le journaliste eût été bien en peine de saisir un seul des mots que ces deux-là échangeaient, mais leurs colères se lisaient à livre ouvert.

L'instituteur saisit le bras de la jeune femme et la secoua. Elle se dégagea, furieuse, et partit aussitôt.

– ... et je suis certain que vous êtes de mon avis !

L'apostrophe de Cadenat avait ramené brutalement Raoul Signoret sur terre. Le député parlait tout seul. Depuis combien de temps le reporter avait-il « décroché » de la conversation ? Bien sûr, qu'il partageait cet avis. Quoi ? Lequel ? Il n'en savait rien, mais il était bien du même avis que le « maire » de La Belle de Mai. Cela ne faisait pas de doute. Il le lui affirma et « raccrocha » à la conversation grâce à un de ces enchaînements verbaux qui ne veulent rien dire, mais permettent de passer à autre chose : « à propos ».

– À propos, monsieur le député, je sais combien vous êtes attaché à ce quartier qui est le vôtre depuis que vous y avez vous-même « immigré », de votre Aude natale, quel est votre sentiment sur ces deux crimes qui à un mois d'intervalle ont...

Cadenat le coupa :

– Pour le militaire, je n'ai pas d'opinion. Sans doute avait-il de mauvaises fréquentations. Quant au *Beau*

Frisé, si j'étais cynique, je dirais bon débarras. Quand les rats s'entre-dévorent, la peste se répand moins vite. Mais après tout, même une pareille crapule est lui aussi victime de la misère où la bourgeoisie, avide de toujours plus de profit aux moindres frais, maintient la classe ouvrière.

Raoul ne voyait pas le rapport entre la condition faite aux vrais exploités et celle des voyous qui profitaient sans scrupules du système en échappant à ses contraintes. Cadenat précisa sa pensée :

– Je veux dire par là que la mauvaise herbe pousse aussi sur le terreau de la misère. Si je vous disais dans quelles conditions travaillent la plupart des braves gens venus vous fêter aujourd'hui, vous n'en dormiriez plus. Ces femmes de la manufacture qui s'esquintent les poumons à vivre dix heures par jour pour 3 francs dans des pièces confinées que la poussière de tabac rend irrespirables, ces ouvriers des sucreries qui transportent dans une atmosphère d'étuve des bidons de trente litres de sucre en fusion, à peine protégés des brûlures par une vieille toile de sac.

Le député s'interrompit pour héler une femme qui passait à sa portée. « Hélène, viens un peu par ici, ma belle ! » Il lui prit la main et la mit sous les yeux de Raoul. La femme portait des *poupées* de gaze au bout des doigts. Raoul avait remarqué qu'il en allait de même pour nombre de celles présentes à la fête.

– Savez-vous quel est le métier d'Hélène et pourquoi elle porte ces pansements ? demanda Cadenat.

Raoul avoua son ignorance.

– Hélène est *bourreuse* aux raffineries de sucre de

la Méditerranée. C'est-à-dire qu'elle prend les morceaux et elle les met en boîte d'un kilo. La cadence imposée est telle que ces femmes y laissent au plein sens du terme *leur peau*. Et gare si du sang vient tacher un sucre, ce sera retenu sur son salaire !

Cadenat jugea sur le visage du journaliste l'effet de cette révélation et poursuivit :

– Certains n'ont pas le courage, ou la conscience, de ces damnés de la terre. La formule est simple. Quand la Misère s'accouple avec l'Ignorance, leur enfant se nomme Délinquance. Pour échapper à l'esclavage, ces rétifs à l'usine, ces sans travail qui souvent n'en cherchent guère, s'engagent sur des traversiers. Ils se font barbeaux, hommes de main des puissants, elles se font putains ou monnaient leur jeunesse à de vieux saligauds pleins d'argent. C'est moins fatigant et plus rémunérateur. Mais c'est, d'un côté comme de l'autre, le résultat de l'exploitation de l'homme par l'homme.

Sur ces fortes paroles, Cadenat consulta sa petite montre de gousset et tendant sa large main au journaliste dit :

– Il faut que je file inaugurer un dispensaire que nous avons installé près du Petit Lycée. Encore toutes mes félicitations. Venez nous voir quand vous voulez.

– Je n'y manquerai pas, assura Raoul.

Comme si le départ du député les avait mises en branle, une volée de cloches se répandit sur le quartier, sonnant la sortie de la messe de midi.

Cadenat s'exclama :

– Ah ! voilà le curé Roque qui s'invite à notre fête

laïque ! D'ici que vous le voyiez rappliquer pour finir les restes...

Il salua l'assistance sur un grand rire.

La salle commença à se vider. Raoul avait rejoint Cécile qu'il se reprochait d'avoir délaissée, tandis qu'elle était prise en charge par la boulangère. Adèle, bourrée de sucreries et de gâteaux, préparait une belle crise de foie. Il ne resta bientôt plus autour du journaliste et d'un dernier verre que la poignée des fidèles : le peseur-juré, le boulanger, le cafetier et le maçon italien. Ce dernier entama avec son épouse, une Sicilienne minuscule coiffée d'un fichu aussi noir que ses yeux, un bref dialogue ésotérique qui nécessita quelque explication :

– Pippo, je vais *les* mettre ?

– Va *les* mettre, Santuzza.

Le regard ahuri que le journaliste jeta sur le couple provoqua l'hilarité des trois autres. Tandis que Santuzza Barrizzone s'éloignait d'un pas de souris, Marcel Pujol expliqua sur un ton amusé :

– Vous venez d'assister au début d'une cérémonie secrète propre à nos contrées. Les Barrizzone habitent tout à côté, rue Bonnardel. Santuzza est partie puiser dans le réservoir de la cuisinière en fonte l'eau bouillante pour les pâtes. Sans tarder, elle va « *les mettre* ». Le décompte est commencé. Car dans quinze minutes exactement, Pippo nouera sa serviette devant une montagne de *pasta asciutta* fumante, cuite *al dente* !

L'heure de la séparation était venue. C'est alors seulement que le journaliste se rendit compte que Félix

Garbiers s'était éclipsé sans l'avoir salué. Il en fut peiné autant qu'intrigué.

Après ces agapes, les Signoret n'avaient pas à se préoccuper du déjeuner, le couple des boulangers savait à quoi occuper son après-midi s'il voulait restituer la salle prêtée dans l'état où il l'avait trouvée. Ne resta bientôt plus que le peseur-juré qui affirmait vouloir « y aller » sans se décider. Raoul Signoret en profita pour demander :

– Savez-vous qui était cette jeune femme en grande discussion avec M. Garbiers, tout à l'heure ?

– Ah ! la belle Gilda ? s'enquit Pujol.

Il ajouta en faisant un clin d'œil à Cécile :

– Elle vous a tapé dans l'œil, à vous aussi ! Il y a de quoi. Gilda Del Vesco. C'est une jeune ouvrière de la manufacture. Elle habite rue Séry avec sa maman. Née de père inconnu, comme on dit. Sa mère est vendeuse occasionnelle de *toucàu* [1]. Félix Garbiers s'est attaché à Gilda, car cette jolie petite a quitté l'école à douze ans et n'a aucune formation. Chose intolérable pour notre instituteur. Il veut lui donner les moyens de ne pas être une exploitée. Il lui donne des cours de rattrapage. Gratuitement, bien sûr.

Raoul Signoret se demanda si c'était la règle d'accord du participe passé avec l'auxiliaire avoir qui les avait mis dans cet état, tous les deux...

---

1. Prononcez « toucàou ». Littéralement « *tout chaud* ». Beignet de farine de maïs proche de la polenta. Vendu en tranches par les marchandes ambulantes.

13

Où l'on assiste au ballet matinal des « cigareuses » avant que l'une d'entre elles fasse « une grosse bêtise »

Chaque jour, à l'aube, la rue Bleue présentait un spectacle à nul autre pareil. Alors que quelques minutes auparavant tout était calme, silencieux et désert, autour de six heures, comme sous l'impulsion d'un maître d'œuvre invisible, un monde se mettait en marche. La nuit était encore noire, on n'y voyait guère d'un pas devant l'autre, sauf autour des flaques de lumière tombées en éclats jaunes des réverbères, et voilà que soudain cette rue tranquille s'animait, se remplissait d'une foule grouillante, de cris, d'interpellations, de piétinements, de charrois qui ne faisaient que s'amplifier jusqu'au moment – vers six heures et demie – où tout retournait au silence comme lorsque tombe le rideau à la fin du dernier acte. Ici, comme au théâtre, on jouait tous les jours. Entre-temps, en moins de trente minutes, plus de mille ouvrières, venues en majorité du quartier environnant, étaient passées comme un torrent impétueux entre les murs de la manufacture des tabacs et des casernes pour gagner leurs ateliers respectifs. On les avait vues débouler de la rue Guibal, monter depuis la rue Belle-de-Mai, arriver par la rue Bugeaud ou apparaître au coin de le rue Levat, un foulard sur la tête, un fichu de laine croisé sur la poitrine, balançant des hanches, avec à la main un petit panier où était placé leur déjeuner.

Elles avaient défilé en grappes compactes comme pour une manifestation, ou étaient arrivées deux à deux, se tenant par le bras pour mieux bavarder dans le brouhaha général. Les jeunes mères avaient fait halte un instant pour déposer un enfant en bas âge dans le local de la crèche municipale, avant de courir pour rattraper les collègues de l'atelier.

Certaines avaient pris le temps de s'offrir pour deux sous à *L'Estaminet des pieds humides* un café brûlant qu'elles avaient bu à petites gorgées. L'estaminet en question désignait un brasero fait d'un tonneau à bière que le boulanger Mouren avait garni de braises tirées de son four. Il gardait au chaud le méchant café mêlé de chicorée qu'une petite vieille toute fripée dans ses habits noirs vendait aux *cigareuses*.

Les uniformes bleus de ces femmes les désignaient au premier venu comme les membres d'une communauté laïque à qui il n'aurait manqué que la cornette ou le voile pour rappeler les silhouettes des religieuses Victimes du Sacré-Cœur dans leur couvent tout proche. Sauf que celles-là n'avaient pas fait vœu de silence. Oh, que non ! Toute La Belle dc Mai était réveillée après le passage de la troupe bruyante et pépiante qui s'engouffrait sous la porte cochère du n° 10 de la rue Bleue.

Chaque aube nouvelle voyait se renouveler l'étonnant spectacle.

Un œil averti aurait distingué parmi ces femmes d'apparence semblable des catégories, une hiérarchie non officielle mais pourtant bien réelle. Les plus âgées d'entre elles appartenaient à coup sûr au corps des cigarières, chargées de la fabrication des *Londrecitos,* des *Ninas* et des *Voltigeurs,* pour les riches, mais aussi des cigares bon marché à 0,10 franc et 0,05 franc, vendus à la pièce. Elles avaient regagné leurs ateliers aux 1er et 2e étages du bâtiment E, 5e section, où déjà s'entendaient le cliquetis des ciseaux coupant les extrémités des cigares, le froissement des feuilles de tabac et le claquement des moules de bois servant à compresser le tabac. Elles se savaient l'aristocratie ouvrière de l'entreprise. Ce que faisaient leurs mains adroites et sûres, aucune machine n'aurait pu l'accomplir mieux qu'elles. Elles avaient l'œil pour choisir à coup sûr la *robe* qui irait le mieux à la *poupée* [1] et satisfaire les yeux de l'amateur avant même qu'il ait humé le parfum de son cigare favori.

Les plus jeunes s'en étaient allées s'éparpiller dans

1. Un cigare se compose de trois parties : l'intérieur (ou *tripe*) fait de feuilles hachées, la *sous-cape,* une première feuille qui recouvre la *tripe* et lui donne sa forme par compression dans un moule. Le tout constitue la *poupée.* Enfin on roule l'ensemble dans la *robe* (ou cape) qui est faite d'une feuille de tabac soigneusement préparée et sélectionnée.

les divers bâtiments de la manufacture, qui abritent les ateliers : hachage des feuilles brutes, filage des *rôles à chiquer*[1], *mouillade*[2], séchage des *scaferlatis* réservés à la pipe ou à la cigarette, paquetage, vérification et enfin emballage. Elles travaillaient le plus souvent sur machine sans qualification particulière après une brève formation sur le tas.

La torréfaction, l'entretien des machines, la chaufferie, le transport des produits finis en caisses, ça, c'était le (petit) domaine de la centaine de travailleurs mâles de la manufacture, un peu perdus dans ce harem immense.

Voilà ce que venait d'apprendre Raoul Signoret de la bouche même de l'ex-peseur-juré Marcel Pujol, qui, après plus de trente années de « concubinage » – comme il disait – avec la manufacture, en savait autant sur elle et ceux qui la faisaient vivre que M. Rietsch, son directeur, un Alsacien « venu de Paris », dont les *cigareuses* avaient fait *Monsieur Riche*.

Pourquoi était-il là le reporter du *Petit Provençal* à regarder passer les ouvrières comme ces vieux beaux guettant la sortie des bureaux ou des ateliers remplis

1. Pour le tabac à chiquer on filait les feuilles sur des rouets assez voisins de ceux des fileuses de laine.

2. Le mouillage des feuilles de tabac destiné à les assouplir et à limiter les débris.

de *jeunesses* pour se rincer l'œil en évoquant des souvenirs qui ne sont plus de leur âge ? Raoul Signoret n'aurait su expliquer cette impulsion irraisonnée qui l'avait jeté à bas du lit deux heures auparavant pour venir ici, contempler le ballet des *cigareuses.*

Comme chaque fois qu'il était sur une enquête – surtout si elle était difficile, si les choses semblaient se liguer contre les traqueurs de vérité – le reporter éprouvait de ces brusques envies de « passer à l'action » sans idée préconçue. Pour ne pas rester à attendre que les nouvelles viennent à lui, il partait sur le terrain, nez au vent, humer les choses et les gens, certain d'en ramener de quoi nourrir son information et celle de ses lecteurs.

Cécile s'était habituée, aussi n'avait-elle pas été plus étonnée que ça de voir Raoul, après une nuit agitée, se lever sur le coup de cinq heures, faire une rapide toilette avant de prendre sa bicyclette et lui dire :

– Je vais faire un tour à la manufacture de tabacs de La Belle de Mai. Comme je vais être amené à l'évoquer dans mes futurs articles, si cette bon Dieu d'affaire est enfin élucidée, j'aimerais savoir comment ça se passe le matin, la reprise du travail. Ça me fournira en « choses vues » comme disait mon ami Victor Hugo.

Le journaliste était arrivé en avance sur l'horaire d'ouverture. Seul dans la rue Bleue, il avait laissé sa bicyclette l'entraîner d'elle-même dans la pente. Non sans jeter au passage un coup d'œil au pied du fameux réverbère où avaient été découverts assassinés l'ex-lieutenant d'Estournel et *Le Beau Frisé.* Le quartier était encore plongé dans la quiétude nocturne des nuits sans crime. Seules – dans le bas de la rue – les vitrines de deux commerces trouaient l'obscurité comme des étoiles dans un ciel d'encre : la boulangerie Mouren, et le bistrot *Chez Loulou,* à l'angle de la rue Fortuné-Jourdan.

Raoul avait laissé le boulanger dormir et était descendu de sa bécane *en danseuse* devant le bar.

À l'intérieur se tenait déjà un client, Marcel Pujol, que quarante années de pesage sur les quais de Marseille à l'aurore avaient conditionné pour sauter du lit chaque matin à quatre heures et qui continuait, la retraite sonnée. Il allait tremper sa petite moustache dans son premier café de la journée lorsque Raoul avait fait tinter la clochette de la porte.

L'arrivant avait été accueilli comme un habitué par le patron, Loulou Richard :

– *Tè !* voilà notre citoyen d'honneur !

Marcel Pujol avait renchéri :

– Vous ! À cette heure matinale ! Ne me dites pas qu'on a trouvé un troisième cadavre au pied du réverbère !

– Vous l'auriez su avant moi !

– Alors, qu'est-ce qui vous amène de si bonne heure ?

– Je pourrais vous répondre que, désormais citoyen d'honneur, je viens faire un tour dans MON quartier, mais à vrai dire, je n'en sais rien. J'étais réveillé, j'ai eu envie de faire un saut jusqu'ici, poussé par je ne sais quelle force. Comme si je répondais à un appel.

Marcel Pujol et Loulou Richard échangèrent un regard interrogateur mais ne firent aucun commentaire.

Raoul jeta un coup d'œil circulaire dans la salle du bar.

– Dites-moi, il manque du monde, ce matin.

C'est Loulou qui répondit :

– Si vous voulez parler de Rastègue, faut se faire une raison. On le reverra plus. Ils l'ont mis à la réforme. Je crois qu'il est dans une maison pour les vieux, du côté de Montolivet. Je suis allé le voir l'autre jour, peuchère, il fait peine. Il m'a dit qu'il voulait donner son corps à la science. Je vois pas bien ce qu'ils pourraient en tirer.

– Un coq au vin, peut-être, suggéra Raoul, l'air faussement sérieux.

Les trois hommes partirent ensemble d'un éclat de rire qui fit trembler les verres.

– Nous sommes guère charitables, constata Loulou Richard en finissant d'essuyer ses yeux qui pleuraient de rire.

– Pauvre Rastègue, dit Pujol en opinant du chef. Au fond, vous avez raison, Loulou. C'est la seconde victime de l'affaire. *Le Beau Frisé* ne vient qu'en trois.

– Quant à Pippo, poursuivit le patron, il est parti de bonne heure avec ses outils pour la Foire aux Hommes du Cours Belsunce.

– La Foire aux Hommes ?

– Ils disent la Bourse aux Ouvriers, pour faire chic. Y a un chantier qui s'ouvre du côté de la Porte d'Aix.

Les patrons viennent choisir leurs esclaves. Ils embauchent à la journée. Mais faut y être de bonne heure, parce qu'il y a du monde au guichet !

– Si j'ai bien compris, constata Raoul, l'effectif matinal du bar *Chez Loulou* est au complet. J'ai bien fait de venir, ça va doubler vos revenus. Car vous allez me permettre de vous offrir les prochains cafés. Ensuite, puisque je suis là, j'aimerais bien assister à l'arrivée des ouvrières de la manufacture. On m'a dit que c'était un spectacle... Vous venez avec moi, monsieur Pujol ?

L'ex-peseur-juré avait jeté un coup d'œil à la pendule-réclame suspendue au mur derrière le comptoir, que la perche de l'allumeur avait épargnée, dont le cadran vantait les mérites de l'*Amer Sainte-Baume,* apéritif mis au point à Marseille par un certain Ferrand.

– Nous avons encore un quart d'heure devant nous.

Et voilà comment les deux hommes s'étaient retrouvés en sentinelles au bord du trottoir d'en face, lorsque les ouvrières avaient déferlé pour gagner l'entrée cochère de la manufacture. Marcel Pujol s'était mué en guide pour l'instruction de son « jeune ami ». Au passage, Liria Genovese, avec un « ça va mon beau ? », était venue plaquer deux baisers de nourrice sur les joues de Raoul. Le journaliste avait vu passer également la belle Gilda Del Vesco, dont il avait croisé le regard effronté. Elle avait feint de ne pas reconnaître l'homme qui l'avait empêchée de massacrer sa dénonciatrice.

À présent, la représentation était terminée. Le reporter et le retraité commençaient à refluer vers le bas de la rue, lorsqu'une voix de femme les héla :

– Qu'est-ce que je vois ? On vient à La Belle de Mai sans me dire bonjour ?

C'était Jeanne Mouren, la boulangère, qui insista – le café ayant été refusé par prudence pour le vieux cœur de Pujol – pour qu'au moins Raoul accepte un croissant.

– Mais vous allez manger le fonds avec moi, si je viens souvent !

Il fallut entrer, passer dans l'arrière-boutique et accepter de consacrer un long moment à cette brave femme éperdue de reconnaissance.

Le jour était à présent levé, les réverbères éteints. La manufacture bourdonnait comme une ruche, quand l'œil du journaliste fut attiré par un *panier à salade*[1] de la police qui stationnait devant la porte par où les ouvrières s'étaient engouffrées.

– Tiens, c'est bizarre. La police monte la garde devant la manufacture, maintenant ?

– C'est pour ne pas que les ouvrières se fassent la belle, répliqua Marcel Pujol en riant.

– Allons voir ça de plus près.

Le peseur-juré héla le cocher.

---

1. Rappelons qu'il s'agissait d'un fourgon hippomobile équipé de quatre cellules individuelles servant au transport des prisonniers.

– Du grabuge, chef ?

– On nous a appelés parce que, paraît-il, y aurait eu une bagarre dans l'atelier d'emballage. J'en sais pas plus. Le commissaire Onorati nous a expédiés pour voir. Deux inspecteurs sont à l'intérieur.

Comme pour illustrer les explications du cocher, une petite porte contiguë à l'entrée charretière s'ouvrit, laissant passage à quatre personnes : trois hommes et une femme. Les deux premiers étaient les policiers. Ils encadraient une très jeune femme à l'air farouche. Le troisième homme était Cyprien Pinatel, le portier-concierge de la manufacture. Marcel Pujol le salua.

La jeune femme que les policiers poussaient sans ménagement dans le fourgon se nommait Gilda Del Vesco, ouvrière à l'atelier de transit, dans le bâtiment P de la manufacture, où elle avait été mutée par sanction après la bagarre sur la place Cheylan.

La porte arrière claqua, le cocher fouetta sa rosse et le fourgon descendit la rue Bleue pour tourner à droite dans la rue Belle-de-Mai.

Le peseur-juré apostropha le gardien qui s'apprêtait à fermer la porte et à réintégrer sa loge.

– Dites, Pinatel ! Que s'est-il passé ?

Pujol s'avança, serra la main de l'homme coiffé d'une casquette plate et la conserva dans la sienne, comme s'il voulait tirer le vigile vers le trottoir. De l'autre main, il maintenait la porte entrouverte. Il n'allait pas laisser filer sous son nez cet office de renseignements ambulant. Raoul admira la manœuvre.

– Oh, c'est encore cette petite emmerdeuse de Gilda qui a fait des siennes.

– C'est-à-dire ?

Le portier souleva sa casquette pour se gratter l'occiput.

– Ce matin y a eu fouille.

Raoul intervint :

– Vous voulez dire qu'on fouille les ouvrières ?

Pinatel roula des yeux ronds.

– Bè, bien sûr ! La direction décide du moment et des conditions de la fouille. C'est jamais pareil. Le plus souvent c'est à la sortie. Mais on peut pas fouiller tout le monde, ça prendrait trop de temps. Alors, des fois, c'est à l'improviste, dans la journée, ou à la pause de midi.

– Dans quel but ?

– Pour éviter les vols, *tè* !

Raoul n'en revenait pas.

– Mais comment les ouvrières pourraient-elles emporter sous votre nez des cigares ou des paquets de cigarettes ?

– Avec ça qu'elles se gênent ! ricana le portier. Je vais pas toujours voir sous leurs jupes. Figurez-vous que l'année dernière, on en a *aganté* [1] une, elle portait une ceinture sous ses jupons, avec plein de ficelles terminées par un nœud coulant. Au bout de chaque ficelle, y avait un paquet de *Londrès* extra à 0,35 franc pièce. Y en a dix par paquet, elle en avait quatre-vingts tout autour de ses jambes.

1. Attrapé.

Pinatel rigola tout seul.

– Elle s'était fait une crinoline en *Londrès* ! Calculez : 80 multiplié par dix, ça fait 800. Elle en avait pour 280 francs-or sur elle.

– Comment l'a-t-on découverte ? demanda Pujol.

– Elle devait se *caguer aux brailles* [1] et être pressée de se retrouver dehors, elle a pas fait *antention* à la butée de fer qui dépasse à l'endroit où les battants de la porte d'entrée se rejoignent et elle s'est *estramassée* [2]. Quand elle s'est relevée, y a un paquet de *Londrès* qui est tombé juste à mes pieds.

Raoul ne put se retenir :

– Vous l'avez apporté aussitôt à la direction ?

Pinatel ne saisit pas l'ironie. Il eut un rire idiot et satisfait.

– Bien sûr ! Avec les soixante-dix-neuf autres ! Même que M. Rietsch m'en a offert un. « Pour service rendu », il m'a dit. Et j'ai eu une prime, je vous dis que ça !

On s'égarait. Pujol remit le portier sur les rails.

– Ce n'est pas ce qui s'est passé ce matin, tout de même ?

Pinatel secoua la tête.

– Non, c'est pas ça qui a foutu le *pâti*, ce matin. Le règlement de la direction générale des manufactures de l'État dit que doivent être distribués au personnel quatre grammes de scaferlati à priser ou à fumer par jour et par tête. Mais il est interdit de l'emporter. Il

1. Avoir une telle peur qu'elle vous donne des coliques.
2. Se casser la figure.

faut le consommer ici, à la manufacture. Y a un local exprès pour ça où on peut aller fumer pendant l'heure de repos à midi.

– Quelles drôles d'idées ! s'exclama Raoul. Dans quelles cervelles tordues ont-elles pu germer ?

Pinatel se fit le défenseur bénévole du monopole comme s'il eût été le rédacteur du règlement :

– C'est que, vous comprenez, *on* veut pas que les ouvrières fassent du trafic. Y en a pour des millions de francs-or, là-dedans.

Il montra du pouce la manufacture, derrière lui, comme s'il en était le propriétaire.

– Le tabac pour les *cigareuses*, il est gratuit. Mais que pour elles. Elles ont pas le droit de le sortir pour le donner et encore moins de le vendre. Il faut qu'elles le fument sur place.

– Et celles qui ne fument pas ? demanda le journaliste.

Pinatel rigola devant la naïveté de la question :

– C'est pas une distribution obligatoire. On en donne qu'à ceux qui le demandent.

Pujol intervint :

– Bon, alors ? que s'est-il passé, ce matin ?

– Y a eu fouille, comme je vous ai dit, et on a trouvé 28 grammes de tabac dans la poche du tablier de la petite Del Vesco.

Raoul ne put se retenir :

– Mais dites-moi : elle va ruiner la régie !

Pinatel regarda le journaliste pour savoir s'il parlait sérieusement ou non et expliqua posément :

– Quatre fois sept, vingt-huit. À quatre grammes

par jour, ça faisait donc une semaine qu'au lieu de fumer sur place, elle emportait la marchandise, ce qui est interdit...

Raoul bouillait :

– ... par le règlement, oui on le sait. Par conséquent, elle sera bientôt déportée à Cayenne où elle ira fumer des feuilles de bananier tout le restant de ses jours.

Pinatel le prit mal :

– Oh, jeune ! Vous me demandez, je vous explique ! Je suis pas obligé. En plus vous vous foutez de ma gueule. Moi, c'est vite fait. Je ferme la porte et je vous vois plus. Si vous êtes pas content, vous allez voir le directeur.

– Merci, dit Raoul, je ne fume pas. Mais dites-moi tout de même. Le tabac, « la petite Del Vesco », comme vous dites, elle le trafiquait pas : on l'a retrouvé dans sa poche ! Si elle sortait avec, elle l'avait rapporté, puisque la fouille a eu lieu ce matin après le début du travail. Vous en connaissez beaucoup, vous, des trafiquants qui ramènent la marchandise volée pour le plaisir de se faire pincer ?

– Mais puisque c'est interdit ! brailla le concierge.

Pujol intervint pour calmer les débats.

– Ne vous fâchez pas, Pinatel. Mon ami plaisante. Mais dites-moi : ce n'est pas pour vingt-huit grammes de tabac qu'on est allé chercher la police ?

– Non, dit le portier. Y a autre chose.

– Vous m'inquiétez. Et quoi ?

Pinatel, qui tenait le premier rôle, se fit désirer.

– Je sais pas si je peux vous le dire. Après, si ça se *saurait*, on dira que c'est moi.

Pujol fut sublime. La main sur le cœur, il déclara solennellement :

– Pinatel ! Un ami de trente ans ! Vous me connaissez, je suis une tombe.

Le portier hésita un instant, puis lâcha :

– C'est bien parce que c'est vous. Mais vous z'en parlez à personne.

– Promis.

– Alors, voilà : la petite Del Vesco, elle a fait une grosse bêtise.

Raoul ne pipait mot. Le poisson avait l'air ferré.

– Comment ça ?

– C'est Chevillon, le contremaître, qui a organisé la fouille. Lui et la petite s'étaient souvent accrochés. Quand on a trouvé le tabac dans la poche de son tablier, elle s'est rebiffée et elle a dit que c'était lui qui l'avait mis, ce tabac, pour la faire révoquer. Parce que elle, elle fume pas. Elle a dit qu'elle avait jamais fait de demande. Mais comme on tient pas le compte de qui en prend, qui en prend pas, c'était difficile à savoir qui disait vrai. Chevillon a dit à la petite qu'il faisait un rapport pour demander qu'on la raye.

Pujol traduisit à l'intention de Raoul :

– C'est une demande de révocation.

Le journaliste se prit la tête dans les mains.

– Dites-moi que c'est un cauchemar, je vais me réveiller.

Marcel Pujol pressa le portier de questions pour qu'il ne s'offusque pas et ne s'arrête pas sur le chemin des confidences.

– Alors, que s'est-il passé, après ?

– Eh bè, c'est là qu'elle a fait la bêtise. Quand elle a entendu qu'on voulait la *rayer*, ça l'a rendue comme folle. Elle a pris les grands ciseaux qui servent à découper le carton où on met les paquets de cigarettes par cinq cents et elle a sauté sur Chevillon en lui criant : « Salaud ! Tu vas partir avant moi ! » Si deux ouvrières ne l'en avaient pas empêchée, je crois qu'elle lui crevait les yeux ! En attendant, elle lui a fait une belle estafilade sur la joue. Ça pissait le sang.

Le peseur-juré fit la grimace.

– Sûr que ça ne va pas arranger ses affaires.

– Ça ! Ce coup-ci, après la bagarre de l'autre fois, elle y a droit à la révocation. En attendant, les condés vont lui chanter *Manon*. Ils z'aiment pas s'être dérangés pour rien.

Sur cette forte péroraison, Pinatel, Cerbère de la nicotine, salua les deux hommes et leur claqua la porte au nez.

– Que va-t-elle devenir, cette gosse ? murmura Raoul, désolé.

Il rechercha dans sa mémoire la formule imagée de Bernard Cadenat, le « maire » de La Belle de Mai. C'était comment déjà ?

« *Quand l'Ignorance épouse la Misère, leur enfant se prénomme Délinquance.* »

Quelque chose comme ça.

14

Où l'on va prendre le café chez Marcel Pujol afin de compléter le portrait de la « Carmen de La Belle de Mai »

L'appartement de Marcel Pujol, rue Fortuné-Jourdan, à deux pas de *Chez Loulou*, ressemblait à un petit musée des colonies françaises. Bien que l'ancien peseur-juré n'ait jamais vu de l'outre-mer que les vagues qui battaient les quais du port de Marseille et, en fait de traversée maritime, s'était limité aux 206 mètres parcourus par le ferry-boat en travers du Vieux-Port, les murs, les vitrines, les dessertes, les étagères, les dessus de buffet, les sols de son *trois pièces* étaient décorés d'objets venus de tous les pays du monde dont Marseille était le chef-lieu. Humbles cadeaux de marins, ou pièces d'importance offertes par des négociants ou des armateurs à qui l'ancien peseur-juré avait évité par sa rigueur de se faire rouler sur la quantité ou la qualité de la marchandise livrée, du bracelet en paille tressée du pays Bambara aux tapis et vases chinois en soie du Taihu, chacun avait trouvé sa place dans les pièces et dans le cœur de l'ancien peseur-juré. Il proposait même à l'invité une visite guidée de ses trésors exotiques. On voyait aussi sur le mur du salon une photographie de Marcel Pujol lui-même, de vingt-cinq ans plus jeune, prise devant le hangar aux céréales du port de la Joliette, en compagnie de deux dockers tenant sur l'épaule la grosse barre de bois à laquelle était accrochée une grande balance romaine qui faisait de la corporation les représentants de Thémis sur les quais. Le peseur-juré était en train de vérifier, carnet de moleskine et crayon en main, la conformité du poids annoncé sur des sacs de riz arrivés de Cochinchine.

Après le renvoi spectaculaire de Gilda Del Vesco de la manufacture, Raoul avait dit à Marcel Pujol :

– J'aimerais que vous me disiez ce que vous savez de cette petite. Elle m'a l'air d'être sur une mauvaise pente. Il y a une violence chez cette femme si jeune ! Est-ce parce qu'elle est cigarière qu'elle se prend pour Carmen ?

Le retraité avait confirmé :

– Ouh ! Celle-là, c'est un sacré numéro, on peut le dire ! Mais venez donc prendre un café à la maison un de ces jours, on en parlera. Le mardi soir à huit heures, Mme Pujol va à la chorale de la paroisse pour répéter la messe du dimanche. Nous serons tranquilles pour causer.

C'est ainsi qu'un soir de la semaine suivante le journaliste s'était retrouvé tasse de porcelaine (chinoise) en main, dans un fauteuil de cuir râpé dont les coussins en avaient vu d'autres. En position assise, il vous mettait les genoux sous le nez.

– Elle a un peu poussé comme une herbe folle, était en train d'expliquer Pujol à son nouvel ami. Vous connaissez le quartier. Gilda est une enfant sans père, comme il y en a tant, née sans doute d'une rencontre de hasard, qui n'a pas eu de lendemain.

– Elle vit chez sa mère ?

– Si on peut dire. Caterina Del Vesco est une brave femme, comme on dit à Marseille, mais elle est sans autorité et n'a pas su élever sa fille.

– Elle a un travail, la mère ?

– Si on peut appeler ça un travail. Nous allons y venir. Caterina, je l'ai connue ouvrière à la manufacture. Belle femme aussi, à l'époque. Elle était arrivée du Piémont, de Longarone, c'est dans la vallée du Pô, avec son mari, dans les années 1880. Lui, c'était un maçon. Mais il n'est pas le père de Gilda, puisque la petite est née deux ans après sa mort. Il s'est tué en tombant d'un toit quelques mois après leur arrivée à La Belle de Mai. Caterina s'est donc retrouvée seule, sans famille, elle n'avait pas déjà beaucoup de santé. Ça ne s'est pas arrangé quand elle est tombée enceinte. Après son accouchement, elle n'a pas tenu le coup à l'atelier avec les cadences qu'on leur impose et l'air qu'on leur fait respirer.

– Elle ne s'est pas remariée ?

– Pas officiellement, du moins. Et même, on ne sait pas qui lui a fait cette enfant. Pourtant les nouvelles vont vite dans le quartier.

– Ce n'était peut-être pas quelqu'un d'ici.

– Peut-être..., admit Pujol. Ensuite, elle a fait trente-six métiers : repasseuse, lingère, femme de ménage, elle a même vendu des sardines et de la polenta, à la criée dans la rue. Mais vous savez ce qu'on dit : « trente-six métiers, trente-six misères ». Alors, la petite elle a plus souvent été confiée à des voisins ou laissée à jouer dans le ruisseau, que chez elle, en compagnie de sa mère. Une mère toujours dehors pour trouver de quoi faire bouillir la marmite.

– M. Zola n'a donc rien inventé, remarqua Raoul.

– Et encore, ricana l'ancien peseur-juré, il ne connaissait pas La Belle de Mai ! En tout cas, c'est pas comme ça qu'on donne à un enfant une éducation équilibrée. Au contact des garnements qui ne manquent pas dans nos rues, Gilda s'est élevée à la dure, comme une sauvageonne. Elle n'hésitait pas à se battre avec les garçons. Ça forge peut-être un caractère bien trempé, mais ça ne vous prépare pas à entrer dans le monde du travail, à obéir à des horaires, à un patron. Bref, la Gilda, elle préfère la rue et les voyous à trimer dix heures par jour pour gagner une misère. Dès qu'elle a compris quel pouvoir elle avait sur les hommes, elle a tout de suite compris qu'il y avait là un moyen de sortir d'une condition à laquelle sa mère s'est résignée.

– Gilda est une fille... comment dire ? Facile ?

– Elle passe de l'un à l'autre. On lui a connu je ne sais combien de « fiancés ». Jamais des prix d'excellence, vous vous en doutez. Les mauvaises langues disent même qu'on l'a vue officier à l'occasion dans telle ou telle maison publique du quartier et que sa mère était au courant. Quelle misère !

Raoul fit la grimace.

– À dix-huit ans à peine...

– Ce qui me navre le plus, ajouta Marcel Pujol, c'est qu'il y a un brave garçon amoureux fou d'elle, mais mademoiselle n'en veut pas. C'est le commis-boucher chez Colombet, rue Loubon. Un garçon sérieux. Il a de l'or dans les mains. Colombet, qui n'a pas d'héritier, veut lui laisser la boucherie. Mais ce n'est sans doute pas un métier assez reluisant pour cette tête de linotte de Gilda. Elle ne voit pas, à la fois naïve et ambitieuse, qu'avec les relations qu'elle s'est faites, si elle continue, elle va finir au trottoir.

– En effet, dit Raoul désolé. Mais dites-moi, Félix Garbiers n'essaie-t-il pas de la remettre sur un autre chemin ?

– Bien sûr ! Vous le connaissez ! Ça le rend malade cet homme, de voir cette brebis prête à se faire croquer par la meute de loups qui rôde dans le quartier. Il est allé trouver Caterina Del Vesco et lui a proposé de s'occuper de Gilda. Toujours bénévolement, bien sûr. Il avait déjà donné des leçons de français à la mère, quand ils sont arrivés elle et son mari. Il le fait pour bien d'autres, comme je vous l'ai dit. Mais cette *testarde* de Gilda n'y met aucune bonne volonté. Il faut lui courir derrière si on veut qu'elle vienne aux leçons.

– Je crois avoir entendu dire que c'est M. Garbiers qui avait trouvé du travail à la petite, dit Raoul.

Pujol opina :

– Grâce à ses relations avec la direction de la manufacture, oui. C'est lui qui l'avait recommandée en insistant sur le fait que c'était un service personnel qu'il demandait. Pour arracher Gilda à la rue. Ils la gardaient par protection, car elle pratiquait un absentéisme chronique. Ah ! C'est une belle ingrate. Vous rendez-vous compte dans quelle situation elle met Garbiers vis-à-vis de la direction ? Le coup du tabac volé pour la faire mettre à la porte, c'est sûrement un prétexte que son chef d'atelier a trouvé.

– Mon oncle m'a indiqué qu'elle a pris quinze jours de prison. Elle doit en être sortie à présent. Savez-vous où elle est ?

– Je ne l'ai pas encore revue. Pourquoi ?

– J'aimerais bien à l'occasion lui dire deux mots, à propos de ses relations, notamment.

Pujol ricana :

– Elle va vous envoyer paître !

– Je ne m'en formaliserai pas, n'ayez crainte.

– Allez donc voir chez sa mère, conseilla le peseur-juré. C'est tout près de chez moi, rue Saint-Augustin [1].

– Je préférerais la voir seule. Si sa mère est là, ça compliquera les choses. Ne fréquente-t-elle pas un lieu en particulier, où je pourrais la rencontrer « par hasard », si je peux dire ?

Pujol réfléchit :

– Si elle est revenue au quartier, ça ne sera pas difficile de la retrouver. Allez donc traîner vos guêtres

1. Aujourd'hui rue Roger-Schiaffini.

un de ces prochains dimanches dans un des *balèti*[1] ou café-chantant qui fleurissent dans le quartier. Vous aurez plus de chances de la trouver là à tourner une valse ou une polka piquée qu'en train de lire Victor Hugo à la bibliothèque municipale !

1. Petits bals populaires de quartier.

15

Où l'on croise dans les rues sombres de La Belle de Mai une inquiétante silhouette noctambule qui se joue de notre héros

Il était dix heures du soir quand Raoul Signoret quitta l'appartement des Pujol. Il avait entre-temps fait la connaissance de la femme de l'ex-peseur-juré – une vieille dame petite, boulotte et rieuse – qu'il était allé attendre en compagnie de son mari à la sortie de la salle de répétition. Elle y avait chevroté une bonne partie de la soirée sous la direction du curé Roque qui s'accompagnait à l'harmonium poussif, « *Sauvez, sauvez la France, au nom du Sacré-Cœur !* ». Ce cantique devait être le point d'orgue de la prochaine messe dominicale de dix heures à la paroisse Saint-Charles de La Belle de Mai. La chorale manquait – comme toujours – de voix mâles, mais ces dames compensaient cette carence par une ardeur vocale indéniable bien qu'en délicatesse avec la justesse.

Marcel Pujol, qui ne voulait pas voir son épouse se

risquer seule dans les rues sombres du faubourg à la nuit tombée, lui servait ponctuellement de garde du corps. Sa seule arme de défense consistait en une lanterne à pétrole. Moyen le plus sûr pour être repérés par d'éventuels rôdeurs, mais aussi, il faut l'admettre, pour éviter de marcher dans les choses innommables qui parsemaient les trottoirs obscurs du quartier. Raoul, au prétexte de lui tenir compagnie, avait donc escorté l'ex-peseur-juré, puis raccompagné le couple jusque devant chez lui.

Le reporter récupéra sa bicyclette laissée en dépôt dans le couloir de l'immeuble des Pujol. Dans un quartier aussi peu éclairé que celui de La Belle de Mai, ce moyen de transport si pratique et qui avait rendu tant de services au reporter perdait la plupart de ses atouts. Démuni de moyen d'éclairage, l'engin ne pouvait rouler qu'à très petite vitesse, en slalomant entre les détritus, en évitant les nids-de-poule, en permanence à la limite de la perte d'équilibre. C'est pour cette raison qu'au lieu – en toute logique – de gagner la gare Saint-Charles en remontant la rue Bleue – itinéraire le plus direct pour rejoindre le centre-ville –, le reporter prit en direction de la rue Belle-de-Mai, qu'il savait éclairée, par où il gagnerait le boulevard National illuminé *a giorno,* car c'était une des voies royales pour se diriger vers les ports.

C'est ainsi qu'il trouva sur son chemin, à main droite, sans l'avoir cherchée, l'obscure rue Saint-Augustin, qu'il venait d'évoquer en compagnie de Marcel Pujol. Qu'est-ce qui le poussa à aller repérer la maison où logeaient Gilda Del Vesco et sa mère ? Cela pouvait attendre le jour suivant, mais on ne se refait pas. Silencieux comme un chat, le reporter posa sa bicyclette contre le mur d'un immeuble à l'angle de la rue et avança vers le numéro 13, indiqué par Pujol.

Il y avait de la lumière au rez-de-chaussée. La maison semblait vétuste autant qu'on pouvait en voir dans l'obscurité. La fenêtre était munie de grilles, mais dépourvue des habituels volets de bois. Si bien qu'un observateur placé dans l'obscurité d'un seuil d'immeuble, sur le trottoir d'en face, pouvait voir à l'intérieur de l'appartement sans être repéré par ceux qui s'y trouvaient. Ils étaient trois. Deux femmes et un homme, assis sous la suspension autour d'une table de cuisine recouverte d'une toile cirée aux couleurs délavées. L'une des deux femmes étant Gilda Del Vesco, Raoul en déduisit que l'autre, dont l'air de lassitude et le négligé vestimentaire ne parvenaient pas à effacer complètement la beauté passée, était sa mère. Quant à l'homme, il était inconnu du journaliste, mais à sa vêture soignée malgré son manque d'élégance, à ses manières vulgaires et à son air canaille, il y avait gros à parier qu'il appartenait à la voyoucratie locale. Peut-être même était-ce l'un des trois malfrats croisés naguère dans la salle du bar *Chez Loulou*, mais dont le reporter qui leur tournait le dos n'avait pu retenir l'exacte physionomie. S'il était l'un des trois, il ne pouvait être que Dante Rossetti, car sa taille et sa corpulence interdisaient qu'on le surnomme *Petitou*. Que faisait là, à cette heure, cette gouape ? Était-elle en train d'« acheter » la fille à la mère ? Loin d'arborer la mine farouche des voyous, l'homme était tout sourires et gestes enveloppants. Raoul Signoret aurait payé cher pour saisir ce qui se disait autour de cette table ronde où le « chevalier » avait sûrement des idées inavouables derrière la tête. Le journaliste devait se contenter d'une pantomime qu'il tentait de traduire sans y parvenir.

À un moment, l'homme tira de sa poche plusieurs billets de banque et les lança sur la table. La mère, qui s'était levée, eut un geste de refus, mais il insista et reprenant l'argent le glissa de force dans la poche ventrale du tablier qu'elle portait. Gilda riait de toutes ses belles dents.

La conversation – ou plutôt le quasi-monologue de l'homme face aux deux femmes attentives – se poursuivit jusqu'au moment où la crapule se leva, saisit son pardessus qu'il avait posé sur le dossier d'une chaise, coiffa son feutre et salua avec force démonstrations d'amitié. Raoul, sur son seuil, se figea.

L'homme quitta l'immeuble et prit vers la gauche en direction de la rue Belle-de-Mai. Avant même qu'il tourne l'angle de la rue, Raoul abandonna avec prudence son abri, décidé à suivre l'inconnu de loin. C'est alors que du coin de l'œil il capta comme un déplacement. Surgie de la nuit, arrivant de la droite, une silhouette noire s'avançait, enveloppée dans une grande cape, et paraissait aussi vouloir suivre celui qui venait de sortir. Elle passa en ombre chinoise devant la fenêtre éclairée des Del Vesco, mais si rapidement que Raoul Signoret eut à peine le temps de se rendre compte que l'apparition se déplaçait en silence, avec rapidité, et semblait vouloir rattraper l'homme qui s'éloignait.

Raoul, qui s'était légèrement avancé, fut-il alors pris dans le faisceau lumineux en provenance de la fenêtre derrière laquelle Gilda et sa mère se tenaient toujours, son pied heurta-t-il un objet qui révéla sa présence ? Eut-il un mouvement intempestif qui le fit repérer de l'ombre passant à quelques mètres de lui ? Toujours est-il que l'apparition se figea un bref instant puis détala de toute la vitesse de ses jambes en direction de celle qu'avait prise l'homme qu'elle suivait. Mais à l'angle de la rue Belle-de-Mai, où sa silhouette à présent éclairée se détachait, au lieu de tourner à droite, comme Raoul le pensait, elle prit au contraire sur la gauche pour remonter la rue Bleue.

Le reporter, un instant décontenancé par cette succession d'événements surprenants, se lança bientôt à sa poursuite. L'ombre avait une cinquantaine de mètres d'avance sur le reporter, mais la longue foulée de Raoul le rapprochait à chaque enjambée de la silhouette sombre qui fuyait. On y voyait assez grâce aux quelques réverbères allumés dans la rue Bleue pour que le reporter se rende compte que le fugitif portait une longue cape noire et un chapeau melon sur le crâne. Raoul pensait qu'il se dirigeait tout droit vers la manufacture, quand brusquement sa proie disparut, comme avalée par la nuit.

En arrivant à la hauteur où le phénomène s'était produit, le reporter découvrit qu'à cet endroit débouchait une ruelle étroite et noire, dépourvue de tout éclairage public, qu'il n'avait encore jamais remarquée tant sa largeur était modeste. Il n'eut ni lc temps ni la possibilité de lire son nom sur une plaque indéchiffrable dans l'obscurité, mais il s'y engagea sans hésiter. Là, on n'y voyait vraiment plus rien. C'était la nuit complète. Il fallait avancer à tâtons. Le fugitif en faisait autant et c'est en se guidant sur le bruit que ses pas faisaient en déplaçant des pierres que Raoul Signoret continuait sa filature, mais à vitesse très ralentie. Il priait pour ne pas s'étaler sur des décombres ou des tas d'ordures.

Tout d'un coup, le reporter n'entendit plus rien. Le fuyard avait-il cessé de progresser ? Lui tendait-il un piège ? Il s'immobilisa, l'oreille aux aguets. Le silence était si compact que les battements de son cœur faisaient dans sa tête un bruit de tambour. Raoul s'efforçait de respirer calmement en contrôlant son souffle pour ne pas se faire repérer. Il était tendu comme une corde de violon, guettant le moindre froissement d'étoffe, le moindre déplacement. Rien. On eût dit que sa proie s'était volatilisée. De temps en temps, en les espaçant le plus possible, le reporter avançait d'un pas, puis s'immobilisait, à l'écoute du moindre bruit. L'angoisse montait. Il s'attendait d'un instant à l'autre à une attaque qui serait d'autant plus délicate à parer qu'il ignorait de quel côté et sous quelle forme elle pourrait surgir. Le temps semblait s'être étiré. Pas après pas, le journaliste continuait sa progression. Pour se guider, il tâtait de la main le mur à sa droite. Il paraissait interminable. Pas la moindre porte, la moindre fenêtre, le moindre seuil pour se repérer. Il réalisa tout à coup : ce devait être le mur du couvent des religieuses Victimes du Sacré-Cœur dont on lui avait parlé sans qu'il le vît jamais. L'homme n'avait pas choisi au hasard cette voie de fuite. La rue était très peu habitée et le haut mur qui séparait les nonnes du reste des vivants constituait un rempart d'où ne risquait pas de venir un secours. La situation ne pouvait pas s'éterniser. Raoul, qui poursuivait sa progression silencieuse, aperçut enfin le bout du tunnel : la rue Jobin, elle aussi équipée de réverbères. Aucune silhouette ne se détachait sur la faible clarté qui en provenait. C'est alors que le journaliste entendit à quelques mètres derrière lui une sorte de raclement. Comme si quelqu'un, quelque chose, griffait le crépi d'un mur. Il se retourna d'un bloc et se mit instinctivement en garde. Le bruit d'un choc plus sourd, comme celui d'un corps qui choit, se fit alors entendre. Raoul revint sur ses pas avec prudence, en se dirigeant vers l'endroit d'où semblait parvenir le bruit. À tâtons, il suivit le mur du couvent sur quelques mètres jusqu'à ce que son pied gauche bute sur un obstacle. C'était une grosse pierre semblable à une sorte de borne, qui dépassait du mur. Furieux, le journaliste réalisa qu'il venait d'être joué. Le fuyard connaissait parfaitement les lieux et pouvait s'y repérer dans l'obscurité la plus complète. C'était donc un familier du quartier. Dans la partie la plus sombre de la *traverse des Victimes* (il ne sut son nom que le lendemain, au jour), celui que Raoul pistait s'était laissé dépasser, puis, quand il avait jugé suffisante la distance qui le séparait de son poursuivant, il avait escaladé le mur du couvent en prenant appui sur cette borne. Le bruit sourd entendu était celui qu'avait fait le choc de sa chute depuis le faîte de l'enceinte.

L'homme devait fuir à présent à travers les deux hectares d'espaces verts qui entouraient les bâtiments conventuels et n'avait plus que l'embarras du choix pour la direction à prendre afin de surgir loin d'ici dans une autre partie de La Belle de Mai.

Raoul Signoret jura *in petto* comme un charretier. La poursuite à présent était sans objet. Il s'était fait rouler comme un débutant. Le fugitif connaissait le quartier comme sa poche.

De sa chaussure droite, le journaliste shoota dans un objet léger comme un ballon d'enfant. À tâtons, il le chercha et finit par mettre la main dessus. C'était un chapeau melon que le fuyard avait perdu en escaladant le mur du couvent.

Revenu rue Bleue, Raoul déchiffra à la lueur d'un réverbère le nom du fabricant : L. Laugier, « *Au Chinois* », 24-26 rue Canebière. C'est-à-dire la raison sociale du plus grand chapelier de Marseille. Autant dire que cette constatation ne lui apportait aucune information exploitable, les *melons* du *Chinois* coiffant les crânes de la plupart des Marseillais porteurs de chapeaux.

Quand il revint à l'angle de la rue Saint-Augustin, une autre mauvaise surprise l'attendait. Sa bicyclette avait changé de propriétaire. Un engin dont il prenait un soin jaloux et qui lui avait coûté une partie de ses économies ! Un tas d'ordures qui traînait par là fit les frais de la mauvaise humeur du reporter qui l'éventra d'un escarpin rageur.

Pour se calmer, il décida de rentrer à pied place de Lenche, renonçant à héler un fiacre. Il fit tout de même une partie du trajet en courant afin de ne pas inquiéter Cécile par un trop grand retard.

C'est égal : il y a des soirs où, à vouloir jouer les grands reporters sans en avoir les moyens, on ferait mieux de se coucher de bonne heure.

16

Où le boulanger Mouren fixe un rendez-vous à notre héros et lui raconte une étrange histoire dans laquelle intervient un mystérieux « fantôme noir »

– Signoret, téléphone !

Raoul, qui discutait dans la salle de rédaction du *Petit Provençal* avec Jean Chiocca, un aîné du service des sports qui l'avait pris sous son aile alors qu'il n'était encore qu'un jeune débutant maladroit, fit signe à son confrère Escarguel : une minute, j'arrive.

Chiocca, avec force gestes et enthousiasme visible, faisait part à Raoul d'une découverte récente qui l'avait mis en transe :

– Cet après-midi, j'étais sur les épreuves de cross amateur au stade de l'Huveaune, figure-toi que j'ai vu un gosse épatant. Un futur crack à coup sûr !

– Signoret, téléphone !

– Raoul, écoute bien ce que je te dis, aujourd'hui 17 mars 1903. Au Club athlétique de l'École de l'Industrie, il y a un *minot* qui s'appelle Bouin, Jean Bouin. Il doit avoir dans les quinze ans. Si les petits cochons ne le mangent pas, et s'il fait pas le *fadòli*[1], Marseille tient là le plus grand *pédestrian* du XXe siècle. Je prends les paris[2].

– Signoret, téléphone !

Chiocca, lyrique, décrivait la course :

– Les autres, ils couraient derrière, lui il volait devant. C'est pas un homme, c'est un cheval. Pas très grand, 1,68 mètre au garrot, pas plus, mais quelles jambes !

– Signoret, téléphone !

– Et tu sais pas ? Sept litres de capacité pulmonaire ! Un phénomène, je te dis ! Les autres tiraient une langue comme ça, lui il était frais comme un poisson de roche. Je lui ai parlé à l'arrivée, il était à peine essoufflé.

– Signoret ? Je raccroche ?

– Non, Auguste, j'arrive ! Allô !

– Monsieur Raoul ?

Cette voix...

C'était Mouren ! Le boulanger de La Belle de Mai !

– Monsieur Jean-Baptiste...

– Vous m'avez reconnu ?

– La preuve. Qu'est-ce qui me vaut le plaisir ?

Il y eut un bref instant de silence au bout du fil.

1. Équivalent de fada, idiot.

2. Paroles prophétiques, puisque Jean Bouin (1888-1914) détiendra 14 records de France et 7 records du monde (dont celui de l'heure, établi en 1913 à Stockholm – 19,021 km –, qui tint quarante ans).

– On pourrait se voir ?

– Quand vous voudrez. Où êtes-vous ?

– Je suis descendu en ville [1]. C'est lundi, la boulangerie est fermée.

Raoul se dit que cette fois il ne risquait pas de rentrer à la maison avec des kilos de brioches et de croissants dans les bras.

– Vous ne voulez pas venir me retrouver au journal ?

– Je préfère mieux [2] pas.

– Comme vous voulez. On peut se retrouver d'ici vingt minutes au café *Bodoul*. Vous connaissez ?

– Pas trop, moi vous savez, en dehors de La Belle de Mai...

– 18, rue Saint-Fé [3], ça vous va ?

– Très bien. Je suis à la Bourse.

Quand Raoul Signoret poussa la porte vitrée du café *Bodoul*, il était six heures du soir. Mouren était déjà là. Il s'était installé au fond de la salle modeste et simple, sans décoration tapageuse, ce qui était l'originalité de ce café provincial, l'un des plus anciens de la ville, ouvert sous la Régence. Il n'avait pratiquement pas changé depuis. Son histoire passée était jalonnée

1. À Marseille, ville bâtie autour de son port cerné par une couronne de villages, on descend « en ville » quand on vient dans le centre (Canebière, rue de Rome, rue Saint-Ferréol, Préfecture). Autrement, on est « au quartier ».

2. Ici, on « préfère mieux ».

3. Pour Saint-Ferréol.

par des affaires d'honneur, des défis, des provocations, parfois réglés dans le sang, entre royalistes et bonapartistes au temps des *Cent Jours*, ou entre républicains et conservateurs en 1851. On en parlait encore. Mais le café *Bodoul* était devenu à présent le rendez-vous paisible des notables, de la finance et du négoce, des gens de lettres, ainsi que d'une jeune clientèle de *petits crevés*, comme on disait. Fils de famille attendant d'être des hommes, *Brummels* en miniature, stick à la main et *londrès* aux lèvres, têtes vides mais portées fières, ils venaient ici dans l'espoir d'y croiser des voyageuses en partance pour Cythère ou des grisettes à l'œil fripon. Ici, ni tapage, ni rires bruyants, ni tabagie agressive. On y buvait des bocks et des limonades. Tout se passait entre gens comme il faut. On y parlait à voix basse, on y dialoguait en cravate blanche et on tenait des propos « à col droit ». C'est bien pour cette raison que Raoul Signoret y avait convié Jean-Baptiste Mouren. Ils y seraient tranquilles et sûrs de ne pas être dérangés.

Après une cordiale poignée de main, le journaliste s'assit face au boulanger.

Mouren était en habits du dimanche. Ceux-là mêmes qu'il avait endossés le jour du fameux « vin d'honneur ». Après un sourire de bienvenue, il reprit un visage crispé. Il était inquiet. Il jetait de brefs coups d'œil vers les tables voisines comme si un danger allait en surgir. Il s'agitait sur la banquette de moleskine.

– Je peux vous parler ?

– Naturellement, je suis venu pour vous écouter. Je vous en prie.

Le boulanger se racla la gorge.

– Y a qu'à vous que je peux le dire.

Une petite veilleuse s'alluma dans la tête du journaliste. Il sourit pour mettre son interlocuteur en confiance et le détendre.

– Allez-y.

– Vous savez que nous autres, on vit à l'envers des gens...

Mouren se reprit :

– Enfin, je veux dire de la plupart des gens. On veille quand ils dorment, on dort quand ils se lèvent.

Raoul ne dit rien pour ne pas briser l'élan, mais tous les traits de son visage s'efforçaient d'apaiser, de rassurer son vis-à-vis par la seule façon qu'il avait de le regarder et de l'écouter.

La suite devint un monologue débité à mi-voix.

– Moi, je me lève vers trois heures moins le quart du matin. Il faut une grosse heure pour que le four soit à température. J'y mets que du bois bien sec. Pendant ce temps, je prépare ma pâte. Je pétris à la main, comme j'ai toujours vu faire. C'est plus long, c'est fatigant, mais y a pas une machine qui vous donnera le goût de mon pain.

Raoul s'installa confortablement, sachant qu'il devait passer par ce petit cours de boulangerie artisanale s'il voulait savoir la vraie raison de la présence de Jean-Baptiste Mouren, face à lui, sur une banquette du café *Bodoul*.

– Quand le four est à température, vers les mille degrés, je le débarrasse de ses braises, que je recueille dans un gros bidon en fer. Si on laissait le bois avec le pain, il lui donnerait un goût de brûlé. Donc, je vide entièrement le four et je laisse passer quelques minutes. La brique réfractaire, ça tient bien la chaleur. C'est – disons – quatre heures du matin. Et là, qu'il pleuve, qu'il vente, qu'il neige, je vais *m'en rouler une* sur le pas de la porte du fournil qui donne sur la rue Bleue, à gauche du magasin en montant. Je fume jamais dans le fournil. Question d'hygiène.

Le boulanger fit une petite pause et sourit pour lui-même.

– Moi, j'ai jamais froid. Je crois que j'ai tellement passé d'heures devant la gueule brûlante de mon four que je lui ai volé un peu de sa chaleur. *Tè*, touchez ma main.

Raoul la prit et, en effet, elle était chaude comme un bâtard tout juste défourné. Le boulanger rit tout seul.

– Si j'allais faire un tour en Sibérie, en tricot de peau, je crois que je ferais fondre la neige !

Où voulait-il en venir le brave Mouren ? Raoul commença à le savoir quand l'homme reprit le cours de son récit.

– Cette nuit-là, du 24 janvier...

Une seconde veilleuse s'alluma dans la tête du journaliste.

– ... j'ai fait comme toutes les nuits. Je suis sorti sur le pas de la porte et j'ai allumé ma cigarette. Il faut une vingtaine de minutes pour que l'œil s'habitue à l'obscurité. Le temps qu'une cigarette parte en fumée.

Deux bocks arrivèrent servis par un garçon en demi-deuil.

– Vous connaissez la rue. On y voit comme dans le trou du cul d'un nègre. C'était une nuit sans lune.

– Exact, dit Raoul qui avait vérifié sur le calendrier des postes au début de l'affaire.

– Rastègue aurait dû laisser deux réverbères allumés après sa tournée de dix heures du soir, y en avait plus qu'un qui marchait, celui qui est presque au coin de la rue Guibal, l'autre avait sa vitre cassée. Le réverbère en face de la porte de la manufacture était éteint. Vous voyez le tableau ?

Raoul, pour ne pas l'interrompre, battit des paupières.

– J'allais rentrer enfourner, quand sur le côté de l'œil, j'ai vu quelque chose de blanc au pied du réverbère éteint. Sur le moment, j'y ai pas prêté attention plus que ça, mais allez savoir pourquoi, ça m'a *touché le nerf,* ce truc. Je suis allé prendre la lampe à pétrole que j'ai derrière la réserve à bois et me voilà parti vers la chose. Je lève ma lampe et qu'est-ce que je vois ?

Raoul répondit :

– Le corps du lieutenant d'Estournel en chemise blanche qui n'avait plus sa tête à lui.

Mouren avait pris une gorgée de bière et avec sa main libre fit un signe négatif.

– Pas du tout. Vous n'y êtes pas ! Le type avait sa tête sur les épaules. Elle était pas belle à voir, tout esquintée, d'accord, mais elle y était. Je ne bois jamais pendant le travail. Et le *chicoulon* [1] de vin rouge que je m'offre à souper vers les sept heures, ça faisait un moment que je l'avais pissé. Je l'ai vue comme je vois

1. Gorgée de capacité variable.

mon verre de bière, cette tête, monsieur Raoul. Tout enflée, toute cabossée, mais je l'ai vue.

– Et les mains ?

– Il les avait aussi ! Le type, comment vous l'appelez déjà ?

– D'Estournel.

– Il en avait même une, de main, posée sur la poitrine. Ça se détachait sur la chemise blanche.

Le cœur de Raoul accéléra sa course.

– Vous pensez qu'il était mort à ce moment-là ?

– En tout cas, il bougeait plus. À mon avis, on l'avait tabassé à mort et laissé là. Mais je suis certain qu'il était entier. Ma main à couper.

Mouren se rendit compte trop tard de ce qu'il venait de dire et rougit de sa bévue.

– Qu'avez-vous fait ?

– Je suis retourné chez moi. La fournée m'attendait.

Il fit une brève pause et se justifia, très vite :

– Je sais ce que vous pensez, monsieur Raoul. Vous vous dites : il aurait dû aller chercher *quequ'un* et...

– Pas du tout, mon cher Jean-Baptiste. Je conçois que vous ayez été effrayé et...

Le boulanger mit la main sur l'avant-bras du journaliste pour l'interrompre.

– C'est pas ça. C'est pas la trouille d'avoir vu un macchabée qui m'a fait partir. Mais mon quartier, je le connais. Y a pas que des enfants de chœur qui se baladent la nuit. Ces affaires-là, en général, il vaut mieux pas s'en mêler, vous voyez ? Ça peut vous rapporter que des emmerdements. Moi, j'ai un commerce, une femme et une gosse à faire manger. Je suis honnête. Je me mêle pas de ce qui me regarde pas. Vous savez pas qui a fait ça, vous savez pas qui est le type qu'on a tué, il vaut mieux avoir rien vu. C'est bien pour tout le monde. Tout à l'heure, il fera jour, le type s'en ira pas en courant, ils le trouveront bien sans moi, pas la peine d'alerter les populations. Voilà ce que je me suis dit.

– Je comprends ça. D'ailleurs, c'est le pauvre Rastègue qui a été désigné par le Destin pour être le « découvreur » de l'affaire.

Mouren insista :

– Oui, mais je vous ai pas tout raconté.

Raoul Signoret – deux doigts en V – fit signe au garçon de renouveler les consommations. Le boulanger reprit :

– Vous pensez bien que ça me tarabustait, cette chose, ce type mort et laissé comme un chien dans la rue. Je faisais rien qu'à réfléchir, ça me pourrissait le travail. Quand j'ai eu fini les deux premières fournées – je cuis cent cinquante pains en quatre fournées pour pas trop les serrer dans le four, qu'ils dorent de partout...

Raoul salivait en repensant au bon goût du pain de la boulangerie Mouren, à sa mie souple et à sa croûte craquant sous la dent.

Il souriait inconsciemment. Mouren demanda :

– Qu'est-ce qui vous amuse ?

– Je repensais à la saveur de votre bon pain. Continuez, je vous prie, et excusez-moi de vous troubler.

– Ça me trouble pas, ça me fait plaisir. Alors, j'en étais au moment où j'ai eu fini de défourner la deuxième. Ça continuait à me *dévarier le teston* [1], cette affaire. J'en avais des visions. J'ai plus pu tenir, je suis allé *espincher* [2] à nouveau dans la rue Bleue, à la recherche de la tache blanche : elle y était plus.

– Non ?

– Pardi. Et vous savez pourquoi ? Parce qu'entre elle et mon œil, pas encore réhabitué à la nuit, il y avait quelque chose de noir.

– De noir ?

– Et cette chose, qui était presque au ras du sol, comme un *moulon de bordilles* [3], ça bougeait.

– C'était le chien, je parie.

Le boulanger fit non de la tête.

– Vous n'y êtes pas non plus. C'était comme entouré d'un halo de lumière très faible. *Tè,* vous avez déjà vu un fantôme ?

Raoul se mit à rire.

– Pas de très près, je l'avoue.

Malgré sa tension, le boulanger sourit, lui aussi.

– Moi non plus, mais vous savez à quoi ça ressemble un fantôme dans les illustrés, avec un grand drap blanc et deux trous pour les yeux. Eh bien, figurez-vous la même chose, mais en noir. Rond en haut, et puis comme une grande robe ou une grande cape qui s'évase vers le bas. Parce que ça bougeait. Plus que moi, en tout cas, qui étais comme un *estoquefiche* [4],

---

1. Brouiller l'esprit.
2. Regarder à la dérobée.
3. Un tas d'ordures.
4. Morue non dessalée.

tanqué[1] sur le pas de ma porte. J'entendais comme un souffle, un type qui ferait des efforts, et puis des froissements, comme un qui aurait manipulé du papier journal. Vous savez que la nuit, quand tout est calme, on entend vachement loin. À un moment donné, ça s'est redressé, la chose. Ça faisait à peu près la hauteur d'un homme debout. Pas très grand. Un mètre soixante-cinq à tout casser. À la main il avait une sorte de loupiote. Peut-être un briquet, j'étais trop loin pour voir.

Un frisson parcourut l'échine du reporter.

Se pouvait-il que cette ombre décrite par le boulanger soit celle-là même qu'il avait croisée et poursuivie en vain dans la nuit de la rue Levat ? Ce « fantôme noir » lui rappelait point par point la silhouette qui s'enfuyait devant lui dans la pénombre de la rue Bleue, avant de s'évanouir derrière le mur du couvent du Sacré-Cœur... Raoul voyait les verres danser sur la table. Il eut comme un éblouissement, mais parvint à raccrocher la conversation.

– Vous ne bougiez toujours pas ?

– Risque pas ! s'exclama le boulanger. J'attendais de voir *comme* tournaient les choses.

– Et alors ?

– Alors, ça s'est mis à marcher, après avoir éteint sa loupiote. En diagonale, vers la rue Guibal. Ça a traversé la chaussée et ça a tourné le coin. Toujours noir et toujours silencieux. Et j'ai plus rien vu.

1. Planté.

Le garçon apportait les bocks. Raoul posa une question qui ne pouvait être comprise que du boulanger.

– Vous êtes allé voir ?

– Pas tout de suite. Je me demandais si la chose que je n'avais qu'entrevue n'allait pas revenir.

– Et votre fournée ?

– Justement ! Il était grand temps. Les pains du bord, ceux qui sont contre la brique, ils étaient un peu bronzés ! J'ai vite défourné.

– Et puis vous y êtes retourné.

– Bien sûr ! Avec ma lampe. Plus rien ne bougeait dans la rue Bleue. Il devait être dans les cinq heures et j'apercevais de nouveau la tache blanche de la chemise. Alors je me suis approché. J'ai levé ma lampe.

Mouren pâlit.

– Et là, oh ! *fan de pute*, si je me suis pas cagué, c'est parce que je serrais les fesses. J'ai vu. J'ai vu le type, il avait plus de tête et plus de mains ! La chose, le fantôme noir les lui avait coupées entre ma troisième et ma quatrième fournée. ET IL LES AVAIT EMPORTÉES ! Vous croyez pas que non ?

Raoul y croyait. Ses cheveux s'étaient dressés sur sa tête et son cœur battait la chamade, car il y croyait. Jean-Baptiste Mouren n'avait rien d'un affabulateur. C'était un honnête boulanger de La Belle de Mai, pas fâché de partager enfin avec un autre le fardeau qu'il portait seul depuis trois mois.

– Même pas à ma femme, j'en ai parlé. Y a que vous et moi qui savons.

Raoul se redressa. À force de tension son dos le faisait souffrir.

– Pourquoi moi ?

– Parce que vous, j'ai pleine confiance. Parce que j'ai une dette, que je vivrai jamais assez longtemps....

– Tuut, tuut, tuut ! pas de ça entre nous.

– C'est vous qui le dites. Je sais pas à quoi ça peut vous avancer ce que je viens de vous raconter, mais comme je sais que vous suivez l'enquête... Je me suis dit...

– Vous avez très bien fait. Vous n'êtes plus seul, à présent. Mais pourquoi n'avoir rien dit à la police ?

Le visage de Mouren se ferma.

– La police, j'ai rien à y dire. La police elle m'a pas demandé mon avis quand elle m'a fait passer cinq ans aux *gamelles* [1] pour une affaire où j'étais pour rien.

Raoul laissait venir. Il n'osait pas demander les raisons du boulanger. C'est lui qui les confia.

– J'ai passé toute ma vie à La Belle de Mai. Quand j'étais jeune, j'avais des copains, c'étaient pas tous des anges, je le reconnais. Mais c'étaient mes copains d'enfance. Ça s'oublie pas. Y en a un, André, il a fait une grosse connerie. Il est allé chez une vieille qui avait plus de sous qu'un chien n'a de puces, avec un foulard sur la figure et un faux pistolet à la main. La vieille, elle a pris une telle *estoumagade* [2] qu'elle est restée sur le carreau. André, il m'avait proposé de venir avec lui, j'avais refusé. Il y est allé seul. Quand il a vu comment ça tournait, il a pris le maquis. À La Belle de Mai, on nous voyait toujours ensemble depuis qu'on

1. En prison.
2. Émotion si forte qu'elle vous retourne l'estomac.

était tout minots. Comme ils l'ont pas retrouvé, les flics me l'ont fait payer à moi. Ils m'ont pris cinq ans de ma vie. Et ils ont fait mourir ma pauvre mère de honte et de chagrin. Voilà pourquoi je leur ai rien dit pour le fantôme.

Raoul toussota :

– Je comprends. Et André ?

– Il est mort.

– Mort violente ?

– Je crois. Je sais plus.

Le journaliste n'insista pas. Il regarda Mouren droit dans les yeux et dit simplement :

– Merci de votre confiance.

Le boulanger sourit.

– Elle est bien placée. Mais je sais pas ce que vous allez en faire.

Raoul fut direct :

– Moi non plus, pour l'instant. Je mets tout ça de côté, je trierai après. Cependant, je ne vois pas comment utiliser ce que vous venez de me dire sans m'en ouvrir, un jour ou l'autre, à la police qui va se demander d'où je tiens ça.

– Vous leur direz pas.

Raoul le rassura :

– Bien sûr que non, voyons ! Un journaliste digne de ce nom ne donne jamais ses sources. Mais faire savoir à la police ce qui s'est réellement passé dans la nuit du 24 janvier, rue Bleue, ça peut l'aider à découvrir la vérité. N'oublions pas qu'il y a un drôle de fantôme, comme vous dites, qui se balade à La Belle de Mai et peut recommencer une prochaine nuit... Vous savez quels sont mes liens avec Eugène Baruteau, le patron de la Sûreté.

Mouren eut un geste d'impuissance :

– Ça, c'est votre affaire. Affaire de famille.

– De toute façon, soyez sans crainte, je ne vous trahirai pas.

– Je le sais.

Le boulanger mit la main à la poche.

Raoul le retint :

– Laissez, c'est pour moi.

– On paye chacun la sienne, puisqu'on a pris deux tournées.

Jean-Baptiste Mouren avait aussi soif d'équité.

17

Où – l'occasion faisant le larron – notre héros transforme un bal populaire en ring de boxe en se livrant à une démonstration publique de ses talents

Marius Bonifay avait d'incontestables dons de pédagogue.

– Tu mets ta jambe droite entre les jambes de ta cavalière. Ça, c'est pas le plus désagréable : au passage, tu le fais pas exprès, mais vos jambes se touchent.

Ses yeux brillèrent de malice.

– Tu la prends par la taille, et tu la ramènes contre toi. Bien serré. Le type qui a inventé le bal, c'était pas la moitié d'un couillon. C'est encore la seule façon qu'on ait trouvée pour se frotter en public à une belle petite, même si sa mère est dans la salle, sans que ça déclenche une émeute. Tu y es ?

Raoul y était.

Marius Bonifay, soixante-quinze ans, ex-linotypiste, rigolait sous sa moustache de Gaulois :

– D'accord, j'ai rien d'une belle petite de dix-huit ans, mais je te demande un peu d'imagination. Là. Serre-toi contre moi, sinon, tu vas te casser la figure. Et maintenant, tu avances le pied gauche en commençant à tourner le buste. Ta cavalière te suit. Tu recules le pied droit tout en avançant le gauche et en continuant à tourner dans le sens des aiguilles d'une montre. Et ainsi de suite. Là ! Ça vient ! Un, deux, trois, un, deux, trois. Lâche pas !

Lorsque Raoul Signoret, sur les conseils de Marcel Pujol, s'était mis dans l'idée d'aller faire un tour – un prochain dimanche – dans un de ces *balèti* qui faisaient aussi la réputation de La Belle de Mai, il avait réalisé un peu tard que mieux valait savoir danser pour mener à bien son projet. Or, il n'avait jamais appris !

La vie est un choix perpétuel. On ne peut prétendre savoir tout faire. Il savait écrire correctement en français moderne, pêcher à la palangrotte, tirer aux boules, pratiquer en champion la boxe française, écrire ornithorynque sans une seule faute, faire bouger ses oreilles pour le plaisir d'entendre rire sa fille Adèle, mais danser, il n'avait jamais eu l'occasion ni le temps de s'y consacrer.

Pour aborder une jeune fille en lui proposant un tour de valse, c'est un handicap rédhibitoire.

S'inscrire à un cours de danse de salon, il n'en avait plus le temps. Cécile, pas plus douée que lui, ne pouvait lui être d'aucun secours. L'oncle Eugène avait dû savoir valser dans sa jeunesse, mais il était un peu tôt pour lui confier son projet. Restait le cours accéléré auprès d'un spécialiste qui pourrait en quelques heures lui enseigner les rudiments propres à faire illusion sur ses dons. Le temps d'adresser discrètement la parole à sa cavalière, lui proposer de lui trouver un emploi, avant qu'elle ne l'abandonne, les pieds en compote.

– Tu devrais aller voir Marius Bonifay !

Le conseil était tombé de la bouche de Jean Chiocca, le confrère des sports, découvreur de Jean Bouin.

– *Mèu*[1], c'était le roi des *balètis* dans sa jeunesse. Et il est né à La Belle de Mai. Tu peux pas mieux tomber.

L'avis était bon. Marius Bonifay, ancien typographe du *Petit Provençal*, avait durant quarante ans fait résonner chaque lundi l'atelier du journal de ses prouesses chorégraphiques de la veille. En sollicitant ses dons de valseur émérite, Raoul l'avait rendu à sa jeunesse.

– Ah ! C'est que j'en ai *furé*[2] des petites à *L'Excelsior* ou à *L'Eldorado*. Et je te parle pas des salons *Pelissier* à la Plaine. Mais mon préféré, c'était *La Butineuse*, dans mon quartier. On y allait avec les collègues pour s'offrir un après-midi de *frottadou*. Ça faisait de mal à personne. On était pas des voyous. Et faut pas croire que les filles c'étaient toutes des cagoles. Elles venaient aussi pour danser sans arrière-pensées. La preuve, c'est là que j'ai rencontré ma *pauvre*[3] Cyprienne. Et on est restés mariés quarante-cinq ans.

1. Diminutif de Marius.

2. Littéralement : embrasser. Équivalent de flirter.

3. L'emploi de l'adjectif « pauvre » devant un prénom ou un nom indique que la personne dont on parle est décédée. « Comme disait mon pauvre mari... »

Marius Bonifay avait eu un sourire ému vers sa jeunesse et il avait ajouté :

– Ah, c'est pas pour me vanter, mais j'étais le roi de la valse marseillaise « à petits pas ».

– À petits pas...

– Oui, c'est comme l'autre, là, celle des Parisiens, à trois temps, mais nous, on va deux fois plus vite. Quand ils font trois pas, tu en fais six. C'est pas difficile. Je vais te faire voir.

En fait, ça n'était pas aussi facile que ça. L'ancien typographe avait poussé la table et les chaises de sa salle à manger, improvisé une minuscule piste de danse et enlacé d'autorité la taille de Raoul Signoret. Et pendant deux heures, il avait fait l'orchestre à lui tout seul en braillant ses consignes entre deux *tsoin-tsoin-tsoin* dans l'oreille du journaliste.

Quand le couple improvisé était parvenu à quelque chose qui pouvait passer pour une danse, Marius avait lâché son élève en disant simplement :

– Là, c'est moi qui ai fait l'homme, pour t'apprendre. Mais au bal, il faudra que ce soit toi qui mènes.

– C'est-à-dire ?

– *Bè*, la même chose, mais au lieu de te laisser faire, c'est toi qui commandes.

On ne pouvait pas être plus clair.

Raoul se résigna. Il ne savait pas grand-chose, mais toujours assez pour prononcer la phrase : « Mademoiselle, voulez-vous m'accorder cette danse ? »

Pour le reste, il improviserait.

C'est une nouvelle apportée par Cécile qui avait

donné l'idée à Raoul de prendre contact personnellement avec Gilda Del Vesco.

– Tu n'aurais pas dans tes relations une jeune fille cherchant du travail ? Mme Roubion, la mercière de la rue du Refuge à qui je fais des piqûres, cherche une commise pour la seconder. Elle n'a plus vingt ans et elle a besoin d'aide. La fille peut être logée sur place, il y a un appartement au-dessus du magasin.

Le reporter avait aussitôt pensé à Gilda. Qui sait si en l'éloignant de La Belle de Mai on ne parviendrait pas à lui faire accepter de changer de vie ? Il avait tout raconté à sa femme. Celle-ci, pratique, avait remarqué :

– Tu l'éloignerais de la bande de Saint-Mauront, pour la jeter dans les bras de celle de Saint-Jean, je ne vois pas où est le progrès.

– On pourrait la chaperonner, avait suggéré Raoul. Elle serait pratiquement sous nos yeux.

– Je te vois venir, beau masque... Chaperon... Chaperon rouge, oui ! ? Je te vois très bien dans le rôle du loup...

En voyant son homme « se faire beau » après le déjeuner familial du dimanche, Cécile Signoret avait ironisé :

– Monsieur va faire le joli cœur et tourner les têtes du prolétariat souffrant ! C'est pas pour moi qu'on se mettrait en frais de la sorte. Ah, elle a bon dos, l'enquête !

– Mon petit, avait répondu Raoul en enlaçant sa femme afin qu'elle ait la primeur de ses joues frais rasées et de la bouffée d'*english lavender* dont il s'était aspergé, je suis en mission. Cela passe avant tout, y compris la jalousie morbide d'une épouse envieuse. Dans le cas présent, je la qualifierais de mission de tous les dangers, car je n'ai pas la moindre idée du résultat que je vais obtenir en appliquant l'enseignement express du brave Marius Bonifay. Ma cavalière aura besoin d'avoir de solides bottines.

Ils s'étaient longuement étreints et Cécile, dont rien ne pouvait entamer la confiance qu'elle avait dans l'homme de sa vie, n'avait pu s'empêcher d'admirer l'élégance de Raoul dans son costume gris perle au veston cintré à la taille qui en faisait une gravure de mode.

– Va, beau chevalier des temps modernes. Et n'oublie pas qu'en haut de la tour, veille la dame de tes pensées qui attend sans se lasser ton retour.

Raoul avait esquissé une improbable pantomime pouvant figurer l'idée qu'il se faisait du salut à sa belle d'un seigneur partant pour la croisade.

Penchée sur la rampe d'escalier, la nature facétieuse de Cécile avait repris le dessus :

– Si pour une fois tu pouvais me revenir sans t'être *estrassé*[1], plein de trous et de bosses, ni avoir transformé ton beau costume en *ravanilles*[2], je n'en serais pas fâchée !

En envoyant un baiser du bout des doigts vers le visage aimé, Raoul avait répliqué :

– Je ne promets rien. Il faut savoir vivre dangereu-

1. Avoir mis ses vêtements en lambeaux.
2. Vieilles fripes.

sement ! L'épouse du héros doit être en permanence prête au sacrifice.

Le journaliste savait bien que, dans la tenue qu'il arborait, il se ferait repérer au premier coup d'œil. Mais en réfléchissant, il avait renoncé au déguisement qui lui avait parfois été utile dans ses enquêtes [1]. Depuis le fameux « vin d'honneur » du boulanger de la rue Bleue, sa physionomie était familière à trop de gens de La Belle de Mai pour donner le change. Mieux valait un gandin qu'un ouvrier d'opérette. Raoul s'était donc résigné à être lui-même. Quitte à détonner par son élégance dans un *balèti* populaire, puisqu'il s'était par précaution équipé de sa canne. Cette fameuse canne dont le cœur d'ébène dissimulait une lame d'acier de trente-cinq centimètres qui lui avait plusieurs fois sauvé la vie [2].

Le Bar du Jardin devait son nom au terrain planté de platanes et de lauriers-roses qui le flanquait sur ses arrières, et sa réputation au bal public qui s'y donnait chaque dimanche après-midi dans un ancien hangar attenant, transformé en piste de danse. La décoration – faite de guirlandes aux teintes fanées – pouvait aussi bien célébrer le nouvel an que le 14 Juillet. Des dizaines de milliers de pas glissés avaient patiné, lustré,

1. Voir *Le Secret du docteur Danglars*.
2. Voir les volumes précédents.

poli le plancher rustique constituant une piste convenable pour ceux qui n'exigeaient pas le raffinement des parquets cirés afin de s'adonner aux vertiges de la valse ou de la polka piquée. Le *balèti* attirait jeunes et vieux, mais surtout la population laborieuse du quartier. Elle venait durant quelques heures « changer de fatigue », comme disait Liria Genovese. Oublier celle de l'atelier, de l'usine, les cadences épuisantes, les ordres des petits chefs et les menaces de sanctions. On mettait son costume du dimanche ou sa robe des grandes occasions et on oubliait sa condition pour venir tourner des heures durant dans une atmosphère confinée aux senteurs composites. Un odorat entraîné aurait pu y distinguer le parfum bon marché, les senteurs du tabac inséparables de l'épiderme échauffé des *cigareuses*, mêlés à l'odeur *sui generis* de la sueur humaine.

Sur une estrade qui ne devait pas surélever les musiciens à plus de trente centimètres au-dessus des têtes des danseurs, se tenait ce qu'il fallait bien appeler un orchestre. On l'aurait cru composé des musiciens que le « chef », qui dépliait sur son ventre rond un vieil accordéon emphysémateux, aurait recrutés au hasard de rencontres dans la rue : un saxophone alto, un violon, une clarinette et une batterie qui se résumait à une caisse claire et une cymbale suspendue sur lesquelles le préposé marquait le rythme ternaire en tapant comme un sourd, pas toujours sur le temps.

À peine entré, Raoul Signoret jeta un regard circulaire sur l'assistance. Il commença par les rangées de chaises alignées contre les murs. Elles étaient occupées par des femmes en attente de cavalier. Les hommes se tenaient de préférence debout devant le comptoir. Le journaliste bénit les usages : c'est l'homme qui invite à la danse et non l'inverse, car l'initiative lui revenait et il n'était pas pressé de se ridiculiser. En effet, il avait été repéré et reconnu par celles (et ceux) qui avaient participé au vin d'honneur du boulanger. Des sourires engageants, des gestes gracieux de la main, des inclinations de tête semblaient lui signifier « ça sera quand vous voudrez ».

Celle que Raoul cherchait n'était pas parmi elles.

Dans un coin de la salle, des tables, flanquées de guéridons, accueillaient ceux qui ne voulaient pas consommer au comptoir. Il n'y en avait pas pour tout le monde et les premiers arrivés étaient les premiers usagers.

Le journaliste examina ensuite les couples qui tournaient sur la piste. Quelques papets à casquette plate, des *cigareuses* valsant entre elles faute de cavaliers, des ouvriers endimanchés qui parlaient dans le cou de leurs cavalières et les faisaient rire en sachant que lorsqu'on y parvient une partie de la conquête est faite. Mais toujours pas le visage féminin espéré.

C'est au contraire un homme qui fit au journaliste un petit signe amical accompagné d'un large sourire sous la moustache sombre. Sébastien Payan, trente ans, la carrure impressionnante, un mètre quatre-vingts d'énergie pure, était le maréchal-ferrant de la rue Séry en compagnie de qui il avait mis fin à l'empoignade de Gilda Del Vesco avec Angèle Reboul. Devant sa forge, Raoul Signoret s'était plusieurs fois arrêté durant ses pérégrinations dans le quartier, pour le seul plaisir de voir le colosse calmer de sa seule force tranquille une tonne de crainte aux naseaux écartés, marteler comme un sculpteur les branches du fer rougi sur la grosse enclume avant d'affiner sa forme sur la bigorne [1], poser sur sa cuisse protégée d'un tablier de cuir l'énorme sabot du cheval afin de le débarrasser de son fer usé, enfin « lui faire les ongles » au rogne-pied, avant d'ajuster dans le grésillement et l'odeur puissante de la corne grillée le fer tout neuf et ses ergots sur la mamelle, le talon et la glome du sabot. Il achevait sa besogne par le ferrage proprement dit, accompagné de nouveaux coups de marteau alternant avec la râpe sur la corne et le claquement des pinces sectionnant les pointes des clous.

Le morceau en cours s'achevait. L'accordéoniste annonça quelques minutes de pause « buvatoire » pour ses acolytes et lui-même. Les danseurs regagnèrent leurs chaises, d'autres s'approchèrent du comptoir, à l'exception du forgeron et de sa cavalière qui vinrent vers Raoul. L'homme saisit dans son énorme main droite à la paume calleuse les doigts meurtris du journaliste. Il présenta sa compagne :

1. Petite enclume aux extrémités pointues.

– Voici Clémence, la future Mme Payan... si elle est toujours d'accord.

La jeune femme rosit en baissant les yeux.

– C'est la première fois qu'on vous voit ici...

– Et pour cause, dit Raoul à l'oreille du forgeron, je ne sais pas danser.

L'autre fit des yeux ronds.

– Et alors vous venez quand même ?

– Je cherche une demoiselle.

Payan, se méprenant, prit un air gêné :

– Excusez-moi, de quoi je me mêle, moi ?

Il s'apprêtait à s'éloigner, certain d'avoir commis un impair.

Raoul le retint par le bras, impressionné au contact des muscles roulant sous la manche de veste :

– Vous n'y êtes pas du tout, c'est professionnel.

– *Bè*, justement, ça me regarde pas.

– Si. Je suis à la recherche de Gilda Del Vesco.

Le forgeron ouvrit des yeux ronds. Non à cause du nom, mais parce que, placé face à la porte du hangar, il venait à l'instant de la voir apparaître.

Il regarda Raoul avec incrédulité.

– Ben vous alors !

– Quoi, moi ?

– Vous retournez pas, la voilà juste qui arrive. C'est pas une canne, que vous avez, c'est une baguette magique !

Le journaliste demeura immobile, dos tourné à l'entrée du hangar, comme s'il était en grande conversation. Payan assurait le « reportage ».

– Elle est pas seule. Y a deux types avec elle. Un,

ça me dit rien, mais l'autre, je crois que c'est celui qu'on appelle *Petitou*. Une *bordille* de première.

À ce nom, le cœur de Raoul se mit à battre plus vite.

Sauveur Gianello, dit *Petitou.* L'avorton minuscule à l'air mauvais qu'il avait aperçu un soir *Chez Loulou*, cuisinant le malheureux Rastègue afin de savoir si l'allumeur de réverbères avait vu ou non la tête coupée de feu le lieutenant d'Estournel. La belle Gilda avait de drôles de fréquentations, elle aussi...

Le forgeron prit le bras de Raoul.

– Venez, on a une table gardée par ma future belle-mère. Y a plus qu'à trouver une chaise.

Lorsqu'il fut assis, le journaliste put à son aise examiner le trio d'arrivants. C'était bien *Petitou* qui flanquait la jeune femme. L'autre était l'homme qu'il avait aperçu l'autre soir, assis à la table chez les Del Vesco, discutant avec la mère et la fille. Si sa mémoire était bonne, il se nommait Dante Rossetti. L'ancien peseur-juré Marcel Pujol, en faisant les présentations, avait précisé que le voyou était l'un des lieutenants du fameux Louis Ausset dit *Testasse*, chef de la bande de Saint-Mauront. Du beau linge, décidément. Il eût été étonnant que la belle Gilda fréquente ces voyous seulement par affinité. Nul doute qu'ils lui avaient mis le grappin dessus après son renvoi de la manufacture. On en était aux prémices : sorties au bal, petits cadeaux, repas au restaurant, peut-être. Cette jolie robe en coton rose à manches bouffantes recouvertes de dentelle, avec sa jupe évasée au bas orné de fronces, ces mitaines en résille, ce petit canotier garni de roses, faisaient sans doute partie de la panoplie des « appâts ». Ceux qui tournent la tête aux filles sans cervelle. Cette jolie robe n'allait pas faciliter la tâche du journaliste quand il proposerait à la belle un emploi de commise de mercerie ! Mais Raoul savait ce que Gilda ignorait encore. La deuxième partie du programme serait moins drôle : dressage, mise au pas et ensuite « activité de rapport » dans un claque où ces messieurs avaient des parts. Le parcours était classique. Il ressemblait à une descente progressive vers les enfers promis aux filles soumises. Avec une jeune beauté comme Gilda Del Vesco, le placement était sans risques et les intérêts assurés.

Le trio prit place à une table momentanément délaissée par ses locataires, partis se rafraîchir. Lorsque ceux-ci revinrent, voyant à qui ils avaient affaire, ils n'insistèrent pas pour récupérer leur bien. Raoul Signoret n'était donc qu'à quelques mètres de celle qu'il recherchait. La chance lui souriait. Si on peut appeler ainsi ce coup du hasard.

Leurs regards se croisèrent et Raoul lut dans les yeux noirs de Gilda un étonnement amusé. Elle n'avait donc pas oublié le visage du « citoyen d'honneur » de La Belle de Mai, si bref eût été l'instant où ils s'étaient aperçus dans la salle des fêtes de la place Cheylan, et semblait lui avoir pardonné de s'être interposé au moment où elle allait assommer Angèle Reboul à terre.

La musique venait de reprendre, les instrumentistes ayant refait le plein de souffle et d'énergie.

Il ne restait plus qu'à passer à l'action.

Pour être franc, Raoul n'avait pas la moindre idée

de ce qu'il allait faire. L'animait seulement l'idée fixe de tirer Gilda des griffes des prédateurs qui, profitant de son désarroi, lui avaient posé la patte dessus.

Le reporter tendit sa canne au maréchal-ferrant.

– Puis-je vous la confier un instant ?

Payan admira les veines sombres du bois et l'anneau d'argent qui cachait la jointure des deux parties de la canne-épée.

Raoul se leva et se dirigea sans hésiter vers le trio sans quitter Gilda du regard. Elle le regardait approcher sans baisser ses yeux effrontés. Le journaliste se pencha vers la jeune femme et dit d'une voix de séducteur professionnel, habitué à envoûter les belles de son timbre de velours :

– Me feriez-vous le plaisir de m'accorder cette danse, mademoiselle ?

Gilda eut un imperceptible sourire. Elle esquissa un mouvement du buste comme si elle allait se lever, mais n'eut pas à répondre. Une voix désagréable le fit pour elle :

– La demoiselle, elle danse pas.

Petitou regardait l'intrus d'un air mauvais.

Raoul se redressa et prit un air innocent :

– Le lui avez-vous seulement demandé ?

La question surprit le voyou, mais ne désarma pas sa méchanceté :

– Je te dis qu'elle danse pas. Casse-toi !

– Monsieur, je me permettrai de vous faire remarquer...

– Que dalle, tu me fais remarquer, casse-toi, je te dis !

Rossetti suivait le dialogue d'un air amusé. Il intervint :

– Écoute ce que te dit mon ami, jeune ! Va-t'en chercher une autre. Celle-là, y a *qu'avèque* moi qu'elle danse.

Gilda baissa la tête.

Petitou, appréciant le renfort, renchérit en se levant :

– Elle danse pas avec les *tòtis*[1] comme toi.

Autour du quatuor, les conversations avaient cessé. Toutes les têtes étaient tournées vers la table où l'on se disputait la belle et le phénomène gagnait peu à peu l'ensemble du hangar. On eût dit même que la musique avait baissé d'intensité.

D'une voix égale, Raoul s'adressa au gringalet teigneux qui s'était dressé sur ses ergots. Un gloussement étouffé des témoins les plus proches avait accompagné le mouvement agressif du petit nervi, car à côté de Raoul on eût dit les deux tiers d'un homme. Le journaliste poursuivit d'une voix égale :

– Ou je me trompe, ou vous venez de m'insulter, monsieur.

Le voyou ricana :

– *Tia* bien entendu. Si tu veux, je rajoute : casse-toi, pédé, pour me faire bien comprendre.

Il s'apprêtait à se rasseoir, ravi de son effet, quand Raoul le retint par la manche et lui fit faire demi-tour. L'autre se dégagea l'air mauvais :

– Me touche pas, il va t'arriver des *paravirés*[2].

---

1. Crétin, idiot.
2. Grosses baffes.

Le reporter se retint à quatre pour ne pas écraser la punaise contre un mur. Il respira lentement pour se calmer et dit simplement :

– Vous allez retirer ça et vous excuser.

Pour toute réponse *Petitou* eut un rire de hyène, repris en écho par Rossetti.

– D'où y sort, çuilà ? Il est pas beau ? Des excuses ? Et mon *vier* [1], tu le veux comme excuse ? Si tu cherches des *boufes* [2], tu vas être servi ! Tu veux te battre ?

Raoul agita le chiffon rouge.

– Pas avec plus petit que moi. Mais si vous y insistez...

Ce qui tenait lieu d'honneur à la petite gouape lui imposait de ne pas perdre la face.

– Je suis peut-être moins grand que toi, mais j'ai une rallonge pour mater les *roulades* [3] dans ton genre.

Il fit jaillir de sa poche un couteau à virole dont il bloqua la lame.

On entendit des cris d'horreur. Le maréchal-ferrant s'était dressé pour se mêler au défi, mais un malaise de sa future belle-mère le détourna de son projet. L'orchestre avait cessé son bastringue, les danseurs de tourner et un mouvement de reflux général avait repoussé l'assistance vers la périphérie du hangar. C'était comme si on avait dégagé une aire pour les futurs combattants. On entendit des cris de femmes : « La police ! Allez chercher la police, ils vont se

---

1. Membre viril.
2. Torgnoles.
3. Prétentieux, fanfaron.

tuer ! » Une porte claqua dans le fond. Quelqu'un était sans doute parti chercher du secours.

À la vue du couteau, Raoul avait eu un mouvement de recul dicté par le souci de se tenir hors de portée de la lame. Il savait qu'avec une telle ordure il n'y avait ni règles, ni loyauté à attendre : tous les coups étaient permis, surtout ceux portés par traîtrise, avant que l'adversaire ne soit en garde. *Petitou* prit ça pour de la crainte.

– Tu fais un peu moins le mariole, maintenant, hè ? Je vais te la donner ta leçon, tapette !

Raoul garda son calme :

– Voyons ça.

– T'en fais pas, tu vas voir. Quand je t'aurai fini, même ta mère, elle te reconnaîtra pas.

Rossetti, qui n'avait toujours pas bougé, ricanait à chaque réplique de son comparse. Celui-ci faisait passer le couteau d'une main à l'autre, sans doute pour impressionner le gommeux qui n'avait – pensait-il – jamais eu affaire à un « vrai ». Gilda, comme fascinée, ne quittait pas Raoul des yeux. L'angoisse se lisait sur son visage. Elle était certaine que tout finirait mal pour cet homme dont elle ne comprenait pas les motivations. Qu'était-il venu chercher ici en se jetant dans la gueule du loup ? Qu'espérait-il à part prendre un mauvais coup de ce Gianello qui lui répugnait ? Était-il venu seulement pour la voir, lui parler ? Dans quel but ? Qui l'envoyait ?

À ses questions, la belle Gilda n'eut pas le loisir d'attendre les réponses.

Petitou, le manche du couteau en paume, avait lancé

sans crier gare son bras droit en demi-cercle. Il ne surprit pas Raoul rompu aux esquives de la boxe française. Le journaliste évita la lame d'une simple rotation du buste. Son regard rencontra celui du maréchal-ferrant qui – un instant sidéré par la soudaineté de l'assaut – voulait de nouveau se mêler à la bagarre. Le journaliste, d'un geste, l'en avait dissuadé. En revanche, Payan comprit au premier coup d'œil ce que l'appel muet de Raoul lui réclamait. D'un geste adroit du travailleur manuel habitué à la précision, il lança la canne qui, au terme d'une impeccable parabole, atterrit dans la main ouverte qui l'attendait.

L'action souleva un *ohhhhh* ! admiratif dans l'assistance. À partir de cet instant plus personne ne pipa mot. Les musiciens eux-mêmes, médusés, avaient posé leurs instruments et suivaient la scène avec des yeux incrédules.

Surpris par l'arrivée de cette arme tombée du ciel, *Petitou* demeurait immobile, bouche ouverte. Raoul sourit avec ironie :

– À chacun sa rallonge.

Le voyou blêmit. Le journaliste ne dégaina pas. Sa leçon, il avait l'intention de l'administrer « à la baguette » comme on procède avec les cancres bornés. Il expliqua calmement :

– Cette canne de gommeux, bien utilisée, peut devenir une arme efficace. On l'appelle alors bâton de combat. Je vais vous donner votre première leçon en public.

La petite gouape s'était remise en garde. Elle n'était pas consciente de ce qui l'attendait, mais ne manquait pas de courage. Ce courage imbécile des matamores qui ne veulent pas perdre la face, quitte à y laisser la vie. L'air mauvais, la bouche tordue de haine, *Petitou* s'avança, le couteau en avant.

Ce qui lui advint alors se déroula avec une telle rapidité qu'il ne réalisa jamais de quelle manière il avait pris la plus belle raclée de sa vie. Et pourtant les coups – donnés et reçus – ne lui avaient pas jamais fait défaut depuis une enfance passée tout entière au milieu des voyous.

La canne, tenue par Raoul à son extrémité à la façon d'un escrimeur en garde, sembla soudain douée d'une vie propre. Elle effectua un moulinet arrière dans le plan vertical et, poursuivant sa trajectoire en cercle, se rabattit avec une force stupéfiante sur le poignet qui tenait le couteau. On entendit les os craquer malgré le hurlement de douleur du nervi dont les jambes se dérobèrent. Il chuta lourdement sur les genoux, avec un bruit de grosse caisse. La lame du couteau lâché s'était plantée dans le plancher en vibrant. D'un coup de pied bien ajusté le journaliste la mit hors de portée de son adversaire. Impassible, comme un torero sûr d'avoir maté la bête, il lui tourna le dos. Tel un bateleur il annonça à l'assistance :

– C'était la figure que l'on nomme : « *le brisé* ». J'aurais dû en principe frapper à la tête, mais le couteau était prioritaire.

Les témoins étaient figés de stupeur, mais Raoul sentait comme une onde de sympathique admiration venir vers lui. Bien qu'ils demeurassent muets, ces braves gens n'étaient pas fâchés de voir – à l'inverse de Guignol – pour une fois le voleur rossé. Rossetti, blême, s'était levé et hésitait encore à entrer dans la bagarre. Il ramassa le couteau de son ami, mais ne bougea pas. La démonstration l'avait autant surpris qu'impressionné. Le gommeux cachait bien son jeu.

Le combat eût pu s'achever là si *Petitou* n'avait pas été un voyou blessé dans son orgueil imbécile. Là où un homme ordinaire eût reconnu sa défaite, lui refusait de se considérer vaincu. Grimaçant, soutenant son poignet brisé, l'insulte à la bouche, il tentait de donner des coups de pied à Raoul en lui promettant une mort horrible pour lui-même « et tous ceux de sa putain de race ». Obscène et ridicule, comme un sale gosse morveux, il hurlait sa rage impuissante : « J'encule tes morts ! J'encule ta femme ! »

Ces mots furent de trop. Raoul Signoret, oubliant les principes de loyauté en vigueur dans les sports de combat, qui veulent qu'on ne frappe pas un adversaire blessé, paracheva la correction en rouant de coups de canne l'enragé qui continuait à l'insulter, quitte à se faire tuer sur place. À chaque frappe, le journaliste que la colère dépouillait de son esprit chevaleresque annonçait : *le croisé bas !* et il fauchait son adversaire, *le croisé tête !* et on entendait l'impact sur l'os frontal, *l'enlevé !* et la canne frappait aux jambes, *le latéral extérieur !* et le coup atteignait le flanc. Jusqu'à ce que *Petitou* ne soit plus qu'une boule de douleur et demande grâce.

Dante Rossetti ne pouvait plus tergiverser. L'honneur du *Mitan*[1] était en jeu. On le vit, la peur inscrite sur sa face bouffie par l'alcool, s'avancer, le couteau de *Petitou* en main. De nouveaux cris d'effroi retentirent. Raoul dégaina la lame de sa canne-épée. Trente-cinq centimètres d'acier bleui qui figèrent le voyou sur place. Le dur se vit perdu. Tout en fanfaronnant, il suait d'angoisse. Alors il rusa. Reposant le couteau sur la table il lança :

– Bats-toi d'homme à homme. *Avé* les poings.

Raoul rengaina et tendit la canne au maréchal-ferrant.

– À votre disposition. Mais je ne vous prends pas en traître. Il est encore temps d'arrêter.

C'était là le plus sûr moyen d'obliger la crapule à accepter le combat sous peine de passer pour un type « sans couilles », injure suprême.

Rossetti cracha son mépris :

– Pauvre bouffon ! Je vais te fracasser. À l'armée, j'étais champion de mon régiment.

Raoul demanda, méprisant :

– À Foum Tataouine[2], sans doute ?

On entendit des spectateurs glousser de plaisir.

Le voyou ôta sa veste dans un geste théâtral. Le journaliste en fit autant.

Sans plus attendre Rossetti lança un crochet du gauche qui manqua sa cible.

Raoul jubilait intérieurement. Il se souvenait des

---

1. Nom marseillais du Milieu.

2. Bagne militaire français du Sud tunisien où on envoyait les fortes têtes.

paroles de Jules Bessède, son professeur de boxe française : « Se battre avec les voyous, ça vaut tous les entraînements du monde. » Le journaliste avait beau pratiquer le *fair play,* il avait maintes fois souhaité se trouver un jour engagé dans un combat où tous les coups seraient permis. Un vrai combat de rue. Le sport qu'il pratiquait en venait. C'était là le meilleur moyen d'en vérifier l'efficacité réelle.

Rossetti attaqua sous tous les angles : tête, avant-bras, coudes, genoux, passements de jambes, tout lui était bon pour surprendre et déséquilibrer l'adversaire. Il était enragé. Raoul fut contraint de rompre pour reprendre son assise et se remettre à distance. L'autre prit ça pour une débandade. Il accentua son attaque, mais de façon si désordonnée que le journaliste put anticiper et se préparer à agir dans les meilleures conditions. La contre-attaque fut foudroyante. L'enchaînement des coups se fit à une telle vitesse que Rossetti en fut réduit à se protéger le visage de ses avant-bras. Cela signa sa perte. Crochets redoublés du gauche, direct au plexus, swings des deux mains commencèrent un travail de démolition qu'un uppercut délivré à mi-distance, renforcé de tout le poids du buste, paracheva. L'ex-champion du régiment s'abattit les bras en croix aux pieds de son acolyte tordu de douleur, qui valait à peine mieux que lui.

Gilda Del Vesco, debout, le regard exorbité, contemplait incrédule le champ de la bataille dont elle venait d'être l'involontaire enjeu. De l'assistance, un instant encore médusée, partirent des bravos d'abord timides, car on craignait que des amis des deux canailles ne fussent présents dans la salle, puis de plus en plus assurés, bientôt accompagnés d'exclamations et d'encouragements. Enfin, tous se remirent à parler en même temps, comme si une soupape avait soudain libéré l'angoisse accumulée. Le maréchal-ferrant enthousiaste broya l'épaule droite du journaliste et lui décrocha à moitié un lobe pulmonaire d'une tape affectueuse. Le patron apporta d'office un verre de bière au vainqueur, tandis que Rossetti qui revenait lentement de sa syncope se voyait offrir un verre d'eau. Personne ne faisait plus cas des grimaces de *Petitou*. Les musiciens, remis de leur ébahissement, reprenaient sans conviction une ritournelle que personne n'écoutait.

Tout le monde criait, riait, dans un charivari monstre. On n'était pas loin du tour d'honneur.

Il n'eut pas lieu car le vacarme ambiant avait couvert le bruit de galopade et les crissements des freins serrés sur les roues cerclées de fer des deux *paniers à salade* qui venaient de s'arrêter devant *Le Bar du Jardin*. Huit policiers en tenue, munis de matraques, et un inspecteur en avaient jailli pour faire irruption dans le hangar aux cris de « Police ! Que personne ne bouge ! ». Le calme revint difficilement. L'inspecteur chercha la personne qui avait été agressée et ne voulut jamais croire Raoul Signoret lorsqu'il lui dit « c'est moi », en découvrant l'état dans lequel étaient mis les supposés agresseurs. Il pensa qu'on se moquait de son autorité, s'en prit au malheureux venu demander secours au commissariat et, dans le doute, embarqua tout le monde, agresseurs et agressé, tout en menaçant le patron de fermeture administrative. Pour faire bon poids, il inclut dans la rafle Gilda Del Vesco et le maréchal-ferrant qui avait voulu s'interposer pour donner sa version des faits en faveur de Raoul.

Le seul vrai regret du journaliste fut de n'avoir pas eu le temps ni l'occasion d'enlacer la taille souple de la belle Italienne.

Ce serait pour une autre fois. Peut-être aurait-il fait des progrès entre-temps dans l'art des « petits pas ».

Pour le reste, il avait passé un excellent après-midi. Sa veste n'était même pas froissée.

Cécile serait contente.

18

Où notre héros en apprend plus sur les relations houleuses de son ancien maître d'école avec Gilda Del Vesco, la belle cigarière

Pour jardiner, Félix Garbiers arborait une tenue peu ordinaire. Coiffé de son habituel chapeau melon, le nez chaussé de ses lorgnons, il portait son éternel col cassé sous une cravate noire et avait conservé son impeccable chemise blanche. Seule entorse à ses principes vestimentaires, les manches en étaient repliées à hauteur des coudes. Son pantalon rayé, remonté à mi-mollets, laissait voir des godillots informes. Ils avaient la couleur de la terre dans laquelle ils s'enfonçaient. L'ensemble était protégé par un grand tablier bleu bien trop grand pour la mince silhouette qu'il enveloppait, s'évasant vers le bas, comme une robe de prince assyrien.

Le maître d'école, binette en main, courbé sur des sillons impeccablement tracés, préparait des semis.

– Poète et paysan ! s'exclama dans son dos une jeune voix que Garbiers reconnut aussitôt. L'instituteur pivota sur lui-même, la main posée sur le manche en bois de sa pioche.

– Raoul Signoret ! En voilà une surprise ! Entre donc. Tu vois, je préparais mes semis de pommes de terre et de petits pois.

Depuis un moment, le journaliste observait attendri son ancien maître d'école, qui mettait autant de soin à tracer ses sillons qu'il calligraphiait jadis les textes des devoirs au tableau noir.

Si on avait demandé au reporter quelle raison précise l'avait poussé du côté du Petit Lycée, en ce jeudi après-midi, il eût été bien en peine de se justifier clairement. Sans doute un de ces mouvements irrationnels dont il était coutumier en était la cause. Il était revenu une fois encore à La Belle de Mai dans l'espoir de glaner quelque information nouvelle, car l'enquête marquait le pas, ce qui rendait l'oncle Eugène chaque jour un peu plus insupportable à ses adjoints de la Sûreté, traités en permanence d'« incapables » et de « bras cassés ». Lui-même n'avait recueilli que des bribes d'informations impropres à être exploitées et ce qu'il savait de la bouche de Jean-Baptiste Mouren, il ne pouvait pour l'instant en faire état, dans la mesure où c'eût été causer de gros ennuis au boulanger de la rue Bleue, qui lui avait fait confiance. C'est donc sans but avoué qu'il avait dirigé ses pas vers les hauteurs où se dressaient les bâtiments de l'annexe du Grand Lycée. Elle était installée dans une propriété à laquelle on accédait par une large grille à deux battants, d'où on apercevait la façade de l'ancien couvent, ornée d'un bel escalier à double révolution. Le parc arboré qui l'entourait ménageait une cour de récréation de rêve aux petits pensionnaires, en même temps qu'un terrain propice aux maîtres pour organiser des « leçons de choses » en botanique et en entomologie.

C'était donc un jeudi, le lycée était vide d'élèves, à l'exception de la poignée de ceux qui, venant de trop loin, n'avaient pas le temps de faire l'aller-retour dans la journée pour voir leurs familles. Raoul Signoret savait avoir les meilleures chances de trouver sur place son ancien maître d'école. C'était gagné.

– Tu vois, dit Félix Garbiers, comme pour lui donner raison, le ministère de l'Instruction publique a tellement peur de nous perdre de vue qu'il nous loge sur place afin que nous soyons de tout temps disponibles.

Il désigna une petite maison à un étage dans un coin du parc.

– Encore heureux qu'ils ne nous passent pas un collier au bout d'une chaîne.

Raoul sourit devant la dégaine de l'enseignant.

– Mais je ne m'attendais pas à vous trouver en disciple de Le Nôtre.

– C'est pour améliorer l'ordinaire. Tu sais, instituteur c'est pour moi le plus beau des métiers. Pour la considération, nous ne manquons de rien. Dans les villages le secrétaire de mairie nous salue, le curé prie pour notre âme de mécréants, mais mille francs par an [1], ça n'autorise pas à faire des folies. Il faudrait être

1. 3 000 euros.

deux. Avec deux salaires, on respirerait mieux. Faute de quoi, je mange mes légumes, le produit de ma chasse et je fais des conserves, c'est toujours ça d'économisé. L'Académie nous alloue un carré de terre afin d'aménager un jardin potager qui la dispense d'augmenter nos salaires. Je suis fils de paysan. Ça m'a donné un certain savoir-faire.

Raoul était ému. Il retrouvait Félix Garbiers tel qu'il l'avait connu : plein de vie et de sagesse. Il le voyait dans de bonnes dispositions pour se confier. C'est sans doute ce qui le poussa à dire :

– Pour l'enfant que j'étais, à l'école de la rue du Refuge, le maître était une sorte de demi-dieu à qui nous ne pouvions pas prêter une condition humaine ordinaire. En dehors de la classe, nous n'imaginions pas qu'il eût une vie de famille, des enfants, des opinions politiques, ni même mal aux dents. Mais depuis, j'ai grandi. Je sais qu'il en va autrement, ce qui m'autorise à vous demander : votre célibat, c'est un choix pour mieux vous consacrer à votre mission ?

L'instituteur eut l'air stupéfait. Raoul pensa qu'il avait gaffé. Sur le visage de Félix Garbiers s'était répandu un voile de tristesse. Raoul, très gêné, voulut se rattraper :

– Pardonnez mon impolitesse. En quoi cela me regarde-t-il ? Vous devriez me mettre au piquet.

Un pâle sourire revint sur les traits du maître d'école.

– Mais non. Tu as dit ça par sympathie pour moi, je le sais. Ça t'ennuierait de savoir que je vis comme un cénobite avec pour seul horizon le tableau noir et les règles de trois ? Rassure-toi, j'ai une vie ordinaire. Des goûts, des passions, comme tout le monde. J'adore l'opéra et la chasse. Je suis marié. Je n'ai pas d'enfant à moi, c'est vrai. Mais j'en ai eu des milliers qu'on m'a prêtés. J'ai fait comme s'ils étaient miens. Et je suis heureux de leur avoir ouvert les yeux sur la vie. Ça valait la peine. Quant à Mme Garbiers...

Il fit une très brève pause et reprit, avec de nouveau sur le visage comme un voile de souffrance :

– Elle est là.

Il montra le premier étage.

– Derrière la fenêtre, à gauche. Elle y est depuis vingt-trois ans et y sera peut-être encore dans vingt-trois ans. Elle est où je la pose le matin et où je la retrouve le soir.

Le cœur de Raoul Signoret s'était serré. Il ne sut que bêler :

– Mais...

Sans pouvoir aller plus loin.

Garbiers poursuivait à mi-voix, comme pour lui-même :

– Six mois que nous étions mariés. Elle était institutrice comme moi. À l'école communale de filles de la rue du Refuge. Tu te souviens peut-être d'elle : Mlle Laugier. Bernadette Laugier.

Raoul n'en avait aucun souvenir. Il est vrai que l'école laïque pratiquait la séparation drastique des sexes.

– Elle a fait une attaque cérébrale. Elle avait vingt-deux ans. Une fille pleine de vie, si tu savais... Depuis ce jour, je n'ai plus entendu un mot sortir de sa bouche.

Elle ne quitte sa chaise roulante que pour aller au lit quand je la couche. La pauvrette...

Garbiers ne put en dire plus. Pour chasser le chagrin, il conclut par une pirouette :

– Voilà pourquoi tu me trouves en train de cultiver mon jardin. Ça occupe l'esprit et ça fait bouillir la casserole pour deux.

Raoul, dans un geste spontané de compassion, avait pris les mains de l'instituteur dans les siennes et, les serrant très fort, tentait de faire passer ce que les mots étaient impuissants à traduire.

– Tu es gentil, dit Garbiers avec un sourire triste. Que veux-tu y faire, Raoul ? C'est ça la vie. Quelques éclairs de bonheur entre d'intarissables chagrins. Certains ne tirent que de bons numéros, tandis que d'autres, côté malheur, sont servis à la louche. Comme je ne crois à rien, je n'ai même pas la consolation de maudire le comptable véreux qui aurait fait la distribution.

– Même pas le Grand Architecte de l'Univers ?

Garbiers ricana :

– Ça, c'est pour la commodité de la conversation entre Frères *Trois Points* [1]. Mais je n'y crois pas plus qu'à Jéhovah ou Vishnou. L'homme a inventé ces fariboles pour se persuader que ça ira mieux demain. Mais crois-moi, c'est foutu. Il n'y a personne. Nous reprendrons notre place dans le cycle de l'azote et puis *barka* !

Raoul était désarçonné. Il était venu au Petit Lycée,

1. Francs-maçons.

cet après-midi-là, dans le secret espoir d'en savoir un peu plus sur Gilda Del Vesco. Et voilà qu'il était embarqué loin de tout ça, sans espoir de remettre l'instituteur sur la voie qu'il désirait parcourir avec son aide.

C'est pourtant Garbiers lui-même qui changea de sujet. En se secouant, il conclut :

– Allez, zou ! La métaphysique, ça ne va guère avec les pommes de terre. J'arrête. D'ailleurs, j'ai les reins en compote. As-tu deux minutes pour boire un coup en compagnie d'un vieil instituteur ?

– J'ai tout mon temps.

– Alors tu vas goûter de mon eau-de-vie de prunes qui viennent de l'arbre à l'ombre duquel tu te tiens.

Raoul salua le prunier d'un large coup de chapeau et les deux hommes entrèrent dans l'une des pièces du rez-de-chaussée qui flanquaient le couloir conduisant à l'étage.

La conversation se poursuivit longtemps comme si deux amis – s'étant perdus de vue depuis des lustres – faisaient le point de leurs vies respectives. Cependant, Raoul Signoret demeurait tendu vers ce pourquoi il était venu. Garbiers lui-même l'y aida en évoquant la bagarre du *Bar du Jardin* qui avait fait le tour de La Belle de Mai, prenant un peu plus dans chaque bouche qui la colportait des allures d'épopée.

– Alors, il paraît que tu t'es un peu énervé certain dimanche, au *balèti*, parce qu'on ne voulait pas te laisser danser ?

– Il paraît. Côté danse, c'était pas fameux, en effet, mais côté castagne, je suis en progrès. Mon professeur de boxe française en est très fier, mon oncle un peu moins.

– Baruteau ?

– Je n'en ai pas d'autre. Une fois de plus, il s'est déplacé – un dimanche ! – pour tirer son voyou de neveu des geôles de la police. Je m'en suis fait dire deux. Bien qu'il ait reconnu depuis que ça lui rappelait sa jeunesse quand il fallait arbitrer à coups de marron dans la trogne les *engàmbi*[1] entre les bandes de Saint-Jean et de Saint-Mauront. Mais ça c'est en privé. En public, il était contraint, devant ses subordonnés, de me faire les gros yeux. « Qu'est-ce qui t'a pris de te battre avec les voyous ? » « Ils voulaient m'empêcher de danser. » « Et alors ? c'est des façons, ça ? » « C'est pas moi qui ai commencé, je vous jure. » « Tu pouvais pas discuter, au lieu de cogner comme un sauvage ? » « Nous étions à court de conversation, mon oncle. »

Garbiers riait de bon cœur.

– Tout ça à cause d'une fille avec qui je n'aurai même pas fait un tour de valse.

Garbiers ne riait plus.

– Une fille ?

– Une très jolie fille. Ne me dites pas que vous ne savez pas qui c'est.

Garbiers biaisa.

– On m'a raconté la bagarre, car tu es une vedette,

---

1. Bagarres, disputes, affrontements.

maintenant, dans le quartier, mais on ne m'en a pas dit le motif.

Pour se donner contenance, le maître d'école saisit une bouffarde à tuyau courbe dont il remplit le fourneau de tabac puisé dans un pot de grès et l'alluma avec un briquet à longue mèche d'amadou qui ressemblait à un petit serpent

L'instituteur disait-il la vérité ou jouait-il l'ignorant pour connaître la version des faits de la bouche de Raoul ? Le journaliste pensa qu'il était temps de cesser de tourner autour du pot. Ou on allait au cœur du sujet ou les retrouvailles s'arrêtaient là. Il se risqua :

– Allons, monsieur Garbiers, vous *broumegez*[1] mais vous savez parfaitement de quoi il retourne. Et si je ne me trompe pas la personne en question vous donne beaucoup de souci.

L'instituteur rendit les armes.

– Je ne dirai pas le contraire. Elle me fera même mourir d'angoisse, cette petite. On dirait qu'elle court exprès au-devant de la catastrophe. Tu connais la dernière ? Elle a perdu son emploi.

Raoul acquiesça de la tête.

– C'était moi qui le lui avais obtenu, grâce à mes relations avec Rietsch, le directeur de la manufacture. Je m'étais porté garant de Gilda. Tu as vu comment elle m'en a montré reconnaissance. Elle a failli estropier son contremaître.

Raoul eut une moue dubitative.

1. Lancer des appâts pour attirer le poisson. Au sens figuré comme ici, faire l'âne pour avoir du son.

– L'affaire n'est pas claire.

– C'est certain. Ce Chevillon est un saligaud. Sa réputation est établie. Bien des ouvrières pourraient en témoigner. Il en est resté à la pratique du droit de cuissage. Il a fait à Gilda des propositions on ne peut plus directes.

Raoul renchérit :

– Elle l'aura remis à sa place, et l'autre lui en aura gardé rancune. Ce qui signifie que l'affaire du tabac prétendument volé ne pourrait être que la vengeance d'un vieux cochon qui s'est fait moucher.

La pipe de l'instituteur s'était éteinte, il la ralluma en faisant jaillir une longue flamme de son briquet à amadou.

– C'est aussi mon avis, dit-il en attisant le tirage par de longues aspirations. Mais en attendant, elle s'est mise dans son tort. Il fallait porter plainte auprès de la direction, demander à être mutée, mais pas chercher à lui crever les yeux. Tu sais ce que ça lui a coûté.

– Quinze jours de prison, je sais.

– Et tu sais qui l'attendait à la sortie ?

– Je crois deviner : les beaux messieurs à qui j'ai tiré le portrait ?

Le maître d'école lâcha la bonde :

– Voilà ! Voilà le beau linge avec qui la demoiselle se complaît ! Les plus beaux spécimens de la voyoucratie d'un quartier qui n'en manque pas. Paresseux à l'effort, incapables au travail, il leur reste à jouer les terreurs de quartier, pour affirmer leur virilité dans la haine du prolétaire, du bourgeois et des flics. Ici, on assiste à de véritables batailles rangées entre bandes rivales. Voilà ce qui fascine Mlle Del Vesco. Tout ça finira mal pour elle ! Car tu devines quels projets d'avenir ont ces crapules à son endroit. Elle finira dans un bordel français de Rio ou de Buenos Aires, au mieux, si ce n'est pas dans un claque pour troupes coloniales dans la rue Bouterie. Ils en ont déjà débauché plus d'une qui en avait assez de remuer le tabac à longueur d'année pour un salaire de misère et qui maintenant pleurent des larmes de sang. Et tu voudrais que je regarde ça les bras ballants ? Tu voudrais que je les laisse réduire cette petite en esclavage ?

L'instituteur avait caché son visage entre ses mains et secouait la tête comme pour se débarrasser d'une vision de cauchemar.

Face à cette explosion de chagrin et de colère, Raoul ne savait plus quelle attitude prendre.

– Il ne faut pas vous mettre dans ces états, monsieur Garbiers. Vous n'y êtes pour rien.

L'instituteur s'était redressé, le regard fou.

– Je sais bien que je ne suis pas... Que je n'ai pas de droits légaux, sur elle. Mais c'est une enfant que je connais depuis sa naissance. Je l'ai vue naître ! C'est comme si elle était... Je ne les laisserai pas faire, ces ordures, tu peux me croire !

– Mais Gilda n'a pas de famille ?

Garbiers se passait nerveusement les doigts dans sa courte barbe.

– On... on ne sait pas qui est son père. Et tu connais les principes de la morale ouvrière : ils sont aussi étroits que ceux des bourgeois : la fille qui a fauté est une maudite. Avant de vendre des *toucàu* dans les rues comme une mendiante, la mère de Gilda était elle-même ouvrière à la manufacture.

– Je suis au courant, dit Raoul. Pujol m'a renseigné.

L'instituteur poursuivit :

– Quand Caterina Del Vesco s'est retrouvée grosse, sans mari, tous les prétextes ont été bons pour s'en débarrasser. Ses camarades de travail n'ont pas été les dernières à lui faire honte. Elle a voulu se faire avorter, n'y est pas arrivée, mais s'est esquinté la santé. Après, elle n'était plus assez robuste pour supporter les cadences de travail. Voilà comment elle s'est retrouvée à la rue. Quant à sa fille, elle s'en est guère occupée. Tu sais ce que c'est : quand la misère...

Raoul compléta :

– ... s'accouple à l'ignorance, leur enfant se nomme délinquance, la formule est chère à Cadenat.

Garbiers rectifia machinalement :

– C'est moi qui la lui ai soufflée. Je lui donne un coup de main pour ses discours, car en bon cordonnier, il sème les « cuirs » à tous les vents, si tu veux me passer ce jeu de mots lamentable... En tout cas, l'aphorisme va comme un gant à Gilda, déjà sur la pente qui mène les filles sans cervelle au trottoir. Elle a quitté l'école à douze ans et elle attend le prince charmant qui la tirera de là. Tu as vu leurs gueules, aux prétendants... Et leurs dents ? Tu connais leurs intentions. Pour l'instant, on en est à la phase séduction : petits cadeaux, sorties, argent facile, flatteries, « leçons d'amour », comme ils disent. Alors moi, avec mes leçons de morale et les dictées que je lui impose, car elle est encore mineure et j'ai persuadé sa mère de me laisser lui donner l'instruction qui lui manque, je ne fais pas le poids. Mais on sait ce qu'il en coûte de se laisser prendre au miroir aux alouettes. Viendra ensuite la réalité : d'abord le chantage passionnel : « Jolie comme tu es, tu mérites mieux. » Puis le masque tombe : intimidation, violence, voire torture pour « assouplir la viande », comme ils disent avec leur délicatesse propre, et la mettre à l'étal.

Le regard du maître d'école se durcit.

– Je ne rendrai pourtant pas les armes sans avoir tout fait pour la sauver, malgré elle. Je ne peux pas imaginer...

Raoul profita de la suspension pour demander :

– C'est pour ça que vous vous disputiez si fort, l'autre dimanche, au vin d'honneur ?

– Ah ! Tu t'en es rendu compte ? Oui... Pour ça et pour d'autres choses sur lesquelles je ne veux pas m'étendre. Je n'attends aucune reconnaissance particulière, je ne fais que mon devoir. Mais, à présent, elle me hait. Je suis celui qui l'empêche de vivre.

L'instituteur eut un rire douloureux.

– Elle appelle ça vivre !

Il s'affaissa sur sa chaise, les coudes sur les genoux et la tête dans les mains, l'image même de l'accablement.

Raoul n'insista pas. Le chagrin de Garbiers lui serrait le cœur. Pour que l'instituteur se soit si spontanément confié, fallait-il qu'il soit malheureux. Ce qu'il venait de dire ressemblait à l'appel au secours d'un homme qui se noie parce que ses forces l'abandonnent.

La raison du reporter lui soufflait de cesser de mettre le maître d'école à la torture. Mais une idée lui était venue qui le dérangea au point de balayer ses scrupules et de poser une ultime question :

– Dites-moi, monsieur Garbiers, savez-vous si Gilda Del Vesco connaissait l'ex-lieutenant d'Estournel ?

L'instituteur demeura prostré un instant, puis releva la tête, fixant son ancien élève dans les yeux. Il dit d'une voix blanche :

– Pourquoi me demandes-tu ça ?

– Au vrai, je n'en sais rien. Une idée qui m'est venue, comme ça. On ne sait toujours pas qui a assassiné ce militaire dévoyé. Il n'était en fait qu'un voyou galonné. Vous savez qu'il fréquentait la bande de Rossetti ?

Garbiers fit non de la tête. Raoul acheva :

– Je me disais que, s'il était de ceux qui tournaient autour de la belle, il aurait pu être éliminé par un rival. On ne se fait pas de cadeaux dans ce milieu quand il s'agit de s'approprier une femme. Je n'ai rien pour étayer mes suppositions, mais...

L'instituteur l'interrompit d'un geste.

– Figure-toi que je me suis fait les mêmes. J'ignorais que d'Estournel était un militaire. Je ne l'ai appris que lorsque vous avez diffusé la nouvelle dans la presse. Je ne l'avais jamais vu qu'en civil. Mais tu as raison : il tournait autour de Gilda. Et plus que ça : il lui avait fait miroiter le mariage, cet imposteur ! Tu devines quel genre de mariage.

Raoul abonda :

– Je sais, il avait déjà vécu à Lyon des charmes tarifés d'une de ses maîtresses.

Garbiers s'emporta :

– Et l'autre bécasse qui se croit plus forte que les autres l'écoutait avec complaisance et avalait ses mensonges. Je suis tombé sur eux par hasard, un soir, dans un bar-tabac du boulevard National où j'étais entré acheter mon scaferlati. Quand j'ai vu l'allure de ce coq de village, j'ai voulu mettre Gilda en garde. Elle l'a très mal pris...

– Alors ?

– Alors, si le fond de ta question est ce que je crois, il y a les meilleures raisons pour que d'Estournel se soit fait liquider par un de la bande qui avait des vues personnelles sur l'avenir de la petite.

Raoul poussa un nouveau pion :

– Ce qui donnerait un sens à la mise en scène du cadavre placé juste en face de l'entrée de la manufacture ?

Garbiers acquiesça, comme soulagé de partager une hypothèse. Il dit, amer :

– Exact. En la terrifiant, on signifiait à l'intéressée qu'elle devait désormais se résigner à changer de Prince Charmant.

– C'est ce à quoi j'ai pensé dès le début, confia Raoul. Cependant, demeure une incohérence qui ruine ce postulat. Si on voulait donner un avertissement à Gilda en plaçant sur son chemin le cadavre de son amant...

Le mot fit sursauter Garbiers. Raoul acheva :

– ... pourquoi s'est-on acharné à le rendre inidentifiable ?

L'instituteur détourna le regard et dit dans un souffle :

– Je ne comprends pas non plus.

Il fit dévier la conversation :

– Au fait, ça ne me regarde pas, mais avais-tu des raisons particulières de vouloir rencontrer Gilda au bal ?

– Je voulais lui offrir du travail. Une relation de ma femme a besoin d'une commise en mercerie et je pensais que...

L'instituteur eut un ricanement douloureux :

– Mais, mon pauvre Raoul, mets-toi une chose dans la tête une fois pour toutes : elle ne veut pas travailler ! C'est une fille sans courage qui prend son fichu caractère pour de la volonté. Comme elle n'a pas les moyens de devenir une femme entretenue, elle s'en remet aux voyous, sans voir qu'elle se condamne à devenir une esclave. Tu perds ton temps, mon petit vieux !

Raoul se leva. Il en savait assez pour l'instant. Son opinion était presque faite...

– Bon ! Il faudrait que j'y aille avant que mon oncle ne lance un avis de recherche. Merci pour cette excellente prune. J'ai été ravi de vous retrouver.

– Moi aussi, dit Garbiers avec un pâle sourire. Reviens quand ça te fait plaisir. Tu connais les horaires d'un maître d'école. Et je ne sors guère d'ici. Tu sais pourquoi, maintenant.

Le journaliste prit la main tendue et la serra avec effusion.

– S'il nous vient de nouvelles hypothèses sur ce mystère, nous les échangerons, n'est-ce pas ?

L'instituteur eut une moue dubitative :

– Je crains que nous n'allions pas très loin. Le monde des voyous nous est fermé. C'est là qu'il faudrait creuser.

– Les hommes de la Sûreté s'en occupent. Mais vous voyez qu'eux non plus n'avancent guère, alors qu'ils ont d'autres moyens que les nôtres.

Les deux hommes avaient regagné le parc du Petit Lycée. La nuit était tombée. L'instituteur raccompagnait son hôte jusqu'à la grille. Il prit soudain le bras de Raoul.

– Oh, j'allais oublier ! Tu as doublement bien fait de venir. Dimanche dernier, avec trois collègues, nous sommes allés *au cochon* [1]. Tu vas en emporter un morceau.

– Et vous alors ?

– Ne t'inquiète pas, j'en ai de reste. On a tué un mastodonte de soixante-quinze kilos. Même en ôtant la tripaille, ça fait quinze bons kilos chacun au partage. Si je garde tout pour moi, j'en mange jusqu'à la Noël. J'en ai déjà donné à des collègues non chasseurs qui nous font honte mais qui ne crachent pas sur le morceau, il m'en reste suffisamment pour m'en lever l'envie de longtemps. Tu as bien quelqu'un chez toi qui sait le préparer ?

1. À la chasse au sanglier.

– Ma tante Thérèse, la femme du commissaire Baruteau, ne craint personne.

– Eh bien, vous allez vous régaler. Tué dimanche, il va être rassis à point. Mais faites-le bien mariner, c'est un dur à cuire.

Tout en parlant Garbiers avait ramené Raoul vers une porte donnant sur une cave fraîche creusée dans le roc, à laquelle on accédait sans repasser par la maison.

Le maître d'école sortit de sa poche une grosse clef qui lui servit à ouvrir une première porte massive. Elle donnait dans un petit corridor creusé dans la roche. Une seconde porte munie d'un verrou à barre de belle taille permettait l'accès à la cave proprement dite. Garbiers expliqua au journaliste que ce sas, ménagé entre les deux portes, permettait de conserver une température et une hygrométrie constantes propices à la conservation des denrées et au vieillissement du vin.

Il battit le briquet et enflamma l'amadou qui éclaira les voûtes de la cave.

La pièce aménagée en sous-sol était sombre et pleine de recoins. L'instituteur alluma une lampe à pétrole dont la clarté révéla, posé sur la planche d'un établi et enveloppé dans un grand torchon qu'il déplia aussitôt, un cuissot de belle taille, couleur lie-de-vin, dont il avait conservé la fourrure épaisse et dure, ainsi que le sabot.

L'instituteur prit dans la large poche de son tablier de jardinier un couteau qu'il déplia dans un claquement sec. Malgré la pénombre, le journaliste fut stupéfié de la taille de l'engin :

– Ben, dites-moi, c'est un sabre d'abordage que vous avez là !

Garbiers, qui avait commencé à trancher la viande, s'interrompit et montra l'arme à Raoul.

– Il est beau, hein ? C'est un cadeau que m'a fait un ancien élève. Un avantage de mon métier. Si nous passons notre vie à redoubler la classe, certains, que nous avions pris à tort pour des cancres, font leur chemin et aiment le faire savoir à leur ancien maître d'école en lui montrant de quoi ils sont capables. Cette merveille vient du Canada. Tu n'as pas connu Étienne Mouret ?

Le reporter fit signe que non.

– Il était plus jeune que toi. Vous n'avez jamais dû être dans la même classe. C'était un élève moyen, pas bête, mais un vrai cossard. Figure-toi qu'il est parti au Canada. Et il a fait sa route en épousant la fille du patron d'une fabrique de couteaux de chasse. Avec le gibier qu'ils ont là-bas, c'est une industrie qui marche du feu de Dieu. Un jour je reçois un paquet qui arrivait de Pictou. J'ignorais que cela existât. Ça se trouve en Nouvelle-Écosse, l'ancienne Acadie des Français, sur la côte est. Dans le paquet, il y avait ce couteau de chasse et un petit mot gentil de Mouret qui se souvenait de la communale de la rue du Refuge. Tu vois, on s'était souvent accrochés, mais il ne m'en gardait pas rancune. La preuve !

L'instituteur vanta la marchandise comme un camelot.

– Trente et un centimètres. La lame seule en fait dix-neuf en bel acier. Le manche est en palissandre. C'est un Grohmann.

« Un sacré schlass », dirait l'oncle Eugène, songea Raoul.

– Et le petit croc en forme de esse, sur la lame, ça sert à quoi ?

– C'est un crochet à éviscérer. Avec ça, si quelqu'un t'embête...

Garbiers, tout à sa fierté puérile, ne put soutenir le regard de Raoul. Sa gêne s'accentua quand le reporter acheva la phrase de l'instituteur :

– ... on peut le découper en tranches...

Le couteau de chasse avait repris sa danse sanglante dans la chair du sanglier. Le morceau détaché du cuissot devait bien faire dans les quatre kilos.

Le maître d'école se redressa le rouge au front. Il enveloppa la viande dans un linge propre pris dans un placard mural.

– Ça devrait suffire. Combien êtes-vous ?

– Cinq. La petite n'en voudra sans doute pas.

Ils regagnèrent le parc, Raoul son paquet sous le bras se confondait en remerciements.

L'instituteur raccompagna le reporter jusqu'à la grille.

– Vous allez vous régaler. Pense à moi quand tu le mangeras.

Ça ! Pour penser à Félix Garbiers, Raoul Signoret n'y manquerait pas. Il n'eut aucune peine à promettre... et à tenir.

Au moment où il gagnait la rue François-Simon qui le ramenait vers le cœur de La Belle de Mai, le reporter se retourna pour regarder la petite silhouette, coiffée de son melon, qui s'enfonçait dans l'obscurité du parc. Ce fut plus fort que lui, l'image s'imposa :

– On dirait un fantôme noir...

19

Où, après un cuissot de sanglier sauce poivrade, on apprend au dessert qu'un troisième cadavre a été retrouvé égorgé dans une rue de La Belle de Mai

Eugène Baruteau tamponna soigneusement ses fortes moustaches amoureusement cirées après que son épouse Thérèse lui eut fait remarquer qu'un tel ornement pileux dégoulinant de sauce poivrade marquait plutôt mal pour un commissaire divisionnaire chef de la Sûreté. Et ce n'était pas là un exemple à donner à une enfant de six ans – sa petite-nièce Adèle – qui avait déjà assez de raisons comme ça de se mal tenir à table. Le policier venait d'engloutir sa seconde (et copieuse) escalope taillée dans le cuissot du sanglier tué par l'instituteur Félix Garbiers.

Thérèse Baruteau, admirable cuisinière, avait su attendrir le gibier grâce à deux jours de marinade qui avaient atténué le trop fort goût de venaison et en faire un chef-d'œuvre d'équilibre et de saveur. À voir le regard que le commissaire coulait vers la cocotte en fonte posée au centre de la table familiale, il n'aurait pas dit non à une troisième escalope, si sa moitié, soucieuse de son taux de cholestérol, ne s'y était opposée avec la plus grande autorité.

– Tu en as assez mangé, tu vas te rendre malade.

– Mais *Thérésou*, je fais honneur à tes talents de cuis...

– Tuut tuut, tuut ! Pas de démagogie, monsieur Baruteau !

– On va pas laisser ça, tout de même.

– Si. C'est encore meilleur réchauffé.

– Tu sais que moi, quand c'est bon, ça m'est égal qu'il y en ait beaucoup.

– Celle-là, tu me l'as déjà faite.

– Juste un peu de sauce, alors...

– Rien du tout. Comme il existe des gouffres, toi tu n'es qu'un goinfre sans fond !

Avec un regard complice à sa belle-sœur, Thérèse Baruteau commenta :

– Celui-là, quand il s'assoit à table, si on veut manger, il vaut mieux se servir en premier !

Adrienne Signoret, mère de Raoul (née Baruteau), ajouta son grain de sel :

– Déjà quand nous étions enfants, il essayait toujours d'avoir une part de mon goûter en plus du sien.

Vaincu, sinon convaincu, la terreur des voyous marseillais déposa les armes.

Raoul et Cécile suivaient d'un œil amusé la joute traditionnelle des époux Baruteau, où s'affrontaient la gourmandise du policier et les arguments dictés par la raison de son épouse. Cela faisait partie du plaisir que la tribu avait à se retrouver chaque dimanche autour d'une table bien garnie.

Le commissaire, repu et de bonne humeur malgré l'interdit conjugal qu'il venait de qualifier de « privations », se tourna vers son neveu.

– Dis-moi, Raoul, on va encore se faire enguirlander par ces dames, mais on va causer boulot.

– Je vous écoute, mon oncle.

– Tu ne traînais pas à La Belle de Mai la nuit dernière, par hasard ?

Raoul roula des yeux ronds.

– Je vous jure que non. Cécile peut en témoigner.

Baruteau prit son ton de commissaire :

– En dépit de l'affection que je porte à ma nièce, tu sais bien que face à un tribunal son témoignage ne vaudrait pas tripette. Mais je te crois. Et ça me rassure.

Raoul voyait venir son oncle. Il le connaissait par cœur. Quand il faisait le mystérieux, c'est qu'il avait quelque chose d'important à révéler et brûlait de le faire tout en retardant le moment où, tel un magicien, il sortirait le lapin de son chapeau. Le reporter savait la question qu'il devait poser à présent pour permettre à son oncle d'achever son numéro.

– En quoi cela vous rassure-t-il ?

– Ça me rassure parce que, si tu n'étais pas la nuit dernière à La Belle de Mai, rue Saint-Augustin, très précisément, ce n'est donc pas toi qui as égorgé Dante Rossetti.

À voir l'air ahuri de son neveu, Eugène Baruteau ne fut pas mécontent de lui.

– On a égorgé Dante Rossetti ? Vous me faites marcher, mon oncle.

– Je ne me le permettrais pas. Je ne plaisante jamais dans le travail.

Le reporter fit l'étonné :

– Ce n'est donc plus dans la rue Bleue qu'on assassine les gens à La Belle de Mai ? Les traditions se perdent.

– Faut croire. De même, il ne t'aura pas échappé que le meurtrier, si c'est toujours le même, n'entend pas sombrer dans la routine. Il varie les plaisirs, si j'ose dire. Il ne frappe plus au cœur, il égorge.

– Ce qui voudrait dire qu'il n'y a pas eu rixe ?

Baruteau expliqua :

– Rossetti n'aura pas eu le temps de se rendre compte de ce qui lui arrivait. D'après les premières constatations du légiste, il a dû être attaqué par-derrière.

Raoul avala un fond de verre.

– Et pas de découpage suivant le pointillé, cette fois ?

– Non. Vite fait, bien fait, sans fioritures. Mais l'assassin a dû être blessé, on a trouvé des traces de sang qui remontent la rue Bleue jusqu'à la rue Levat. Ensuite, on perd la trace.

Raoul Signoret demeurait muet. Ce que lui disait son oncle correspondait exactement au trajet qu'il avait lui-même suivi l'autre soir, sortant de chez les Pujol, à la poursuite du « fantôme noir ». Il se secoua pour éviter les questions.

– Eh bien, dites donc, mon oncle ! Il ne fait pas bon être voyou dans le quartier, ces temps-ci.

– Ouais, dit Baruteau et je suis bien emm... qui-quiné. (Il venait de croiser le regard de la petite Adèle qui n'en perdait pas une miette.)

Cécile prit sa fille aux épaules :

– Va jouer avec ta poupée *Pâquerette* dans ta chambre, ma Bichette.

La petite résista.

– Non. Ze préfère écouter l'histoire de tonton Euzène.

Il fallut la douce persuasion de la mère qui promit une histoire inédite rien qu'à elle pour qu'Adèle accepte de quitter la place.

Aussitôt, le commissaire reprit :

– Je suis en souci, parce que la bande de Saint-Mauront et son « annexe » de La Belle de Mai sont à présent persuadées que les coups viennent de ceux de Saint-Jean, leurs ennemis héréditaires. Il se prépare une expédition punitive qui risque de faire des dégâts.

Thérèse Baruteau intervint :

– Autant de bandits en moins. Qu'ils s'entretuent, c'est pas moi qui les pleurerai...

Le commissaire – qui n'avait pas encaissé sa frustration gourmande – saisit l'occasion de cette réflexion pour assouvir une basse vengeance. Il prit un air faussement outré :

– Vous, l'affameuse, vous raisonnez... comme un tambour crevé ! Je ne m'occupe pas de votre tambouille, ne vous mêlez pas de la mienne. Il est inacceptable que, dans une ville dont je suis le garant de l'ordre, des voyous puissent se conduire comme des *outlaws* au temps de la Conquête de l'Ouest. Ça met les honnêtes gens en danger et en péril la vie de mes hommes. Donc, nous ne devons pas les laisser maîtres de la rue.

La physionomie du policier changea du tout au tout quand il ajouta avec un clin d'œil à son neveu :

– Pour autant, ne le répétez pas, sur un plan strictement familial, je suis ravi que quelqu'un nous ait débarrassé de Rossetti. Il n'était pas homme à laisser passer la *filade*[1] reçue en public. La tête de Raoul était mise à prix. Pour autant, je ne suis pas rassuré. D'autres *jobastres*[2] pourraient vouloir venger la mémoire du chef. C'est pour cette raison que je les ai à l'œil et que je ne les lâche pas d'une semelle. J'en ai embastillé quelques-uns préventivement, sous divers prétextes, mais il en reste assez pour faire un *chaple*[3] mémorable.

Baruteau tendit un index menaçant vers le reporter.

– Donc, je t'interdis – tu m'entends, Raoul ? – d'aller traîner tes guêtres dans ce quartier de *piacàmpis*[4]*:* J'ai des hommes partout. Je connais même la date retenue pour la petite sauterie prévue. C'est pour jeudi prochain à l'ombre des Accoules[5]. Un conseil, vous qui êtes au cœur du Panier, bouclez-vous chez vous cette nuit-là. Ça va tomber comme à Gravelotte.

Thérèse Baruteau s'en mêla :

---

1. Rouste.
2. Cinglés, inconscients.
3. Une bagarre, un massacre.
4. Vauriens.
5. Le clocher de l'église des Vieux-Quartiers, proche de l'hôtel-Dieu.

– Ne va pas t'exposer toi non plus. Je ne me sens pas encore assez vieille pour faire une veuve et pour ce que ça gagne un divisionnaire, j'aurais une pension d'économiquement faible...

La mauvaise foi du commissaire atteignit son comble lorsqu'il déclara avec solennité :

– Le risque fait partie de mon devoir, femme. Je saurai l'assumer. C'est bien parce que j'ai conscience du danger encouru que j'aurais volontiers repris de ce succulent sanglier. Si je ne reviens pas, tu auras des remords de m'avoir privé de cette ultime joie...

La déclaration du policier s'acheva sous les cris faussement offusqués de ces dames, mêlés à l'éclat de rire de Raoul. Thérèse Baruteau se jeta au cou de son « goinfre sans fond » qui la rassura :

– Sois sans inquiétude, ma *Nine*. Tu as déjà vu les généraux monter en première ligne ? Je dirige l'opération depuis *L'Évêché*. Le terrain, j'ai assez donné. Place aux jeunes.

Le repas s'acheva sur ce que le commissaire divisionnaire appela « une bricole » : des pets-de-nonne nappés de chocolat chaud. Baruteau les investit avec l'entrain dont il avait fait montre au moment de passer à table. Il fut le seul à ne pas chipoter. Cécile s'abstint, promettant de repartir avec les restes, ces dames n'y tâtèrent que « pour accompagner Eugène » et Raoul n'y goûta que pour le principe. Il repoussa son assiette :

– J'arrête là, j'ai les dents du fond qui baignent.

Baruteau saisit l'occasion :

– Alors profite de ce que tu as la bouche vide pour

me dire où tu en es. Parce que tu es bon pour me faire parler de ce que je veux te cacher, mais toi, tu gardes tes informations à ton usage exclusif.

Le reporter taquina le policier.

– Pour vous faire mettre à table, pas besoin d'insister. Et je ne parle pas ici du sanglier et des pets-de-nonne. En vérité, vous adorez passer aux aveux. Si on vous l'interdisait, vous feriez de la rétention et ça gâterait votre bel appétit. Des fois je me dis que, si vous n'aviez pas été flic, vous auriez fait un bon indic.

Baruteau prit les dames à témoin :

– Écoutez-moi ce merdouillon comment il parle à son oncle. Et le respect que tu me dois, *marrias*[1] ! En vérité, si tu n'as rien à me dire, c'est parce que tu fais chou blanc, toi aussi. Tu es aussi mauvais que les flics. Tu devrais avoir honte. C'est bien la peine d'être reporter pour ne rien rapporter. À moins que tu ne veuilles faire cavalier seul.

Cécile s'en mêla avec un air malicieux :

– Vous n'êtes pas le seul à vous sentir abandonné, oncle Eugène. Naguère mon époux me tenait au courant de ses enquêtes. Il arriva même qu'il n'ait pas eu à se plaindre du rôle que j'ai pu y jouer. Là : rien. Il est vrai qu'ici nous avons affaire, entre autres, à une jeune beauté à qui il veut apprendre la valse, ma présence serait de trop.

Raoul savait très bien à quoi jouait son oncle en l'asticotant. Il se dit qu'il était sans doute temps d'informer le policier de ce qu'il avait appris de la

---

1. Coquin.

bouche du boulanger de la rue Bleue. Il n'avait pas les moyens – ni la prétention – de résoudre seul les énigmes face auxquelles il demeurait impuissant depuis trois mois. Le délicat de l'affaire était d'en dire assez sans trahir ses sources.

– Bien. Puisque vous me prenez tous pour un petit cachottier je vais vous montrer que je ne suis pas aussi *ensuqué*[1] que vous le pensez. J'ai avancé, sans en avoir l'air.

Raoul s'adressa particulièrement à son oncle :

– J'ai de bonnes raisons de croire que les trois crimes sont liés. Je ne suis pas certain qu'ils soient tous de la même main, mais il y a de fortes présomptions pour que les suivants découlent du premier.

Baruteau grommela :

– Admettons, mais ça t'avance à quoi ces déductions ?

– Ça m'amène au moins à me poser des questions de logique.

– C'est-à-dire ?

– Pourquoi a-t-on voulu cacher l'identité du premier mort et, au contraire, ne rien masquer de celle des deux suivants ? Qui a rendu d'Estournel méconnaissable ? En corollaire – et c'est le plus troublant, car là je n'ai pas de certitude : n'y aurait-il pas dans le premier crime intervention d'un tiers qui ne serait pas l'assassin lui-même ?

Baruteau fronça les sourcils qu'il avait fournis :

– Tu voudrais dire que d'Estournel aurait d'abord

1. Endormi (au sens figuré : incapable).

été trucidé par un type et découpé en morceaux par un autre ?

– On peut dire comme ça.

Le flic soupçonneux prit le dessus sur l'oncle admiratif :

– Toi, tu sais quelque chose que tu ne veux pas me dire encore. Tu en as trop dévoilé ou pas assez. Un témoin aurait vu ce que nous ignorons et qui bloque l'enquête ?

– On peut dire comme ça...

Baruteau rugit :

– Raoul ! Ne fais pas le malin avec moi ! Si tu as une information qui pourrait nous sortir de ce merdier et que tu la caches, tu deviens complice d'un crime et je pourrais te faire coffrer, tout neveu que tu es. Alors, accouche.

Le reporter se mordit la lèvre inférieure.

– Ce n'est pas à un grand flic comme vous que je vais rappeler qu'on ne balance pas ses indics.

– Pourquoi n'est-il pas venu trouver la police, ton informateur ?

– Parce qu'il est un peu fâché à mort avec elle.

Baruteau en conclut :

– Alors, c'est qu'il n'est pas net non plus, ton type.

Raoul ne tomba pas dans le piège :

– Il a ses raisons. Ne comptez pas sur moi pour lâcher un nom. Tout ce que je peux vous dire est qu'il est plus que probable qu'un type est venu achever le travail commencé. Autrement dit à l'heure H, d'Estournel était mort au pied du réverbère mais avait encore ses mains et sa tête et à l'heure H + T, il ne les avait plus. Entre-temps, quelqu'un les lui avait tranchées et emportées.

– Pourquoi ne serait-ce pas le même homme ?

– Parce que si c'était le même, il aurait exécuté le tout en un minimum de temps : le coup de couteau qui tue et celui qui découpe. Peut-être même aurait-il décapité et mutilé d'Estournel *ailleurs* et *avant* de l'exposer dans la rue Bleue. L'assassin n'avait pas intérêt à traîner sur place, s'il voulait éviter d'être vu. Un passant attardé pouvait débarquer et le surprendre.

Baruteau n'avait pas l'air pleinement convaincu. Raoul sortit un dernier argument.

– Ce qui plaide enfin pour l'intervention d'un « second couteau », si vous me permettez ce mauvais jeu de mots, c'est que la tête a été retrouvée près de chez *Le Beau Frisé*. Comme si on voulait... lui faire porter le chapeau, si j'ose aggraver mon cas.

– Tu en déduis quoi ?

– Que le « découpeur », appelons-le comme ça, aurait pu vouloir mettre les enquêteurs sur la piste du règlement de comptes entre voyous. Et tout le monde y a cru. Y compris les voyous eux-mêmes qui se préparent à s'entre-tuer dans les rues du Panier !

Baruteau, à contrecœur, se sentit ébranlé.

– Côté raisonnement, ça tient à peu près debout. Du moins pour d'Estournel. Mais si le « découpeur » n'est pas celui qui a trucidé le militaire, je vois mal un type qui n'appartiendrait pas au milieu s'attaquer ensuite à des « figures » comme *Le Beau Frisé* et Rossetti.

– D'accord avec vous, mon oncle. C'est là le plus déroutant et c'est pourquoi si j'ai le quart du millième d'un commencement de piste, je suis incapable de vous dire aujourd'hui qui pourrait être le type assez fou pour venir découper la tête d'un macchabée en pleine rue et l'emporter chez lui pour la faire réapparaître deux semaines plus tard.

– Je te rappelle que c'est le fameux *Chien-Bordille* qui l'a déterrée.

Raoul ne se laissa pas ébranler :

– Vous savez comme moi que la tête était à peine recouverte de terre et qu'elle n'avait pas séjourné longtemps où on l'a trouvée. Ou bien elle aurait été à moitié bouffée par des insectes nécrophages, ou alors votre chien stagiaire de la police l'aurait débusquée avant. Il avait dans la truffe l'odeur de d'Estournel dont l'allumeur de réverbères l'avait frustré.

Baruteau sourit malgré lui. Mais il demeurait perplexe.

– Raoul, tu me jures que dès que tu sais quelque chose, tu me tiens au courant. Ne fais pas le couillon comme avec Danglars [1], je me vexerais.

– Promis juré, dit le journaliste. D'autant plus que j'ai besoin de vous. J'aimerais connaître, d'après les rapports d'expertises, les dimensions de la plaie faite par le couteau sur d'Estournel et sur *Le Beau Frisé*.

– Pour quoi faire ?

– Pour savoir si c'est la même arme qui a été utilisée. Je me souviens de ce que m'a dit votre collègue Onorati, quand on frappe de bas en haut pour passer sous les côtes et atteindre le cœur, c'est signé par

1. Voir *Le Secret du docteur Danglars*.

quelqu'un du Milieu. Or, c'est de cette façon qu'ont été frappés d'Estournel et *Le Frisé*. J'aimerais qu'on me dise si c'est par la même arme.

On vérifia quelques jours plus tard que le chef de la Sûreté marseillaise n'avait pas exagéré lorsqu'il avait prédit un règlement de comptes d'envergure entre voyous. La nuit du 24 avril 1903 marqua l'histoire du banditisme marseillais comme la Saint-Barthélemy des nervis. Les braves gens des Vieux-Quartiers ne fermèrent pas l'œil avant l'aube, lorsqu'on put faire les comptes. Près de cinq cents détonations avaient été entendues dans les rues qui cernent la place des Moulins. Les bandes d'Ausset dit *Testasse* arrivées de Saint-Mauront et les *San Janens* [1] d'Albertini dit *François le Fou* s'étaient affrontées à coups de revolver et à l'arme blanche. On avait achevé des blessés jusque dans les couloirs des bordels du quartier réservé et quatorze cadavres appartenant aux deux camps avaient été retrouvés flottant sur les eaux du *cimetière des eaux dormantes* dans les bassins de la Joliette tout proches. Cinq policiers – débordés par cette guerre civile d'un nouveau genre – avaient été plus ou moins gravement blessés. Les arrestations n'avaient ramené que du menu fretin qui fut cependant mis à l'ombre suffisamment longtemps pour que les gens des Vieux-Quartiers récupèrent leur

1. Habitants du quartier Saint-Jean situé entre l'hôtel de ville et la Tourette.

content de sommeil et puissent sortir dans les rues sans se cogner à une balle perdue.

Il est vrai que le contentieux entre bandes rivales ne datait pas d'hier et ne se limitait pas au prétexte des attentats récents qui avaient privé la bande de *L'As de Trèfle* de deux de ses « valeurs » les plus sûres. Il n'empêche que l'ampleur et la violence de ces combats de rue frappèrent les esprits et firent froncer les sourcils du ministre de l'Intérieur au point de valoir à Eugène Baruteau une convocation place Beauvau.

Ce qui n'arrangea guère son humeur. Les effectifs de la Sûreté marseillaise purent en témoigner.

20

Où au moment d'en savoir un peu plus sur les relations coupables de l'ex-lieutenant d'Estournel, tombe une nouvelle effarante : la belle Gilda a disparu !

– Raoul, mon petit vieux, je ne sais toujours pas où on va, mais on y va quand même, car nous progressons. À la vitesse de l'escargot, j'en conviens, mais nous progressons.

Le ton d'Eugène Baruteau avait radicalement changé par rapport aux jours précédents, quand il ne faisait pas bon l'approcher à moins de deux mètres si on ne voulait pas être mordu.

L'accueil que le chef de la Sûreté réserva à son neveu, venu aux nouvelles dans le bureau de son oncle au Commissariat central, retrouva son habituelle chaleur affectueuse. Pendant les quinze jours qui avaient suivi le voyage du chef de la Sûreté marseillaise à Paris, où il s'était fait savonner la tête par Pierre Waldeck-Rousseau, il avait été plus prudent de ne pas se trouver dans les pattes d'Eugène Baruteau. Le président du Conseil, qui cumulait la charge de ministre de l'Intérieur, n'avait pas admis que les voyous phocéens aient transformé tout un secteur de la ville en champ de bataille rangée, tandis que la police comptait les points. Le commissaire divisionnaire, sur qui retombait la responsabilité de l'inefficacité des gardiens de l'ordre public, avait plaidé le courage de ses hommes, dont plusieurs avaient été blessés, et la faiblesse de ses effectifs. Il en avait obtenu de nouveaux... du moins en promesse. En attendant, dès son retour à Marseille, il avait expédié sur le terrain nombre de planqués qui se faisaient le moins possible remarquer derrière les piles de dossiers encombrant leurs bureaux. Les premiers résultats étaient tombés. Une grande et double rafle avait ratissé les quartiers de Saint-Jean, Saint-Mauront et La Belle de Mai, ce qui avait ôté de la circulation quelques « pointures » et ramené dans les filets policiers plusieurs belles pièces de notre connaissance, dont le fameux Louis Ausset, dit *Testasse,* et son « correspondant » pour La Belle de Mai, Antoine Filippi, ainsi que Sauveur Gianello, le teigneux *Petitou* dont le bras fracassé par la canne de Raoul, toujours immobilisé dans un plâtre, n'avait pas attendri le cœur sec des enquêteurs. Les comparses embarqués avec leurs chefs, soumis à des interrogatoires musclés, s'étaient mis à table, fournissant aux policiers des informations ou confirmations certes secondaires, mais qui commençaient à alimenter le puzzle en pièces nouvelles. Baruteau les passa en revue à l'intention de Raoul.

– Tout d'abord, nous avons confirmation que l'ex-lieutenant d'Estournel ne se contentait pas de fréquenter les voyous, il était carrément passé dans leur camp. Il semblerait avoir en personne participé au casse de l'an dernier à la Manufacture des Tabacs. On peut considérer qu'il était de la bande, même s'il demeurait un peu en marge, car ces Messieurs se méfient des vocations tardives. D'Estournel s'était fait tatouer sur l'avant-bras gauche le fameux *as de trèfle*, signe de reconnaissance de ces voyous. Ce qui, entre nous soit dit, est ahurissant d'inconscience, ou de culot. Car il était encore officier du 141e, à l'époque.

Raoul remarqua :

– Ce serait donc là le signe de reconnaissance que son assassin a fait disparaître en le découpant au couteau !

– Probable. Au fait, j'ai les réponses du légiste à ce que tu me demandais l'autre jour. La blessure de d'Estournel, à l'endroit où le couteau s'est enfoncé, faisait 1,8 centimètre de large. Celle du *Beau Frisé* près de 5 centimètres.

Raoul nota ces précisions sur son carnet.

– Ce n'est donc pas la même arme qui aurait servi deux fois.

Baruteau opina :

– Non. La première pourrait avoir été faite par un stylet, comme en ont les Corses et les Piémontais. La seconde, c'était un sacré engin, large de trois doigts.

– Vous n'avez toujours pas idée des raisons de l'exécution de d'Estournel ?

– Ça mon petit, pour l'instant tu m'en demandes

– Moi ?

– Oui, toi, dans la mesure où ce que tu m'as raconté sur le meublé *Gyptis* nous a permis de tirer sur le fil pour ramener l'information.

– Expliquez-vous clairement, ô Sphynx des temps modernes.

– Après ta visite chez la propriétaire de l'hôtel où logeait d'Estournel, nous avons fouillé dans les affaires que nous avions saisies dans sa chambre. Nous y avons retrouvé une lettre à laquelle, dans un premier temps, nous n'avions pas porté attention. Côté orthographe, c'est la bérézina. Mais côté sentiment, c'est du brûlant.

Baruteau prit un dossier et en sortit un certain nombre de lettres. Il en brandit une.

– La voilà ! Je lis : « *métenan, je suis ta famme, pour toujours. Tu m'a apris l'amour* ».

Baruteau ricana en replaçant la lettre dans le dossier.

– Elle a pas tout faux, remarque, elle a mis deux m à *famme*. Et c'est signé « *Ta Gilda poure la vie* ».

Raoul réalisa :

– La patronne du meublé avait parlé d'une « petite brune piquante, mais sans élégance ». Sur le moment, je n'avais pas fait le rapprochement.

Baruteau expliqua :

– Nous sommes allés trouver la mère Debesson et d'après la description qu'elle nous a faite de la demoiselle, ça correspond à la photo en notre possession depuis qu'elle s'est fait ramasser deux fois au moins par Onorati. C'est bien elle que d'Estournel voulait recevoir dans sa chambre, sans doute par commodité.

Elle était mineure. C'était plus discret qu'à La Belle de Mai, où chacun la connaissait.

– Sauf que la veuve, sous prétexte de veiller à la réputation de sa maison, allait refuser mordicus d'introduire une jeune rivale sous son toit.

Baruteau rajouta en riant :

– Et se conserver l'exclusivité de l'étalon !

Raoul eut une idée :

– Que diriez-vous d'une rivalité amoureuse entre deux hommes à propos de Gilda ?

– Entre le militaire et un membre de la bande ?

– Par exemple.

– Je dirais que ça m'arrangerait bien, mais ça n'expliquerait toujours pas la mise en scène macabre de la rue Bleue.

– Sauf si ça n'est pas l'assassin qui a dépecé le cadavre.

Baruteau persifla :

– Ah, oui ! Nous y revoilà ! Le fameux indic qui a vu opérer le deuxième homme... Eh bien, mon beau, si tu le gardes pour toi, ce type, on n'en apprendra guère plus.

Raoul ne se laissa pas piéger :

– Mais il n'en sait pas plus que vous, cet homme ! Je vous le jure sur la tête de ma fille. Il ignore qui était celui qu'il désigne comme « le fantôme ». Il l'a à peine vu dans la pénombre. Ce n'est qu'après, en allant sur place, qu'il a réalisé ce qui s'était passé. Connaître son nom ne vous avancerait à rien.

Le flic reprit le dessus chez Baruteau.

– Il n'empêche qu'il y a non-dénonciation de crime,

puisqu'il a vu et n'a rien dit, sauf à toi. Et ça, mon petit, ça tombe sous le coup de la loi. Je ne sors pas de là.

– Vous avez raison sur le plan des principes, mon oncle, mais sur le plan moral, je n'ai pas tort. Cet homme, connaissant nos relations personnelles, en venant me raconter ce qu'il avait vu, prévenait indirectement la police et apportait son concours à une enquête où nous pataugions misérablement. Je lui avais d'ailleurs dit que je vous en parlerais. Alors, je vous en prie : laissez-le tranquille. C'est un honnête travailleur. Je ne veux pas le mettre dans le pétrin.

Baruteau demeura un instant songeur, comme si quelque chose venait de le frapper. Il sourit sous sa moustache, puis enfin, grommela :

– Jure-moi au moins que ce n'est pas un malfrat.

– Je vous le jure.

– Bon. Ça va pour cette fois. Tu mérites que je te dise à présent le meilleur.

– Je vous connais, vous l'aviez gardé pour la fin.

– Tout juste, Auguste. Alors voilà, puisque tu es assis restes-y : Gilda Del Vesco a disparu.

– Non !

– Comme je te le dis.

– Depuis quand ?

– Sa mère ne l'a plus revue depuis quatre jours. C'est elle qui est venue signaler la disparition de sa fille à ton ami Onorati, le commissaire de La Belle de Mai.

– Punaise ! dit Raoul. J'en connais un qui doit être aux cent coups !

Le policier ironisa :

– Je peux savoir qui ? Si tu peux m'en parler, bien sûr !

Raoul ne releva pas.

– M. Garbiers. C'est mon ancien instituteur à l'école de la rue du Refuge. Il est au Petit Lycée à présent. Il s'inquiétait beaucoup pour cette petite. Il craignait qu'elle ne file un mauvais coton sur le plan de ses fréquentations. Je vous rappelle que le jour où je me suis battu au *balèti,* elle y était en compagnie de Rossetti et de *Petitou.*

Baruteau grimaça.

– Je me souviens. Il a raison ton maître d'école. Côté chaperons, on peut trouver mieux. Même à La Belle de Mai.

Raoul se leva brusquement.

– Il faut que j'y aille.

– Où ça ?

– Voir Garbiers.

– Tu es fou. Je t'ai dit de ne plus traîner par là-bas. Les amis de ceux que tu as fracassés veulent les venger. Tu risques ta peau. Tu veux finir comme d'Estournel ?

Raoul se voulut rassurant :

– Je prends un fiacre et je me fais déposer devant la grille du lycée. Par la rue Jobin et la rue François-Simon on ne traverse même pas La Belle de Mai.

Baruteau comprit qu'il ne pourrait pas empêcher son neveu de se mêler une fois encore de ce qui ne le regardait pas.

Déjà, le journaliste dévalait quatre à quatre l'escalier du commissariat central.

Pour calmer son anxiété, le commissaire ouvrit un tiroir fermé à clef où il serrait sa pipe secrète et son tabac dont Thérèse Baruteau ignorait officiellement l'existence, sinon par l'odeur sur les vêtements de son mari. Baruteau prit avec des mines de cambrioleur un long tube brun qu'il contempla longuement avec les yeux d'un amoureux posés sur sa belle. C'était un *Corona gigante* de Ramon Allones, un cigare cubain de dix-neuf centimètres de long, véritable pièce de collection. Il lui avait été donné en grand secret par Raoul qui ne fumait pas mais le tenait de Marcel Pujol, dont les fonctions de peseur-juré honoraire lui avaient conservé d'utiles relations sur le port de Marseille.

Baruteau, en connaisseur, fit rouler le cigare entre ses doigts près de son oreille droite et écouta ravi le petit crissement de la feuille de tabac qui annonçait un taux d'humidité parfait.

Avec des gestes d'officiant au moment de l'ostention d'une relique, il alluma soigneusement la merveille et, les yeux mi-clos, en apprécia l'attaque noble et très aromatique, avec ces parfums de sous-bois humide renforcés d'une touche poivrée très agréable qui lui tirèrent un soupir d'aise. Il avait aussi un goût de fruit défendu, ce *Corona gigante,* qui renforçait le plaisir du policier. Il marmonna :

– Pute borgne ! C'est autre chose que les saloperies qu'on roule rue Bleue !

Et il contempla extasié les volutes s'élever vers le plafond de son bureau qui s'emplissait de senteurs de bois brûlé et d'épices.

En dégustant cette superbe pièce, il avait oublié un

bon moment les soucis de l'heure et les dangers que courait son neveu bien-aimé. Ils revinrent avec la dernière goulée épuisée.

Le policier soupira tout en contemplant l'œil dans le vague les coupoles de la cathédrale sur lesquelles donnaient les fenêtres de son bureau.

– *Fatche de*[1] ! J'ai pas fini de me faire des cheveux, moi...

1. Interjection venue de l'italien servant à marquer l'étonnement ou l'accablement.

21

Où, devant une situation bloquée, notre héros envisage d'appeler du renfort en la personne de son épouse : Cécile Signoret

La cloche venait de sonner la demie de onze heures. Les élèves de la classe de 7e A, revêtus de leur blouse noire, sortirent sur le perron du lycée en rangs et en silence. Ils descendirent le double escalier conduisant au parc entourant le bâtiment. Un ordre bref du maître libéra la bonde d'une vitalité contenue à grand-peine durant la leçon de choses qui venait de les tenir attentifs à la métamorphose de la grenouille, autour de l'aquarium dans lequel, depuis des semaines, ils observaient des têtards perdre leurs branchies et leur queue flagellée, puis développer leurs futures pattes.

Les écoliers s'égaillèrent en tous sens en poussant des cris d'Indiens, commencèrent aussitôt à former des groupes par affinités et à organiser des jeux : les barres, les quillots de billes, les patelles, ou encore une spectaculaire partie de « *Sèbo*[1] ! » qui consiste à bondir sur le dos d'une chaîne de camarades penchés, arrimés les uns aux autres, et à la faire céder à force de contorsions. Ils avaient une demi-heure devant eux avant que ne sonne la cloche de la cantine et n'entendaient pas gaspiller une seconde de ce temps béni.

D'autres classes sortaient à leur tour et le vacarme s'amplifiait à proportion du nombre de blouses noires lâchées sous les arbres du parc.

Félix Garbiers, debout sur le perron, regardait ses élèves, l'air lointain. Raoul Signoret fut d'abord frappé par sa pâleur. Ce n'est que dans un second temps qu'il vit le bras en écharpe de l'instituteur. Il portait un gros pansement qui l'avait empêché d'enfiler la manche gauche de sa veste. Elle pendait comme celle d'un manchot.

Le journaliste héla le maître d'école en s'approchant de lui. Garbiers répondit d'un signe de tête, mais pas un muscle de son visage ne bougea. Il ressemblait à la statue de la désolation.

Raoul saisit la main valide qu'on venait de lui tendre.

– Je ne vous dérange pas ? J'avais hâte de vous voir.

Garbiers semblait perdu dans ses pensées.

– Avez-vous deux minutes ?

La voix qui répondit était comme brisée.

– J'ai tout mon temps jusqu'à une heure et demie, je ne suis pas de service à la cantine.

1. Du provençal *sébo,* demander merci, rompre.

– On pourrait aller prendre quelque chose, si vous êtes d'accord. Y a-t-il un bistrot dans les environs ?

L'instituteur n'oubliait pas d'être un pédagogue même en dehors de sa classe :

– Tu sais bien qu'ils sont interdits autour des établissements scolaires. Allons plutôt chez moi. J'ai besoin de calme.

Raoul feignit de s'apercevoir seulement du handicap de l'instituteur.

– Qu'est-il arrivé à votre bras, monsieur Garbiers ?

– Viens, je t'expliquerai.

Les deux hommes gagnèrent le petit salon du rez-de-chaussée où Raoul était déjà venu.

Garbiers le pria de s'asseoir tout en se débarrassant de sa veste, qu'il suspendit à une patère accrochée à la porte. Il s'assit avec une grimace face à son ancien élève.

– Durant les vacances de Pâques, nous sommes allés au chamois dans le Queyras avec des collègues chasseurs. Comme pour le sanglier, j'ai eu de la viande de reste au partage et j'ai voulu en faire profiter des amis. Je l'ai découpée, comme tu m'as vu faire, et je ne sais pas ce qui s'est passé, sur un tendon ou un cartilage, ma lame a ripé. Elle coupe comme un rasoir et je me suis entaillé l'avant-bras sous le radius. J'ai perdu pas mal de sang et il a fallu me mettre dix-sept points. Voilà pourquoi tu me trouves dans cet état.

Raoul Signoret était désolé et ne feignait pas sa compassion.

– Vous n'avez pas arrêté la classe ?

– On ne laisse pas trente-deux élèves qu'on prépare au certificat d'études parce qu'on ne sait pas se servir d'un couteau. Tant pis pour moi. Je n'avais pas à être si maladroit. Je reconnais que tout ça me fatigue assez. J'ai sept de tension. Le médecin voulait m'arrêter, mais j'ai refusé.

Pour détendre une atmosphère qui commençait à l'oppresser le journaliste suggéra :

– Pour vous retaper, il vous faut manger beaucoup de viande rouge. Ça tombe bien, en somme.

Garbiers fit un effort pour sourire tristement.

Le silence s'établit. Les deux hommes demeurèrent face à face, chacun plongé dans ses réflexions. C'est Raoul qui le rompit. Il dit à mi-voix :

– Je suppose que vous savez la nouvelle...

Il n'eut pas à préciser. Garbiers lâcha un grand soupir.

– Bien sûr... Je l'avais prédit, tu te souviens ?

Raoul se contenta d'opiner. L'instituteur poursuivit comme pour lui-même :

– Qui sait entre les mains de qui elle se trouve à présent ! Je te dis : cette petite me rendra fou. Et que puis-je faire ? Je suis allé trouver sa mère, elle n'a pas la moindre idée de ce qui a pu se passer. Elle n'a vu personne en particulier tourner autour de Gilda, ces temps derniers. Mais dit-elle la vérité ?

Raoul repensa à la scène qu'il avait surprise de nuit lorsqu'il avait espionné Gilda et sa mère dans leur cuisine en compagnie d'un voyou. Il revit aussi la silhouette noire qu'il pistait dans la nuit...

Garbiers fit une brève pause et reprit :

– En tout cas, personne n'a revu Gilda dans le quartier depuis maintenant cinq jours. Et tu sais qu'il y a des vieilles personnes connues pour passer leur temps à espionner les gens. Si la petite avait été aperçue en compagnie de quelqu'un – à plus forte raison d'un inconnu, toute La Belle de Mai le saurait.

– Je ne voudrais pas faire figure du *ravi* qui refuse de voir la réalité, dit Raoul Signoret, mais avant de penser au pire, à un enlèvement, pourquoi ne pas envisager la fugue ? Gilda Del Vesco a son caractère, vous me l'avez dit et c'est de notoriété publique. Sa vie paraît n'avoir rien de rose et la situation s'est aggravée avec sa perte d'emploi. Elle est peut-être allée voir ailleurs, mais sur sa propre décision.

L'instituteur secoua la tête.

– Il me semble que, dans ce cas, elle aurait prévenu sa mère. Ne serait-ce que pour éviter l'intrusion de la police dans cette affaire. Gilda est mineure. Si sa mère ne s'oppose pas à son départ, il n'y a aucune raison de la rechercher. Elle peut même éluder les questions en racontant que sa fille est partie se reposer chez des parents, en Italie, pourquoi pas ?

– Qui vous dit que la mère n'a pas refusé et que Gilda soit passée outre ?

– J'admire ton optimisme, Raoul, mais je ne le partage pas. Non, non. Je suis persuadé que la vérité est celle que je redoutais. Et dans l'état où je suis, j'en suis réduit à attendre là, sans rien faire, sans rien tenter, jusqu'à ce qu'on m'apprenne que...

Garbiers ne put aller plus loin, une boule de chagrin en travers de la gorge.

Raoul tenta de pousser l'instituteur dans son raisonnement :

– Même si vous étiez en possession de tous vos moyens, que pourriez-vous faire ?

– N'importe quoi ! Aller trouver les voyous, essayer de me renseigner par un moyen ou un autre auprès de tous ceux qui ont pu approcher ou parler avec Gilda ces temps derniers. Inventorier les bordels du quartier réservés un par un. Faire ce que la police ne fait pas. Personne ne la recherche vraiment. Moi, je suis du quartier depuis vingt ans. Je connais beaucoup de monde. Je finirais par apprendre... Enfin, tout faire, pour ne plus être réduit à cette attente insupportable. Ce sentiment d'impuissance me mine. En outre, je ne m'en sors plus avec ma pauvre femme paralysée.

Raoul s'étonna :

– Vous n'avez personne pour vous aider ?

– J'avais quelqu'un, mais tu connais la loi de l'emmerdement maximum ? Les gens disent « un malheur n'arrive jamais seul ». La vieille dame qui s'occupait de Bernadette quelques heures dans la journée vient de se casser le col du fémur. Et moi, avec un seul bras...

Garbiers, replié sur lui-même, tête basse, était l'image même de l'accablement.

– Autour de vous, il n'y a personne ?

– Des femmes de collègues viennent me donner un coup de main, mais elles ont leurs propres charges et puis je ne peux pas leur demander de s'occuper en permanence d'un cas aussi lourd. Elles ne peuvent faire que du dépannage ponctuel. Sans compter qu'il y a des choses que l'état de Bernadette exige – elles relèvent de l'intimité – et je ne veux pas l'exposer à s'humilier devant des gens qu'elle ne connaît pas... Elle a beau être coupée du monde, elle n'est pas privée de sensibilité.

Pourquoi vint-il à cet instant une idée si soudaine qu'elle transperça l'esprit de Raoul Signoret avant qu'il l'ait totalement formulée en lui-même ? Il n'aurait su l'expliquer. Il n'en comprit le sens et la portée que beaucoup plus tard.

Il s'entendit dire, comme si c'était un autre qui parlait :

– Je crois que j'ai une solution pour vous venir en aide au sujet de votre femme.

Garbiers avait relevé la tête. Il attendait la suite.

– La filleule de ma tante vient d'achever une formation d'infirmière. Elle est en attente d'un poste à l'hôpital. Elle est donc totalement disponible, en ce moment. Je suis certain – si je le lui demande en insistant sur l'urgence – qu'elle ne refuserait pas de venir vous soulager en attendant une solution plus durable. J'ajoute que c'est une fille très sérieuse, dévouée et très compétente.

Une pâle esquisse de sourire sur le visage de l'instituteur avait souligné les derniers mots du reporter.

– Vrai ? Tu ferais ça, pour moi ?

– Et comment !

– Tu crois que ça pourrait marcher ?

– Je n'en doute pas.

– Tout de suite ?

– Le temps d'aller la voir et de lui demander. Justement, en attendant un poste hospitalier elle est à la recherche de tâches de ce type qui lui permettent de se faire trois sous en ne restant pas les bras ballants. Si elle est d'accord, je peux vous la présenter demain matin.

L'instituteur redressa le buste comme s'il était soulagé du poids qui l'écrasait.

– Oh, Raoul ! Je ne sais comment te dire...

– Ne dites rien, c'est tout naturel et je suis ravi de vous aider.

– Comment s'appelle cette jeune femme ?

Le journaliste était à la recherche du pseudonyme dont s'était servie sa femme, Cécile, pour approcher le docteur Danglars chez qui elle s'était fait engager pour administrer au praticien une série de piqûres intraveineuses [1]. Clémence... Clémence...

– Elle se nomme Clémence Galtier. Vous verrez, c'est quelqu'un sur qui vous pouvez vous appuyer.

L'instituteur se leva et vint poser sa main valide sur l'épaule de son ancien élève.

– Tu es un garçon formidable, Raoul Signoret.

Un sourire apparut sur le visage du journaliste. Garbiers le prit pour un témoignage d'affection. Raoul Signoret pensait simplement : « C'est ma Cécile qui va être contente. »

---

1. Voir le volume précédent : *Le Secret du docteur Danglars*.

22

Où, tel un héros de tragédie classique, notre héros s'abîme dans des stances douloureuses avant de passer à l'action

– Enfin ! Il était temps que je m'en occupe si vous voulez sortir du marasme !

Cécile Signoret avait accueilli la proposition de Raoul avec une ironie qui ne masquait pas son enthousiasme.

Il fut pourtant douché lorsque – se frappant le front – le journaliste s'était écrié :

– Suis-je idiot ! Il n'est pas possible de te faire intervenir : Garbiers t'a déjà vue.

– Où ça ?

– Lors du vin d'honneur donné par le boulanger Mouren.

Il en aurait fallu plus pour faire renoncer Cécile :

– Penses-tu ! Il ne m'a vue que de loin, puisque tu ne m'as pas présentée à lui, et j'étais habillée en dame.

Là, avec ma cape et mon voile d'infirmière, il n'y verra que du feu. Allez, c'est entendu : je marche avec vous !

Elle ajouta avec un air moqueur :

– Vous me faisiez de la peine, ton oncle et toi, à vous voir tourner en rond. Vous avez bien fait de faire appel à une spécialiste !

Fallait-il ou non prévenir Eugène Baruteau de l'intrusion de sa femme dans l'enquête ? Le journaliste avait longuement pesé la question. À trois reprises, naguère, Cécile Signoret était intervenue directement dans une affaire à laquelle son mari avait été mêlé. Le rôle qu'elle y avait joué, loin d'être subalterne, s'était révélé capital dans la recherche de la vérité. Ne rien dire au policier de l'initiative qu'il venait de prendre avec la complicité de sa femme était donc le plus sûr moyen de voir l'oncle Eugène – vieux singe à qui on n'apprenait pas les grimaces – soupçonner ses neveu et nièce de préparer un coup à leur façon dont la police serait exclue. Provoquer par une initiative intempestive la grogne d'un commissaire divisionnaire était une chose, mais Raoul Signoret n'aurait voulu pour rien au monde chagriner l'homme qui lui était comme un père depuis la mort prématurée du sien.

Il fut donc décidé d'informer le jour même le chef de la Sûreté marseillaise. Comme il fut demandé à Adrienne Signoret de bien vouloir s'occuper de sa petite-fille, chaque jour à la sortie de l'école, jusqu'au retour de Cécile à la maison.

La raison « officielle » donnée à Baruteau à propos de l'intervention de la jeune femme auprès des Garbiers était plus que plausible. C'était le geste d'un homme, qui, avec l'aide de sa femme infirmière, venait en aide à un être dans la détresse, un « éveilleur d'âmes » qui avait marqué sa jeunesse, dont il gardait un souvenir ébloui, à qui il pouvait de la sorte marquer sa reconnaissance.

Cela passa tout seul. L'oncle Eugène *pita l'esque*[1], comme on dit à Marseille, sans se douter un instant que sa nièce partait en mission dès le lendemain.

Car c'était bien de cela qu'il s'agissait. Sans rien lui cacher de ses tourments, Raoul avait fait part à Cécile de toutes les questions qui l'assaillaient depuis des semaines, de toutes les conclusions auxquelles il était parvenu, qu'il n'avait encore pu partager avec personne. Dans le doute où il était, il se demandait parfois si son imagination ne lui jouait pas des tours. Il rejetait comme des images de cauchemar les pensées qui lui venaient. Puis, malgré lui, il y retournait. Il faisait et défaisait un faisceau d'hypothèses que sa raison tout d'abord repoussait, pour ensuite s'y heurter de nouveau encore plus fort, comme un homme perdu dans une forêt obscure se cogne aux troncs des arbres, se blesse aux griffes des ronciers de quelque côté qu'il se tourne.

À Cécile, Raoul venait de dire le fond de sa pensée. Certes, l'intervention de la jeune infirmière auprès de la malheureuse Mme Garbiers soulagerait l'instituteur. Mais après ce que Raoul venait de confier à sa femme, cet aspect-là de l'intervention devenait presque subalterne. L'essentiel de la présence de Cécile dans la mai-

1. Mordit à l'hameçon (l'esque est un appât).

son de l'instituteur représentait l'occasion inespérée d'avoir auprès du maître d'école un œil et une oreille en éveil, capables de deviner derrière une attitude ordinaire une parole insignifiante, au détour d'une réflexion banale, ce qui pouvait s'y cacher.

Pour l'instant, le journaliste n'avait aucune certitude sur quoi appuyer les intuitions qui le torturaient. Parfois, il se demandait s'il n'était pas le jouet d'hallucinations tellement elles lui faisaient horreur. Puis, malgré lui, il se remettait en chasse à la preuve, traquant le détail, l'élément concret, le point d'appui à côté duquel il serait passé jusqu'ici, sur lequel il pourrait enfin conforter sa raison. C'était cela la mission de Cécile : ramener au jour tout ce qui pourrait dissiper le mystère entourant la vie et les actes de Félix Garbiers.

« Si mes intuitions sont fausses, je salis et déshonore un innocent, avait dit le journaliste à sa femme. Si elles sont vraies, je tiens la clef de l'affaire. »

Dans ce cas – Raoul était sans illusions – tout basculerait dans le drame et l'horreur.

Mais la vérité était à ce prix.

23

Où la découverte de faits nouveaux et très inquiétants décide nos héros à déclencher l'« Opération Jules »

Chaque soir, en rentrant de « mission », l'infirmière-espionne Cécile Signoret, alias *Clémence Galtier,* fit son rapport à son chef de réseau.

– Il ne t'a pas reconnue ?

– Aucun souci, chef. Il ne se doute de rien.

En raison de leurs bonnes relations, l'adjointe transmettait son compte rendu en position allongée, la tête sur l'oreiller, car, expliquait-elle, tous les romans d'espionnage sont formels : c'est là et de cette manière qu'on obtient les meilleurs renseignements. Raoul n'avait rien contre cette façon d'opérer.

Les premiers jours chez les Garbiers avaient été ce que l'on nomme dans le monde de la boxe « un round d'observation ». Cécile devait rassurer l'instituteur par son sérieux, son dévouement, sa compétence, mais surtout ne pas paraître vouloir régenter l'existence du couple par trop d'initiatives. Éviter, en particulier, de jouer le rôle d'une gouvernante, afin que le maître d'école en vienne à oublier la présence de la jeune femme chez lui. Car l'« espionnage » était à double sens. Cécile observait les moindres détails quotidiens de la vie et des manières d'être de Garbiers, mais celui-ci, avec l'« œil du maître », notait tout de sa recrue.

Ce qui commença à saper les défenses de l'instituteur et à endormir une éventuelle méfiance fut la manière dont Cécile s'y prit avec Bernadette Garbiers, pauvre chose souffrante, réduite à une vie végétative, à la merci totale de ceux qui la nourrissaient, la lavaient, la vêtaient et s'assuraient de son confort, comme de ses besoins. L'instituteur avait jusqu'ici assuré seul ces tâches matérielles, même lorsque la vieille dame qui le secondait venait aux heures de classe prendre son service de garde-malade. C'était en outre, pour lui, la seule façon de communiquer à son épouse, coupée du reste des vivants, l'amour qu'il lui portait. Il n'avait donc jamais délégué à un tiers ce qu'il considérait être son devoir exclusif. À présent, son bras blessé en écharpe lui interdisait certaines interventions. Notamment la toilette et le transport du corps inerte de son épouse depuis le lit jusqu'à la chaise roulante en osier garnie de coussins, grâce à laquelle la malheureuse quittait pour quelques heures son état de grabataire et reprenait l'apparence d'un être revenu parmi les vivants.

Quand il observa avec quelle délicatesse, quel souci de la pudeur de la patiente et aussi quel savoir-faire la jeune infirmière prenait en charge le corps souffrant de Bernadette, Garbiers fut non seulement soulagé, mais en éprouva reconnaissance à son ancien élève pour la qualité de ses conseils et de son choix. Cette jeune *Clémence* était parfaite. Enfin, l'instituteur n'avait plus à compter sur la seule bonne volonté des gens auxquels il avait dû faire appel jusqu'ici. Les rapports entre le maître d'école et l'infirmière se détendirent, au point que Garbiers cessa sa surveillance.

Au bout de quelques jours, il ne jugeait plus sa présence utile au bon déroulement des soins et de la toilette.

Cécile sut enfin qu'elle avait accompli avec succès la première partie de sa mission – appelons-la « mise en confiance » – lorsque – sur sa proposition – l'instituteur accepta – non sans s'être fait prier, mais c'était plus politesse que méfiance – de voir la jeune infirmière prendre en charge le changement du pansement sur son bras blessé.

Le rapport de l'« espionne » intéressa particulièrement son chef, ce soir-là.

– Si tu veux mon avis, avait dit Cécile à Raoul, cette blessure me paraît bizarre. Tu m'as bien dit qu'il se l'était faite en découpant un morceau de gibier ?

Raoul répondit :

– Du chamois, si j'ai bonne mémoire.

– Imaginons-le en train d'opérer.

– J'imagine, femme, mais aide-moi.

Cécile mima les gestes qu'elle évoquait :

– Il a posé le morceau de viande sur une table, quelque chose de plan.

Raoul précisa :

– Il possède un vrai billot de boucher, je l'ai vu dans sa cave.

– Donc, logiquement, il maintient la pièce avec la main gauche et il découpe, ou désosse, avec la main droite.

– Logique.

Cécile fronça les sourcils.

– Sauf s'il est gaucher et ça fiche tout par terre.

– Il est droitier. Je l'ai assez vu écrire au tableau noir pour te l'assurer.

– Bon. Alors, je reprends. Voilà notre Garbiers appuyé quasi verticalement du bras et de la main gauche sur la pièce à découper. L'autre main tient le couteau. Pour une raison ou pour une autre, le couteau dévie, ripe, dérape, je ne sais comment dire. Là, quatre possibilités. Un : Garbiers prend la lame dans le ventre. Nous savons qu'il n'en est rien. Deux : le couteau part sur la droite. C'est sans conséquence, il frappe dans le vide. Même chose s'il glisse en avant.

Elle fit une légère pause et acheva :

– Reste mon petit quatre : le couteau glisse à gauche, vers l'avant-bras qui tient la pièce de viande plaquée sur le billot. C'est ainsi que Garbiers explique sa blessure.

Raoul opina :

– Rien à dire. Le raisonnement est en acier chromé.

Cécile poursuivit.

– Restons logiques. Dans cette position, la lame ne peut taillader que le *dessus* de l'avant-bras, ou se planter droit dedans. Dans ce dernier cas, la coupure n'aurait pas l'importance de la balafre que j'ai vue.

– Tout à fait d'accord.

– Or, écoute-moi bien, Raoul Signoret. La blessure est située *sous* l'avant-bras. Une belle estafilade, crois-moi. Elle part un peu en dessous du coude et s'achève sous la partie externe du poignet. Elle suit une diagonale de la *gauche* vers la *droite.* En observant la cicatrice, j'ai remarqué que la coupure est plus large et profonde près du coude, pour s'achever, plus superficielle, quand elle atteint le poignet. Le couteau, tenu dans la main droite, a donc été tiré de *gauche à droite*, et non poussé de droite à gauche, comme il aurait dû le faire si, tenu dans la main droite, il avait ripé sur un os du gibier. C'est une balafre importante. Garbiers a reçu près de vingt points de suture.

– Il m'a dit dix-sept, précisa Raoul.

– Ne chipotons pas pour trois points, répliqua Cécile. Il ne s'est pas raté. Mais je ne vois vraiment pas comment la lame aurait pu faire *le tour du bras* pour aller trancher le côté opposé à celui d'où elle arrivait.

– *Oh ! fatche de !* dirait l'oncle Eugène. Continue, tu m'intéresses.

– Je n'ai rien d'autre à ajouter, sinon te confier mon impression : Garbiers ne s'est pas blessé de la façon dont il a dit.

Raoul sentait une sourde excitation monter.

– Je te suis, je te précède, même !

Cécile poursuivit :

– Figure-toi que j'ai retrouvé chez Garbiers, pendue à une patère dans sa chambre, une veste de costume qui porte sur sa manche gauche exactement la même estafilade que celle qu'on peut voir sur la peau de son bras gauche.

Raoul fut un instant troublé. Il ne voyait pas où Cécile voulait en venir.

– Alors ?

– Alors, cela confirme que l'histoire de la blessure faite lors de la découpe du gibier est bien une tromperie. On ne garde pas sa veste pour se livrer à une opération salissante. On se met en bras de chemise et on la replie jusqu'au coude. Or, nous avons la preuve que M. Garbiers avait sa veste quand son... « accident » lui est arrivé.

La tension se lisait sur le visage du journaliste :

– Donc, il ment. Pour quelles raisons ? L'alternative me paraît simple. Soit quelqu'un lui a fait cette blessure...

Cécile acheva :

– Soit il se l'est bien faite lui-même, mais en d'autres circonstances.

Tous deux demeurèrent silencieux à réfléchir chacun pour soi. Cécile sortit la première de sa méditation.

– Je penche pour la deuxième solution.

– Moi aussi, mais je ne saurais expliquer pourquoi.

Cécile prit un air mystérieux.

– J'ai peut-être une explication.

– Parle sans t'émouvoir, comme on dit chez Corneille.

– Quand on reçoit un coup de couteau, la blessure est généralement étroite en surface et grande en profondeur, parce que l'agresseur porte un coup d'*estoc* pour transpercer le corps. Et non de *taille* pour le trancher.

– Sauf si c'est pour égorger, remarqua Raoul.

Il n'avait pas plus tôt dit ces mots que sa tête fut envahie d'images, de sensations, de visions qui le mirent dans une sorte de transe. Tout à coup, par la magie de quelques paroles dites presque sans y penser, un voile venait de se déchirer. Ce qui n'était jusqu'alors que suppositions, constructions imaginaires, délires interprétatifs, prenait un poids, une densité, une réalité oppressants.

Cécile suivait sur le visage de Raoul les marques du combat intérieur qui l'agitait d'autant mieux qu'elle le partageait.

– Sauf si c'est pour égorger..., répéta-t-elle à mi-voix. Te souviens-tu des paroles de l'oncle Eugène devant la portion de civet de sanglier qui lui échappait ? Évoquant la mort de Dante Rossetti, retrouvé la gorge tranchée rue Séry, il avait précisé : « *Il n'a pas eu le temps de se rendre compte de ce qui lui arrivait. D'après les premières constatations du légiste, il a dû être attaqué par-derrière.* »

Raoul était parcouru par un tremblement incoercible. Il regardait sa femme comme s'il la découvrait.

– Cécile, tu es incroyable...

Et elle continuait, tranquille :

– Suppose que tu sois non pas l'homme beau et fort que tu es, mais un petit bonhomme d'un mètre soixante-trois, assez fluet, et que tu veuilles égorger un type plus grand et plus costaud que toi. Comment t’y prendrais-tu ? D’abord, tu préparerais ton couteau. Puis tu attaquerais ta proie par-derrière pour *qu’elle n’ait pas le temps de se rendre compte.*

– Cécile, tu...

– Comme il te serait impossible de l’immobiliser, tu la saisirais par le cou avec ton bras gauche, afin de lui faire pencher la tête en arrière, vers toi, et d’un mouvement rapide de la main droite, tu passerais ta lame effilée et tranchante comme un rasoir de toute sa longueur sur la gorge offerte. Mais, comme tu n’aurais pas bien l’habitude, tu ferais un faux mouvement et au passage tu te trancherais l’avant-bras. Voilà ce qu’il t’arriverait.

Raoul sortit à grand-peine d’une sorte de sidération qui l’avait retenu suspendu immobile aux paroles de Cécile. Ce fut une libération :

– Tu sais que tu es une fille formidable, toi ? Tu sais que, si tu n’étais pas ma femme, je te demanderais en mariage ? Tu comprends maintenant pourquoi je te suis si fidèle en dépit des occasions multiples qui s’offrent à moi chaque jour ? C’est parce que tu es unique, renversante, irremplaçable, étourdissante, affolante, inouïe, passionnante, j’en oublie les trois quarts. C’est au point que je me demande si je te mérite.

Cette déclaration de chien fou s’acheva de la manière habituelle dont Cécile et Raoul Signoret avaient de conclure leurs moments de joie partagée. Ce qui ce soir-là ne fit pas avancer plus loin l’enquête, mais leur procura bien du bonheur. Chose à ne jamais négliger, car on ne sait pas de quoi demain sera fait et c’est toujours ça de pris sur les chagrins à venir.

– Je crois qu'il est grand temps d'informer l'oncle Eugène.

Raoul Signoret ne plaisantait plus. L'information que venait de lui rapporter ce soir-là – qui se situe une semaine plus tard – son espionne bien-aimée lui disait l'urgence d'une décision. Voilà quelque temps déjà que l'attention de Cécile avait été attirée par l'attitude étrange de l'instituteur. En rentrant de sa classe, notamment le soir, après l'étude surveillée, sa visite à sa femme déjà couchée achevée, Garbiers préparait une sorte de collation, avec du pain, du fromage, de la charcuterie, parfois des fruits, plaçait le tout avec une bouteille d'eau dans un panier, demandant à Cécile de bien vouloir attendre son retour avant de quitter la maison. Son absence était de courte durée. En général à peine plus d'un quart d'heure. Il revenait alors, son panier vide, disait au revoir à l'infirmière et prenait son tour de garde auprès de son épouse.

Un soir, Cécile prit le risque de le suivre, à peine avait-il quitté la cuisine, son panier à la main. D'abord du regard, depuis la fenêtre du premier étage, mais il disparut à l'angle du bâtiment. Elle descendit à son tour dans le parc et aperçut l'instituteur se dirigeant vers un petit escarpement rocheux qui affleurait à hauteur d'homme, non loin de la maison, dans lequel on semblait avoir creusé une sorte de cave dont l'entrée était barrée d'une porte en bois massif. Le maître d'école sortit une clef de sa poche et l'ouvrit pour y pénétrer. Cécile réalisa qu'il s'agissait de ce local dont

Raoul lui avait parlé, où Garbiers tenait au frais son gibier et certaines provisions, entreposait son vin et rangeait ses outils de jardinage.

Le maître d'école revint un moment plus tard, son panier vide à la main.

Les choses auraient pu en rester là et la jeune femme cesser de se poser des questions si, un autre jour, elle n'avait été intriguée par l'attitude de l'instituteur. À la pause de la mi-journée, alors que les élèves étaient à la cantine, par le plus grand des hasards, descendue dans le parc pour récupérer une pièce de linge appartenant à Bernadette Garbiers que le vent avait emportée, Cécile avait aperçu l'instituteur sortant discrètement de la fameuse cave, un seau à la main. Placée où elle était, le jeune femme n'avait pu identifier de quelle sorte de récipient il s'agissait, mais sa couleur blanche l'avait frappée. Ce n'était pas un seau de jardinier. Parbleu : il s'agissait d'un seau hygiénique, qu'elle retrouva incidemment dans un placard du rez-de-chaussée.

À partir de cet instant les interrogations cessèrent, cédant la place au soupçon. Il y avait quelqu'un dans la cave. Quelqu'un que Félix Garbiers ravitaillait et à qui il assurait un minimum d'hygiène.

Connaissant la configuration des lieux, la double porte qui formait sas, l'isolant du monde, le journaliste n'eut aucune peine à se persuader que, si quelqu'un y était enfermé, il ne lui serait jamais possible de communiquer avec l'extérieur, ni même de révéler sa présence.

Cette constatation décida Raoul Signoret à donner à son enquête un tour officiel avec l'entrée en lice de son policier préféré. Ce fut le début de ce que le journaliste et le chef de la Sûreté baptisèrent en secret – pour garder le sens de l'humour – du nom de code « *Opération Jules* [1] ».

Car ils savaient tous les deux que la vie est une tragédie shakespearienne et qu'il faut savoir se réserver des moments pour rire entre deux péripéties dramatiques, si l'on ne veut pas à la longue étouffer d'horreur.

1. C'est le surnom que la Belle Époque donnait au pot de chambre.

24

Où l'on assiste à une représentation de « Rigoletto » pour mieux constater ensuite que fiction et réalité peuvent parfois se confondre

Tout était prêt pour le soir S. La stratégie générale et celle de chacun définies, la place des acteurs déterminée avec précision, les rôles répétés et sus « au rasoir ». L'opération *Jules* pouvait avoir lieu. Elle avait été fixée au 4 mai 1903, car au Grand-Théâtre [1] on donnait *Rigoletto*, opéra en trois actes et quatre tableaux de Giuseppe Verdi. L'ouvrage était hautement prisé par Félix Garbiers, grand amateur d'art lyrique.

C'est en voyant sur un mur, tout près du journal, une affiche annonçant les représentations de *Rigoletto* que l'idée était venue à Raoul Signoret – frappé par les similitudes entre fiction et réalité – de proposer au

1. Qui devait devenir l'Opéra municipal de Marseille en 1925 après sa réouverture, suite à l'incendie qui avait détruit la salle en 1919.

maître d'école de l'accompagner. Quel prétexte en or pour l'éloigner de chez lui... avec son assentiment !

– Votre métier n'est pas le seul à procurer parfois des avantages, avait dit Raoul Signoret à son ex-maître d'école.

Allusion au cadeau fait naguère à l'instituteur par cet ancien élève devenu fabricant de couteaux de chasse.

– Mon confrère Espitalier, critique musical au journal, m'a procuré deux places de balcon pour la *première.* J'y vais seul, mon épouse souffrante ne peut m'y accompagner. Vous plairait-il d'en profiter ?

Garbiers avait hésité, mais on le voyait tenté :

– C'est qu'il m'est difficile de laisser Bernadette sans surveillance. Je sais bien qu'elle ne risque pas grand-chose, mais un malaise imprévu, dans son état, est toujours à craindre. J'ai trop souvent eu recours aux services de la femme du concierge pour abuser de sa générosité.

Le journaliste s'était préparé à ces réticences. Il savait comment les vaincre et faire accepter sa proposition.

– Je suis certain que Mlle Galtier se fera un plaisir de favoriser cette escapade en prolongeant de quelques heures son service ce soir-là.

Raoul Signoret avait besoin de bien moins de temps qu'il n'en faut pour aller au bout des malheurs du bouffon imaginé par Hugo et mis en musique par Verdi pour que le *Plan Jules* – conçu en accord avec Eugène Baruteau, avec la complicité de Cécile et l'aide de policiers de la Sûreté – soit mis en place. Pour cela, il avait seulement besoin que l'instituteur fût – pour une raison valable – tenu un moment éloigné de sa maison. Et, pendant son absence, d'être certain de l'endroit où il se trouverait, afin d'éviter tout retour prématuré ou inopiné. Une représentation d'opéra en présence d'un témoin qui ne le lâcherait pas de la soirée constituait une assurance pour ceux qui avaient à préparer les différentes phases du plan.

Raoul Signoret poussa un soupir de soulagement quand il entendit Garbiers lui répondre, après bien des tergiversations :

– Eh bien, c'est entendu, j'accepte. Il y a si longtemps que je n'ai pas assisté à une soirée d'opéra... Je suis cloué ici depuis tant d'années...

Raoul évita de croiser le regard de l'instituteur tandis qu'il proférait ces paroles qui se voulaient apitoyantes. Il n'est pas certain qu'il eût résisté à l'envie de rétablir la réalité des choses. Il se contint et joua la compassion :

– Ne culpabilisez pas, monsieur Garbiers. Vous avez bien le droit de vous distraire. Dès l'instant où personne n'en souffre...

– Crois-tu que Mlle Galtier...

– J'en fais mon affaire, répliqua Raoul qui avait toutes les raisons d'en être sûr. Vous me rejoignez devant le Grand-Théâtre, à la sortie nous prenons un fiacre qui nous reconduit à La Belle de Mai, vous libérez Clémence que je ramène chez sa maman et le tour est joué.

Et bien joué, ajouta *in petto* le journaliste.

Quand Raoul Signoret arriva très à l'avance sur la place du Grand-Théâtre, Félix Garbiers était déjà là, nerveux, excité comme un enfant sur le point de découvrir la récompense promise. Il avait revêtu un frac des grandes occasions (celui de son mariage ?), portait un nœud papillon noir sur un impeccable plastron, le tout enveloppé de sa grande cape noire. Il avait coiffé, bien sûr, son éternel chapeau melon. Le pansement confectionné par Cécile, qui entourait la blessure au bras gauche de l'instituteur, dépassant de la manche du frac, pouvait passer pour un poignet de chemise blanche.

– Ah ! Raoul, s'écria le maître d'école en prenant la main de son ancien élève, le plaisir que tu me fais ! Mais je n'arrive pas à me débarrasser d'un sentiment de... Je veux dire, j'aurais tant aimé que mon épouse... Tout seul, ce n'est pas pareil...

Se rendant compte du sens qu'on pouvait donner à ses paroles, il se reprit.

– Pardonne-moi. Je ne suis pas seul, bien sûr. Tu es là...

Il saisit le bras du journaliste et tous deux grimpèrent les marches du péristyle où stationnaient déjà des amateurs venus à l'avance pour faire admirer au bon peuple leurs tenues de gala. Raoul Signoret s'aperçut au dernier moment qu'il se dirigeait droit vers sa belle-mère, Mme Jacquemet. Elle l'avait repéré, leurs regards se croisèrent. Les convenances dictaient au journaliste d'aller la saluer, mais il ne put s'empêcher d'être troublé lorsque innocemment elle lui demanda :

– Cécile n'est pas avec vous ?

En entendant prononcer le prénom de sa femme en

présence de l'instituteur, le reporter eut l'impression d'être découvert. Tout se mêlait : Cécile, qui aurait dû être à ses côtés, l'espionne *Clémence*, qui à cette heure participait à la mise en place du plan prévu avec le chef de la Sûreté. Il s'embrouilla :

– Nous n'avons pas pu faire garder mon oncle... euh... je veux dire notre fille Adèle... Nous avons tiré au sort et c'est Clémence qui est restée à la maison.

– Clémence ?

– Je veux dire Cécile, bien sûr ! Veuillez me pardonner...

Le journaliste était perturbé comme un garnement pris en train de faire une bêtise s'emmêle dans ses explications.

La belle-mère jeta sur son gendre l'œil interrogateur de celle qui se demande si le mari de sa fille n'abuserait pas de la boisson.

La confusion de Raoul fut telle qu'il en oublia de présenter Félix Garbiers à Mme Jacquemet. Il s'éloigna, traînant l'instituteur par le bras, aggravant son trouble par l'impolitesse, se promettant de mieux se contrôler s'il voulait aller au terme du *programme* de la soirée.

À présent, tandis que le deuxième acte touchait à sa fin et que, par la voix de bronze de Claverie, le bouffon crachait sa rage sur les courtisans qui venaient d'enlever sa fille Gilda, pour la livrer à un prince débauché, Raoul Signoret ne pouvait pas entendre les mots prononcés par le baryton sans éprouver un frisson :

Pour vous rien ne compte plus que l'or,
Mais ma fille est un trésor sans prix.
Rendez-la... ou même désarmée
Cette main saura bien vous combattre
Rien ne peut plus arrêter un père
Qui défend l'honneur de son enfant[1].

Le reporter aurait donné cher pour être un instant dans les pensées de l'instituteur. La représentation avait beau être de premier ordre, le public des grands soirs pousser les artistes à se surpasser, Raoul Signoret était trop tourmenté pour y prendre son plaisir habituel. Il était déjà ailleurs, *après*. Il observait du coin de l'œil le visage tendu de Félix Garbiers qui semblait tout entier absorbé par sa passion. Mais il n'était pas possible, en écoutant cet ouvrage où tant de choses – à commencer par le prénom de l'héroïne – lui rappelaient ses propres angoisses, que le maître d'école ne songe pas à cet instant, comme lui-même, à une autre Gilda menacée par de semblables dangers.

Dès l'entracte précédant le dernier acte, tandis que les deux hommes déambulaient sur le parquet du Grand Foyer au milieu d'une foule dense qui se livrait à son occupation favorite : comparer les mérites des divers chanteurs entendus dans ces rôles en affirmant que « c'était mieux avant », l'instituteur laissa paraître dans des propos de convenance combien il était, lui aussi,

1. Rappelons qu'à l'époque les ouvrages n'étaient jamais donnés dans leur langue originale.

frappé par les ressemblances entre le drame que raconte *Rigoletto* – l'histoire de cet homme seul qui va jusqu'au meurtre pour défendre l'honneur de sa fille – et ce que lui-même éprouvait face aux dangers encourus par Gilda Del Vesco.

À son habitude, Félix Garbiers savait tout ce qu'on peut savoir sur l'ouvrage et, l'instituteur prenant le pas sur le mélomane, il avait fait un cours improvisé à son ancien élève à propos de la genèse de ce livret d'opéra très largement inspiré à Piave, le librettiste de Verdi, par le drame de Victor Hugo, *Le roi s'amuse*. La pièce avait été un four mémorable et le poète vexé du succès de l'opéra s'était longtemps opposé à sa représentation en France.

– Hugo expliquait que son drame est celui de « la paternité sanctifiant la difformité morale et physique ». Le bouffon méchant et cruel se change « en un autre homme », ce sont les propres paroles du poète, dès qu'il rejoint sa fille cachée, « son seul bien au monde ».

Raoul écoutait bouche bée, impressionné par ce savoir encyclopédique.

– Je n'avais jamais relevé jusqu'à ce soir, remarquait le maître d'école, à quel point le livret de Piave suit pas à pas les vers d'Hugo.

Devant son ancien élève ébahi, l'instituteur était allé chercher au fond de sa prodigieuse mémoire des citations de l'un et de l'autre pour les comparer, notamment le fameux duo de la vengeance qui clôt le deuxième acte de l'opéra, au mot près ceux que Hugo plaçait dans la bouche du bouffon Triboulet.

Courtisans ! courtisans ! démons, race damnée !
C'est donc vrai qu'ils ont pris ma fille ces bandits !
Une femme à leurs yeux, ce n'est rien, je vous dis !

La citation n'avait pas été choisie au hasard...

Raoul n'en revenait pas. L'instituteur savait par cœur des vers d'une pièce « tombée » à la première représentation !

Ah ! comme il eût voulu ne connaître que ce Garbiers-là ! Celui qu'enfant il admirait tant et qui, lui, n'avait pas changé ! Le maître qui le faisait rêver et chevaucher en compagnie des géants de la poésie et de la littérature de tous les temps et de tous les pays. À cet instant, il aurait voulu lui dire les paroles de Gilda à Rigoletto :

Vous soupirez ? Qu'est-ce qui vous tourmente tant ?
S'il y a quelque mystère qu'il soit dissipé pour moi.

Mais il savait d'avance la demande inutile et se doutait bien que sur la scène, comme dans la vie, tout allait mal finir...

Dans le fiacre qui roulait vers La Belle de Mai, le silence était retombé. Garbiers, enveloppé dans sa cape, la tête ballottée au rythme des pavés, semblait plongé dans une profonde méditation. Raoul avait l'impression que dès le cri de douleur final lancé par le bouffon sur le corps sans vie de sa fille et les derniers accords assénés, la fin de la récréation avait été sifflée pour le maître d'école.

À quoi pensait-il ? À ce qu'il allait retrouver en rentrant ? Le journaliste demeurait lui-même silencieux, n'osant pas rompre par des propos ordinaires de banalité ce moment où en lui montait la tension. Elle ne ferait que s'accroître au fur et à mesure que la distance les séparant des grilles du Petit Lycée diminuerait.

Le fiacre amorça une large courbe et s'arrêta devant l'établissement plongé dans l'obscurité. Seule la lanterne extérieure de la loge du concierge brillait faiblement dans la nuit.

Le journaliste dit au cocher :

– Nous allons attendre là une demoiselle que nous ramènerons chez elle.

Il descendit lui-même du fiacre et en fit le tour pour aller saluer l'instituteur.

Celui-ci sortit une clef de sa poche et s'approcha de la grille. Il dit à mi-voix :

– Je laisse la grille ouverte pour Clémence. Le concierge grognera demain matin, mais c'est sans importance. Puisque tu es là, ça m'évite de la raccompagner.

« Fameuse idée, songea Raoul, ça m'épargnera d'escalader le mur en me faisant en plus repérer par le cocher. »

Les deux hommes se serrèrent chaudement la main et le journaliste regarda le petit fantôme noir enveloppé de sa cape disparaître dans la pénombre du parc éclairé par un croissant de lune qui permettait de voir où on posait les pieds.

Quand il jugea la distance suffisante, Raoul à son tour se glissa par la grille entrouverte et commença à avancer en prenant garde de ne rien faire craquer sous ses pas.

Le clair de lune était suffisant à dissiper les ténèbres. En s'habituant, l'œil pouvait deviner le déplacement de la brève silhouette qui s'éloignait. L'instituteur ne se dirigea pas vers la maison où se trouvait son appartement de fonction, mais comme Raoul s'y attendait – pour ne pas dire l'espérait – Garbiers alla tout droit vers le coin de la propriété où le journaliste savait se trouver la cave creusée dans le rocher, depuis que le maître d'école lui avait proposé de partager son sanglier.

La porte de bois ouverte avala l'ombre de l'instituteur.

– C'est moi, dit Félix Garbiers. N'aie pas peur.

Une faible clarté émise par une lampe à pétrole laissait dans l'ombre une bonne partie de la cave, mais on pouvait apercevoir depuis l'entrée une sorte de couchette équipée d'un matelas, de draps et de couvertures, ainsi qu'une petite table où demeuraient des restes de nourriture.

Sur l'extrémité du lit, était assise une jeune femme, de profil, qui n'avait pas tourné la tête vers l'arrivant.

L'instituteur s'inquiéta :

– Tu n'es pas encore couchée à cette heure ? As-tu besoin de quelque chose ?

La jeune femme ne répondit pas.

Garbiers s'avança d'un pas.

– Gilda, je t'en prie, parle-moi. Tu sais que je ne te veux pas de mal.

Silence.

– Ne me juge pas Gilda. C'est pour te protéger que je fais ça. Si tu savais...

L'instituteur parlait à une statue de chair.

– Gilda ! Rappelle-toi ce que je t'ai promis. Tu peux sortir d'ici quand tu le voudras. Il suffit que tu acceptes de venir vivre avec moi, avec nous. Chez nous. Comme si tu étais notre fille... Tu ne réponds pas ? Est-ce que tu...

Le profil de la jeune femme toujours muette commença à bouger. La tête se tourna vers Garbiers et elle le regarda droit dans les yeux.

Il eut un bref instant de sidération et demanda incrédule :

– Mais... qui vous a ?... Que faites-vous là ?

Une voix d'homme répondit à la question :

– Mlle Galtier vous attendait, monsieur Garbiers. En notre compagnie.

Une silhouette se détacha d'un coin d'ombre de la cave, suivie d'une seconde.

– Inspecteur Gilrof de la Sûreté. Voici mon collègue Guildous. Vous êtes en état d'arrestation.

L'instituteur recula d'un pas et se ressaisit :

– Vous êtes ici chez moi et... Comment êtes-vous entrés ? Mais ! Pour quel motif voulez-vous m'arr...

L'inspecteur lui coupa la parole :

– Pour enlèvement et séquestration d'une jeune fille mineure. Et ce n'est sans doute qu'un début.

L'instituteur se tourna vers Cécile.

– Mais vous, mademoiselle Galtier, en qui j'avais toute confiance, vous vous êtes prêtée à ce piège ignoble... Peut-être même n'êtes-vous venue chez moi que pour m'y précipiter. Qui êtes-vous, Clémence Galtier ?

L'inspecteur Gilrof s'en mêla :

– Que vous importe ?

Garbiers se mit à crier.

– Où est-elle ? Où est Gilda ? Je veux la voir !

D'un geste sec Gilrof lui passa les menottes.

– Calmez-vous ! Elle est en sûreté, soyez sans crainte. Et sûrement mieux qu'ici. Nous nous en occupons. En attendant qu'on la place dans un foyer pour jeunes filles en danger moral.

Garbiers s'agita comme un possédé.

– Mais vous ne comprenez pas que sans moi elle est perdue ? Que les autres vont s'en emparer ? Avec moi elle était à l'abri ! Rien ne pouvait lui arriver !

L'inspecteur Guildous intervint :

– Écoutez, monsieur, gardez vos explications pour les interrogatoires à venir. Vous allez nous suivre. Voici le mandat d'amener signé par M. le Procureur de la République.

L'instituteur s'entêta :

– Ils vont venir la prendre ! Si je ne suis plus là, elle est perdue je vous dis ! Ils ont déjà essayé plusieurs fois. Ils recommenceront. Et je ne pourrai plus les empêcher de nuire ! Vous êtes des criminels !

– Et vous, vous êtes quoi, monsieur Garbiers ?

La voix qui venait de poser cette question, l'instituteur la connaissait bien. Il ne tourna pas la tête vers le nouvel arrivant. Ses yeux brillaient d'une étrange fièvre.

– Moi, Raoul Signoret, ce n'est pas la même chose. Moi, je suis un justicier. Quand la police se montre incapable de protéger les enfants en danger, il faut bien que des gens comme moi interviennent. Si on m'avait laissé faire, je...

Raoul poussa un cri sitôt qu'il vit la lame briller dans les mains entravées de l'instituteur. Sous sa cape, que les inspecteurs n'avaient pas encore eu le temps de fouiller, il gardait dans une large poche son fameux couteau qu'il venait de saisir.

– Cécile ! Attention à toi !

Le journaliste s'élança, mais un pan de sa veste s'accrocha à un fer dépassant du mur, qu'il n'avait pas vu, et il ne put placer sa savate comme il l'espérait. Le coup manqua sa cible et Raoul, entraîné par l'élan, perdit l'équilibre, chutant au sol entre Garbiers et les deux policiers qu'il gêna dans leur intervention.

Cécile s'était dressée au cri d'alerte de Raoul, mais, coincée comme elle l'était contre le mur, elle ne pouvait rien tenter pour s'esquiver. Déjà, le journaliste avait saisi les jambes du maître d'école dans l'étau de ses bras et il poussait de tout le poids de son buste pour déséquilibrer le forcené. Déjà, il voyait l'arme tenue à deux mains s'élever au-dessus de lui, quand il réussit au terme d'une poussée désespérée à faire basculer en arrière le corps de l'instituteur qui s'abattit comme un arbre. Ce n'est qu'à l'instant où il put contempler le corps de Félix Garbiers allongé au sol sur le dos que le journaliste réalisa ce qui venait de se passer. Ce n'est ni Cécile ni lui-même que visait le geste désespéré du maître d'école. Il se l'était réservé, comme le prouvaient ses deux mains crispées sur le manche de palissandre. Elles avaient enfoncé dans sa poitrine la redoutable lame sur les deux tiers de sa longueur.

Raoul se releva, jeta un coup d'œil à Cécile, plus morte que vive, qui tremblait de la tête aux pieds. Il la prit dans ses bras. Les deux policiers, totalement surpris par ce coup inattendu, n'avaient pas réagi. Ils se ressaisissaient seulement, penchés sur le corps à terre.

– Il n'est pas mort, dit l'inspecteur Guildous. Il respire encore. Je vais chercher du secours.

Il partit aussitôt en courant.

Cécile se pencha à son tour. Elle écouta le cœur et demanda à Raoul de l'aider à retirer la lame.

– Je vais essayer de contenir l'hémorragie. Peut-être n'a-t-il pas touché un organe vital.

La jeune femme déboutonna la chemise de l'instituteur et en déchira les pans afin de confectionner une charpie qu'elle appliqua sur la blessure, la compressant de ses deux mains. Le linge s'empourpra aussitôt.

– Je ne sais pas s'il va tenir longtemps, dit Cécile avec une grimace.

Garbiers gémissait doucement.

L'inspecteur Gilrof se sentait inutile.

– Si on le mettait sur le lit, suggéra le journaliste. On ne va pas le laisser là comme un chien.

Le policier avisa une large planche posée sur deux tréteaux. Il s'en saisit pour constituer un brancard improvisé sur lequel, avec précaution, les deux hommes placèrent le corps de l'instituteur en le bougeant le moins possible. Grâce à quoi, ils purent le transférer sur le lit. Cécile maintenait la compression de la plaie, Raoul plaça une couverture sur les jambes et le ventre de Garbiers pour lui épargner un trop rapide refroidissement. Il questionna l'inspecteur :

– Savez-vous où est mon oncle ?

– Il ne va pas tarder. Il est en compagnie du serrurier qui nous a permis d'entrer ici. Son fiacre stationne traverse Séry, c'est juste derrière le lycée. Guildous l'aura prévenu en allant chercher un médecin.

Comme pour illustrer les paroles de son subordonné, la grosse voix d'Eugène Baruteau se fit entendre.

Le divisionnaire entra accompagné de deux autres inspecteurs munis de lanternes. Il jeta un coup d'œil sur le quatuor.

– Ça va vous deux ?

Cécile et Raoul firent signe que oui.

Le policier eut un coup d'œil ironique sur le costume de son neveu, poussiéreux et déchiré, une nouvelle fois transformé en guenille.

– Si vous n'avez rien, c'est pour moi le principal.

Il désigna Garbiers :

– Lui...

Une grimace illustra son impression.

– À ton avis Raoul, il s'est *planté* parce qu'il t'a raté, ou c'était bien lui qu'il visait ?

Raoul secoua la tête négativement :

– Placé comme j'étais, tombé à ses pieds, il n'aurait eu qu'à se baisser pour m'embrocher. Il a voulu se tuer, ça ne fait aucun doute.

– Il y est parvenu ?

– Pas tout à fait. Il respire encore.

En se tournant vers le maître d'école qui haletait faiblement, le journaliste croisa son regard. Il lui sembla que Garbiers voulait lui dire quelque chose.

Il s'agenouilla et plaça son visage au plus près de celui de l'instituteur. Il vit les lèvres bouger en gros plan :

– Pardon...

Ce fut dit à la limite de l'audible. Raoul prit la main inerte et froide qui reposait sur le lit et la serra sans plus la lâcher.

Ce qu'il demanda, seule Cécile l'entendit, car elle était pratiquement contre lui, toujours penchée sur la blessure.

– D'Estournel, c'est vous ?

Raoul mit le tranchant de sa main sur sa gorge.

– Non, fit la tête.

Raoul sut que c'était la vérité, à l'heure où biaiser ne servait plus de rien.

– Alors... Pourquoi ?

Garbiers fit un effort pathétique :

– La protéger... Ne le reconnaisse pas...

Le journaliste avait compris.

– Ne dites plus rien. Gardez vos forces. Faites-moi signe avec les yeux si vous pouvez. Vous ne vouliez pas que Gilda reconnaisse le corps de son amant ?

Les paupières battirent une fois.

– Ils l'avaient apporté là, devant la manufacture, pour lui donner un avertissement ? Pour la terroriser ?

– Oui, répondirent les paupières.

– Qui ? Ceux de *L'As de Trèfle* ?

Les paupières se fermèrent. Raoul Signoret pensa que c'était la fin. À sa surprise elles se rouvrirent et la pupille fixa de nouveau le journaliste.

Raoul fit le geste d'une main se servant d'un couteau :

– Les deux autres ? C'est vous ?

Le visage de Garbiers se tordit de douleur. Ses yeux répondirent pour lui. Oui.

Raoul se redressa et échangea un coup d'œil entendu avec son oncle. Il signifiait : « Je vous dirai tout. »

À cet instant un homme dans la tenue et l'humeur d'un qu'on a tiré de son lit sans lui demander son avis arriva en compagnie de l'inspecteur Guildous et du concierge du Petit-Lycée, enfin réveillé par les allées et venues.

– Si vous m'avez dérangé pour rien, vous allez m'entendre.

C'était le docteur Bremond, homme irascible, médecin de quartier dont le domicile était à deux pas, boulevard Ricard. Il était d'humeur massacrante, ce qui eut pour effet d'exaspérer le chef de la Sûreté. Il se pencha sur le blessé :

– Nom de Dieu, mais c'est Garbiers ! Qu'est-ce qui lui arrive ?

Baruteau répondit :

– Il a voulu éplucher des pommes de terre.

L'autre le prit de travers :

– Mais qui est-ce qui vous permet de me parler sur...

– Commissaire divisionnaire Baruteau, chef de la Sûreté. Tout ce qu'on vous demande, ce n'est pas de nous faire profiter de votre humeur de chien, c'est de nous dire si cet homme est transportable ou non. Après quoi vous pourrez aller vous recoucher.

Le docteur se rebiffa :

– Mais c'est qu'il faut voir comment vos hommes se comportent avec les gens. Les voyous n'en font pas plus. Personne ne m'oblige à vous...

– Si ! tonna Baruteau. Votre devoir de médecin d'abord, la loi ensuite. Si vous ne vous occupez pas illico de ce malheureux, je vous coffre pour non-assistance. Non mais !

Le docteur Bremond battit en retraite et se mit en devoir d'examiner le blessé.

Il se releva avec une grimace significative.

– J'ai bien peur qu'il n'aille pas loin. De toute façon, on ne peut pas attendre là sans rien tenter.

Il s'adressa au concierge :

– Vous avez le téléphone ? Je vais appeler l'hôtel-Dieu, qu'ils nous envoient une ambulance.

Il désigna le corps du moribond :

– Je ne suis pas certain qu'il ait la patience d'attendre.

Il s'apprêtait à prendre congé. Baruteau fut sans pitié :

– Vous, vous allez avoir celle d'attendre l'ambulance, ce qui me paraît être la moindre des choses.

Le divisionnaire s'adressa à un de ses hommes :

– Sicard, allez téléphoner, le concierge va vous accompagner.

L'ambulance de l'Assistance publique arriva une heure plus tard.

Félix Garbiers était décédé depuis vingt minutes d'une hémorragie interne.

25

Où, pour mieux dévoiler les mystères qui entourent encore l'affaire, Eugène Baruteau invente la conférence de presse

Raoul Signoret ne se faisait guère d'illusions sur la confraternité, cette haine vigilante qui régit les relations entre journalistes. Pourtant, lorsqu'il pénétra dans le bureau du chef de la Sûreté, certains regards lancés sur lui comme jets de venin par de « chers confrères » lui firent froid dans le dos. Les médiocres, éternels jaloux du talent des autres, ne lui pardonnaient pas de s'être une nouvelle fois distingué dans l'affaire dite de « l'homme sans tête de la rue Bleue » qui avait durant près de quatre mois tenu l'opinion marseillaise en haleine.

À peine la nouvelle de la mort de Félix Garbiers, soupçonné d'être un dépeceur et un double assassin, s'était-elle répandue dans les rédactions qu'une avalanche de coups de téléphone avait submergé le bureau d'Eugène Baruteau. Les directeurs des journaux marseillais faisaient clairement allusion au « traitement de faveur » dont aurait bénéficié le journaliste du *Petit Provençal* en raison de ses liens de parenté avec le policier. La concurrence ne pardonnait pas à Raoul Signoret d'avoir été une fois encore « le premier sur le coup » en publiant l'information avec vingt-quatre heures d'avance sur les concurrents.

Comme la mauvaise foi et la jalousie rendent sourd, le divisionnaire avait renoncé à toute tentative d'explication. S'il avait dit la vérité, c'est-à-dire que, loin d'être favorisé, son neveu avait pris tous les risques pour faire surgir la lumière dans une affaire où tous tâtonnaient dans le noir, il ne les aurait pas convaincus mais il aurait conforté dans leur conviction ceux qui lui reprochaient son népotisme.

– Laissons-les baver, avait-il dit à Raoul. Pour leur clouer le bec, je vais les inviter tous ensemble dans mon bureau et leur dire de l'affaire ce que, toi, tu connais déjà.

Eugène Baruteau ne le savait pas, mais il venait d'inventer la conférence de presse.

– Ainsi, chacun aura les mêmes informations que toi. Tu es d'accord ? En attendant, tu ne publies plus rien sur l'affaire tant qu'ils ne l'ont pas sortie.

Le reporter acquiesça. La gloriole puérile d'être le premier et le seul informé n'était pas son genre. Le commissaire le prit affectueusement par l'épaule. Il n'avait jamais douté de la loyauté de son neveu.

– On verra bien qui tire le meilleur de ce que je leur dirai. Je ne suis pas inquiet, ce sera un journaliste du *Petit Provençal* que j'ai repéré. Un jeune qui monte et fait de l'ombre à ceux qui enquêtent le ventre appuyé au comptoir de leur bistrot favori en attendant qu'on leur apporte le résultat des courses. Tu as dû le remarquer : ceux qui ne font rien ne pardonnent pas à ceux qui agissent.

– Je sais, avait confirmé Raoul. Au lieu de montrer qu'ils sont les meilleurs, ils préfèrent débiner le travail des confrères. C'est moins risqué.

Eugène Baruteau fit une entrée solennelle dans son bureau où s'entassait le gratin de la chronique judiciaire marseillaise. Il les avait laissés « mariner » un bon moment. Il faut savoir se faire désirer. La tabagie était à couper au couteau. Avant de saluer l'assistance, le chef de la Sûreté ouvrit en grand les fenêtres.

– Pardonnez-moi, messieurs, si le brouillard sied aux affaires mystérieuses, il est néfaste à mes bronches fragiles. Vous êtes priés d'éteindre pipes et cigarettes.

Raoul Signoret jubila intérieurement en songeant aux nombreuses années où la bouffarde de l'oncle Eugène avait eu sa part dans l'augmentation du taux d'oxyde de carbone de l'air marseillais.

Les confrères, surpris comme des potaches en train de partager leur première *roulée* [1] dans les cabinets de la cour de récréation, cherchèrent des yeux des cendriers introuvables. Ils cachèrent leurs pipes incandescentes dans leurs serviettes ou se résignèrent à jeter leurs mégots dans le cache-pot en cuivre qu'un ins-

1. Cigarette que l'on confectionne soi-même.

pecteur leur tendait, passant dans leurs rangs comme le bedeau à la quête.

Le geste de Baruteau n'était pas innocent. Il voulait prendre l'assistance « en main » et y réussit. La classe écouta les explications du maître dans un silence d'ordre cloîtré. Le divisionnaire demeura debout derrière son bureau sur lequel il appuyait ses énormes mains pour se trouver en position dominante par rapport à l'assistance installée sur des chaises en demi-cercle.

Le policier attaqua sans préambule :

– En dépit du décès prématuré du principal suspect, nous avons pu, grâce à divers témoignages, établir la réalité des faits dans ce que vous avez vous-mêmes appelé l'affaire de « l'homme sans tête de la rue Bleue » ou du « dépeceur de La Belle de Mai » selon le goût du sensationnel qui caractérise votre profession.

Baruteau jeta un coup d'œil circulaire : tous baissaient la tête, occupés à écrire.

– Il est à présent établi que l'ex-lieutenant Alfred d'Estournel, militaire dévoyé – à l'occasion l'armée s'en est débarrassée comme on se refile le mistigri –, a été assassiné par les voyous qu'il fréquentait de trop près.

Une main se leva, celle de Paul Clodineau, du *Radical*.

Baruteau la fit rentrer dans le rang.

– Après, les questions, si vous le voulez bien. Sinon, on ne s'en sort plus. L'affaire est suffisamment embrouillée pour que vous n'en rajoutiez pas.

Clodineau maugréa un commentaire fielleux. Un de

ses voisins crut entendre « qu'on n'aurait droit qu'à un résumé, les détails étant réservés à qui l'on sait ».

Baruteau feignit de n'avoir pas entendu et poursuivit :

– Vous savez qu'un début d'épidémie a éclairci les rangs de la bande de *L'As de Trèfle.*

Les plus courtisans s'esclaffèrent.

– Malgré cela, il restait suffisamment de représentants en état de répondre à nos questions pour que nous ayons pu établir la réalité des faits. D'Estournel, non seulement était un officier incapable, mais sa moralité était déplorable et il ne dédaignait pas, pour arrondir une solde insuffisante à assurer un train de vie de joueur et de débauché, à recourir à des méthodes qui sont, d'habitude, celles des proxénètes. Il avait déjà vécu ces années passées des gains rapportés par l'une ou l'autre de ses maîtresses, plus ou moins contraintes à se prostituer pour lui. Ça ne lui avait pas trop mal réussi. Jusqu'à ce qu'il se trouve en concurrence avec un autre membre de la bande, à propos d'une jeune fille, dont je tairai le nom puisqu'elle est mineure. Au passage, je vous rappelle – au cas où vous l'identifieriez – que publier ce nom vous ferait tomber sous le coup de la loi. Compris ?

Personne ne pipa mot. Le divisionnaire avait sa troupe bien en main. Il put relâcher la pression en la flattant un brin.

– Ce n'est pas aux spécialistes que vous êtes que j'apprendrai qu'une loi non écrite du Mitan interdit, sous peine de mort, que l'on fauche la *gagneuse* d'un autre. Des affrontements meurtriers, que vous avez tous en mémoire, l'ont récemment rappelé. D'Estournel ne s'est pas soucié des règles en vigueur et a voulu faire le malin. D'autant que la demoiselle en question en pinçait pour ce coq de régiment et lui aurait volontiers donné la préférence.

Baruteau fit une brève pause pour contempler le ballet des stylographes sur les carnets de notes. Satisfait de l'examen, il continua :

– La sentence ne s'est pas fait attendre. Grâce aux « confidences » faites par un des participants, nous avons appris que les amis de l'ex-militaire, après l'avoir attiré chez l'un d'eux, boulevard Bonnes-Grâces – il s'agit de François Ferracci, alias *Le Beau Frisé* –, se mirent à plusieurs pour lui infliger une correction dont nous avons retrouvé sur lui les traces éloquentes. Cela pour lui faire comprendre, avant sa condamnation à mort, qu'il n'avait plus affaire ici à des bidasses soumis ou à des maris complaisants, mais à « Messieurs les hommes » qui, pour être dépourvus de toute morale, ont un code d'honneur bien à eux qu'on ne transgresse pas. Après l'avoir bien tabassé, ils l'achevèrent, signant l'exécution par un coup de couteau appliqué dans leurs règles, de bas en haut, sous les côtes, pour frapper au cœur sans avoir à y revenir.

Baruteau jeta un nouveau coup d'œil à l'assistance toujours attentive.

– Mais pourquoi donc les assassins de d'Estournel ont-ils pris la peine de transporter le corps jusque devant la manufacture des tabacs ? Je m'interroge à haute voix pour éviter à M. Bistagne, du *Sémaphore,* de me poser la question qui lui brûle les lèvres.

Bistagne, qui rêvassait à son habitude, fut le premier surpris de ses qualités d'interviewer. Baruteau répondit à sa propre demande :

– Il s'agissait dans l'esprit des voyous de lancer un avertissement solennel à la fameuse demoiselle, pour avoir eu l'outrecuidance de préférer l'uniforme au costume rayé du barbeau. Une façon brutale de lui dire : tu as fait le mauvais choix, regarde ce qu'il en reste. Et prends garde à toi, si tu ne files pas doux. Le même sort t'attend.

Le commissaire s'adressa directement à la salle :

– Jusque-là, ça va ? C'est clair ?

Un murmure approbatif monta des rangs des chroniqueurs.

– C'est justement à partir d'ici que ça se complique, lorsque l'instituteur Félix Garbiers entre en scène. Pour des raisons sur lesquelles il n'a pas eu le temps de s'expliquer, il s'est lui-même très attaché au sort de la jeune fille. C'est une enfant qu'il connaît depuis sa naissance, au sujet de qui il est très inquiet, car il la voit sur une mauvaise pente. Il constate qu'elle fréquente des gens très dangereux, qui ont pour elle des projets ignobles. Alors, le pédagogue qu'il est se transforme en mentor. Il veut la tirer des griffes des voyous qui vont faire de cette jeune ouvrière – dont il déplore la propension à écouter les beaux parleurs, à se laisser hypnotiser par le miroir aux alouettes – une esclave à leur profit. Déjà, il est intervenu pour la mettre en garde à propos de sa liaison avec le lieutenant d'Estournel. Mais elle l'a envoyé sur les roses. Félix Garbiers voit d'autres requins encore plus dangereux tourner autour du couple. Il devine ce qui attend l'imprudente. Il la surveille, la morigène, tente de la raisonner : peine perdue. Elle n'écoute ni les conseils ni les mises en garde.

À cet instant, on aurait entendu les mouches voler. Baruteau, pas mécontent de lui, enchaîna à la manière d'un avocat plaidant :

– Mettez-vous un instant à la place de cet homme jusque-là intègre, instituteur apprécié de générations d'élèves, pédagogue hors pair, qui voit cette enfant inaccessible à la raison, à la morale. Il est de plus en plus anxieux, torturé. Il sent arriver la catastrophe. Imaginez ce qui a pu se passer dans sa tête, lorsque cet honnête homme, au cours d'une déambulation nocturne – dont des témoins nous ont dit qu'il était coutumier –, découvre par hasard le cadavre d'un homme assassiné. Il le reconnaît, cet homme. Il l'a vu en compagnie de celle qu'il parraine malgré elle. Il comprend tout. Il sait qui a fait le coup et *mis en scène* ce cadavre pour terroriser celle qui sera leur prochaine proie. Il voudrait soustraire à la vue de sa protégée cette vision d'horreur. Mais comment faire ? D'Estournel est un colosse. Comment cet homme frêle pourrait-il déplacer sans aide un quintal de chair inerte ? Alors, il s'affole. Il perd au sens propre *la raison*. Il a sur lui un couteau qui ne le quitte pas. Les nuits sont dangereuses à La Belle de Mai. Il ne sort jamais sans cette arme qui le rassure. C'est elle qui fait germer dans la tête troublée de l'instituteur modèle cette idée démente : il va rendre toute identification impossible. Surmontant sa répugnance, il se transforme en dépeceur. Il tranche, découpe, taille, débite, sectionne. Un témoin l'a vu à l'œuvre.

Un murmure monta des rangs des journalistes comme dans une salle d'audience au moment du défilé des témoins.

– Voilà messieurs l'explication que vous attendiez. Elle est terrifiante, mais elle a sa logique. Un homme remarquable, un exemple de morale laïque, s'est conduit comme un de ces monstres, gibiers de cours d'assises, dont vous êtes familiers. Tout ça pour sauver un être en perdition. C'est en quelque sorte l'histoire du pavé de l'ours qui recommence. Des questions ? Des précisions ?

Quatre mains se levèrent en même temps. Baruteau en désigna une :

– Fabregas, du *Journal de Marseille*. D'après nos informations il semblerait que Garbiers soit aussi impliqué dans deux autres assassinats, ainsi que dans une affaire de séquestration en la personne d'une jeune fille mineure.

Baruteau regarda le reporter avec ironie :

– *Vos* informations sont exactes, monsieur Fabregas. D'autant plus exactes que c'est *moi* qui les ai transmises à vos patrons pour qu'ils vous en informent.

Des ricanements se firent entendre et le chroniqueur du *Journal de Marseille,* vexé, se replongea dans ses notes.

– J'allais venir à la suite de l'affaire, reprit Baruteau. Elle s'inscrit dans la même logique folle. Un homme qui ne supporte pas l'idée de voir un être qu'il aime, une enfant qui pourrait être la sienne, se noyer sous ses yeux, se mue en justicier. Il sait que rien n'arrêtera ceux qui ont décidé la perte de celle qu'il protège. Que la seule solution qui s'ouvre à lui est de les éliminer comme des nuisibles. La force qui l'anime alors dépasse sa propre volonté, renverse les principes moraux auxquels il est le plus attaché par nature et par vocation. Il est désormais « une force qui va » comme aurait dit le père Hugo, déterminé à éradiquer le danger qui rôde par tous les moyens, même par ceux auxquels il répugne le plus : la mort du prochain. Par deux fois le couteau interrompra le cauchemar éveillé qui hante le maître d'école. Pour brouiller les pistes, il reproduit d'abord la mise en scène macabre qui a servi pour l'ex-lieutenant. Ainsi, pense-t-il, tout le monde croira que ce sont les mêmes assassins qui ont frappé. Il pare au plus pressé lors d'un troisième assassinat quasi improvisé, au cours duquel il se blesse lui-même. Mais bientôt, il va comprendre que cela n'aura jamais de fin. Que ses forces sont insuffisantes pour mener à son terme une telle mission. Que, comme chez l'Hydre de Lerne, une tête coupée, une autre va repousser. Alors, de deux folies, il choisit la moindre. Il soustrait du monde celle qu'il veut sauver malgré elle et la met à l'abri du danger en la séquestrant. Il espère encore parvenir à lui faire entendre raison. Bien sûr, la situation ne pouvait s'éterniser. Notre intervention lui aura sans doute donné une fin dramatique que nous ne souhaitions pas et que je regrette. Mais, au fond de moi, je suis persuadé que Félix Garbiers s'est fait justice, non pour échapper au châtiment, mais parce qu'il savait désormais que sa protégée ne risquait plus rien et, son devoir accompli, il pouvait partir sans regrets.

Un silence éloquent accueillit cette péroraison.

Raoul Signoret était ému comme jamais. Il savait la vraie nature de son oncle, dont la rude apparence cachait un grand cœur trop souvent contraint par un métier où la compassion n'a pas sa place. Mais là, il venait de le voir réhabiliter spontanément la mémoire d'un homme. Baruteau avait tout compris des motivations profondes de Félix Garbiers. Au lieu de le condamner, il le plaignait. Il avait partagé son calvaire. Sous prétexte d'information, il venait de donner une leçon de tolérance et d'humanité aux représentants d'une profession où – sous couvert de morale – on se complaît trop souvent dans la démagogie en flattant le lecteur dans ses instincts les plus bas.

Le reporter du *Petit Provençal* lisait sur le visage de certains de ses confrères leur déconvenue. Le chef de la Sûreté venait de leur interdire implicitement de se muer demain, dans les colonnes de leurs journaux respectifs, en jurés d'assises – leur occupation favorite – et de hurler avec les loups.

26

Où au cours d'une « leçon particulière », le chef de la Sûreté marseillaise réserve quelques surprises de taille à son neveu préféré

Raoul Signoret n'en revenait pas. L'engin avançait vers lui, venant de la rue Caisserie vers la place de Lenche, dans un bruit de teuf-teuf assourdissant, laissant en sillage une fumée bleue chargée de senteurs de ricin, et il lui semblait bien reconnaître, cramponnée au volant, une silhouette familière. Pardi : c'était celle de son oncle qui lui faisait de grands signes de la main !

Eugène Baruteau avait dit à son neveu :

– Attends-moi au bas de ton immeuble, j'arrive, je vais te faire une surprise.

Pour une surprise, c'en était une, mais pas du genre à laquelle le journaliste s'attendait. Tous les passants se retournaient vers le monstre pétaradant. Certains même s'approchaient pour venir le voir de plus près avec sur le visage les stigmates d'une vague inquiétude face à l'inconnu.

C'était dans son allure générale une voiture à cheval, avec ses quatre roues aux rayons de bois. Celles de devant étaient munies de pneumatiques, celles de derrière étaient cerclées d'un bandage plein caoutchouté. Sa capote était la copie conforme d'une capote de calèche, les sièges de velours rouge attestaient que c'en était une, mais on ne voyait trace ni des brancards ni du cheval qui aurait dû leur être attelé.

L'étrange équipage fit halte au bord du trottoir, le conducteur tira énergiquement sur le frein à main qui cliqueta dans un bruit de crémaillère et coupa le moteur.

Raoul s'avança vers son oncle qui avait déjà la chaussure gauche sur le marchepied et souriait d'un air teinté de fierté :

– Qu'est-ce que c'est que ça ?

Baruteau s'étrangla :

– Une voiture automobile à pétrole, grand couillon ! Ça ne se voit pas ?

– Où avez-vous mis le cheval ?

– Sous le capot, crétin des Alpes ! Dans le moteur de marque *Aster*. J'en ai même trois, de chevaux. Mais ce sont des *horses power*. Trois un quart, pour être précis.

Raoul siffla, moqueur :

– J'aime bien le « un quart ». C'est quoi un quart de cheval ? Un poulain ?

Baruteau leva les yeux au ciel sans répondre.

– Elle est à vous ?

– Tu ne crois tout de même pas que je l'ai volée, non ?

– Je veux dire : vous avez dépensé des sous pour l'acheter ?

Baruteau, vexé, répliqua :

– Non, c'est Waldeck-Rousseau qui me l'a offerte. Il tenait à me récompenser pour avoir bouclé l'enquête sur le mort sans tête de la rue Bleue.

Le journaliste s'avança. Il grimpa sur le marchepied, détailla les deux sièges, le plancher plat, tâta la capote tendue destinée à protéger les passagers du soleil, redescendit, fit le tour de l'engin, examina les lanternes de cuivre, passa la main sur les montants de bois repeints de neuf en bleu canard et s'exclama :

– Mais je la connais ! Du moins j'en reconnais une partie. C'est la calèche que vous laissiez moisir dans l'écurie de la rue de Bruys, un peu plus haut que chez vous. Qu'avez-vous fait de *Pépète* ?

Le chef de la Sûreté marseillaise avait baptisé ainsi une vieille jument grise, jusqu'ici attelée à cette machine devenue mutante, croisement monstrueux, né de la marche triomphale du progrès, entre une voiture à cheval et une automobile. La pauvre bête avait été affublée de ce nom ridicule en raison de sa propension à rythmer son trot par des pétarades synchrones attestant d'une aérocolie chronique qui mettait à l'épreuve la délicatesse olfactive des dames de la famille.

– *Pépète ?* répondit le commissaire, je l'ai vendue à un paysan de Château-Gombert qui cherchait une bête tranquille pour livrer ses légumes au marché du Cours Julien.

– Chère vieille *Pépète,* elle va me manquer, dit Raoul qui se revoyait enfant, promené au trot rassurant de cette jument dont la croupe luisante se balançait sous ses yeux extasiés quand l'oncle Eugène décidait d'emmener toute la famille vers Gémenos ou Pichauris, passer une journée sous les pins, ou, mieux encore, aux beaux jours, vers le cabanon familial de la Madrague-de-Montredon.

Le journaliste feignit la colère :

– Vous n'avez pas honte, d'avoir sacrifié cette servante impeccable, cette fidèle compagne qui pas un seul jour ne vous fit défaut, aux méfaits du progrès ?

Baruteau ricana :

– Ça a une autre classe, tout de même ! Je ne roule plus en calèche tirée par une rosse, mais dans une *Latil* qui avance toute seule.

– *Latil ? Qu'es acò ?*

– C'est le nom du carrossier du boulevard Rabatau qui transforme les calèches en automobiles, grâce à une invention de son cru. Tu vois, il a suffi de quelques heures de main-d'œuvre pour amarrer cet avant-train tout équipé au châssis de ma calèche et me voilà propriétaire d'une automobile[1]. Il faut vivre avec son temps, mon petit vieux.

---

1. Charles Latil (1878-1961), ingénieur marseillais, avait mis au point un avant-train équipé d'un moteur placé transversalement au-dessus d'un essieu muni de roues directrices, d'un volant et des équipements de transmission (boîte de vitesses, embrayage, freins). Il transformait n'importe quelle voiture hippomobile en automobile, sans toucher au reste de l'équipement. Quarante ans avant Citroën, il fabriquait une traction avant.

Ce fut au tour de Raoul de chambrer son oncle :

– Parce que rouler dans cette machine d'un autre monde, vous appelez ça être de son temps ? Pourquoi ne pas avoir acheté une vraie automobile ? Je ne sais pas moi, une *Darracq,* une *Decauville,* une *Rocher-Schneider* ? Ou mieux encore, pour rester entre Marseillais : une *Turcat-Méry* ?

– O-ouh ! Comme tu y vas ! s'exclama le policier. Tu sais combien ça gagne, un divisionnaire ? Tu me prends pour Rodocanachi [1] ? Je m'en offrirai une quand je serai devenu ministre de l'Intérieur ! En attendant, je m'habitue progressivement. J'y vais par étapes. Je me familiarise. Tu vois, déjà je ne dis plus « hue ! », pour démarrer je tourne la manivelle.

Baruteau joignit le geste à la parole et, après avoir toussoté, le moteur se mit à ronronner sur ses trois temps.

– Elle est sur le côté la manivelle ? s'étonna Raoul.

– Bien sûr ! répliqua Baruteau, puisque le moteur est en travers.

Le journaliste n'en revenait pas :

– Ça n'est pas couillon. Ça tient un minimum de place. C'est donc pour ça que la manivelle n'est pas devant mais sur le côté.

– Et j'ai enlevé le fouet, tu as remarqué ? éternua le policier environné de fumée bleue.

Baruteau s'installa au volant, fier comme Artaban. Autour de l'engin, c'était à présent un véritable attroupement. Chacun voulait voir le *mostre* de près.

---

1. Famille de riches négociants marseillais du XIXe siècle. Équivalent local de « *tu me prends pour Rothschild ?* ».

– Ce n'est pas pour vous contrarier, dit Raoul qui se bouchait les narines, mais je préférais l'odeur du crottin.

Le commissaire héla son neveu par-dessus le vacarme :

– Je conclus de tes sarcasmes que tu ne désires pas faire un tour en ma compagnie ?

– J'en meurs d'envie, répondit le journaliste en sautant sur le siège. Allez, hue cocotte !

L'automobile démarra dans la rue Caisserie sous les vivats de la foule, comme au départ d'un grand prix.

Une main sur le volant, l'autre en porte-voix, Baruteau demanda :

– Que dirais-tu d'une petite virée vers l'Estaque ?

– Du bien ! Vous lui avez donné un nom ?

– À qui ?

– À cette drôle de machine. Pour remplacer *Pépète* je verrais carrément *Pétarade.*

Baruteau apprécia :

– Je l'adopte.

Il cria, comme s'il donnait un ordre à un cheval :

– *Pétarade,* à l'Estaque !

D'une main sûre, le commissaire engagea la machine sur les pavés du Quai du Port. Au niveau de l'hôtel de ville, une noce qui en sortait fit une ovation à l'étonnant équipage. Les cochers des fiacres stationnés devant la mairie pour embarquer les mariés et leurs invités s'y joignirent, si bien que les paisibles haridelles, qui pourtant en avaient vu d'autres, en furent toutes retournées. *Pétarade* et ses deux passagers faisaient dans Marseille une entrée remarquée. Baruteau se lança dans la courbe de Saint-Laurent à la vitesse affolante de 28 kilomètres-heure, l'aiguille du compteur en fit foi. La brève montée vers la cathédrale baissa considérablement sa moyenne, mais permit au patron de la Sûreté de faire un mémorable passage au ralenti devant le commissariat central, salué par les collègues qui en sortaient ou y entraient. Le planton, reconnaissant la silhouette d'un supérieur au volant de l'étrange engin, se mit à tout hasard au garde-à-vous.

Le port de l'Estaque, à neuf kilomètres cinq cents de La Joliette, fut atteint en un peu plus d'une demi-heure, compte tenu des ralentissements lors de la traversée des villages de Mourepiane, Mirabeau, Fontaine des Tuiles, et *Pétarade* se permit – à la grande fierté de son propriétaire – de rattraper et dépasser la motrice du tramway électrique tractant une remorque. Elles desservaient le village de pêcheurs sans dépasser les vingt kilomètres à l'heure, ce qui leur demandait quarante minutes pour accomplir le même trajet.

Baruteau, ivre de vitesse et de grand air, ne tarissait pas sur la performance de son automobile :

– Tu te rends compte ? Dans ma jeunesse, avec les omnibus à chevaux, on mettait une heure pour arriver au terminus ! Tè, ça se fête. Viens on va s'en jeter un chez *Bouffiers-Camors*.

Cet établissement, l'un des plus renommés de l'Estaque à cause de la qualité de sa bouillabaisse, dont la matière première sautait directement des barquettes amarrées le long du quai dans les marmites géantes du restaurant, l'était aussi par la légende locale qui voulait qu'Émile Zola, venu y rejoindre son ami Paul Cézanne, locataire d'un cabanon sur les hauteurs où il inventait la peinture moderne, ait écrit au premier étage de chez *Bouffiers-Camors* quelques pages de son roman *La Terre.*

Les deux hommes s'installèrent sur la terrasse au soleil de mai. Baruteau tira sa montre :

– Quinze heures. Un peu tard pour le digestif, un peu tôt pour l'apéritif du soir. Le café me donne des palpitations, que dirais-tu d'une petite bouteille de vin blanc de cassis bien frappée ?

– Je lui ferais volontiers deux doigts de cour, répondit Raoul.

En attendant le garçon, le commissaire contemplait son automobile avec un regard attendri.

– Tu as vu ça ? Ce confort ! Comme tout ce qui est mécanique est extérieur à la cabine de la calèche, on ne souffre pas des vibrations comme dans une auto. Pour montrer la qualité de sa camelote, Latil a fait un aller-retour Paris-Marseille dans sa berlinette sans le moindre pépin.

– Quand même, dit Raoul, vous êtes un beau cachottier. Vous auriez pu me le dire.

Baruteau ne répliqua pas mais regarda son neveu avec un air entendu.

– Tu as du culot de me dire ça... Tu ne m'en fais jamais, toi, des cachotteries ?

Derrière ces paroles anodines, Raoul ressentit une vague allusion.

– Pourquoi cette question ?

Le commissaire plissa les paupières en regardant son neveu dans les yeux.

– Parce qu'il y a des choses que tu ne me dis pas et qu'il faut que je trouve tout seul.

« Nous y voilà, songea le reporter. Qu'a-t-il découvert que j'aurais pu lui dissimuler ? Je suppose que cela a affaire avec la rue Bleue. »

Il se creusait la tête et Baruteau suivait d'un air sarcastique les efforts de son neveu pour préparer une défense contre une attaque imminente, sans avoir la moindre idée de la forme qu'elle prendrait, ni de la direction d'où elle viendrait.

Le garçon apporta la bouteille de cassis dans un seau en vermeil rempli de glace et deux verres à dégustation sur pied en forme de tulipe. Il fit admirer la robe topaze en dressant le flacon vers le soleil et remplit deux demi-verres, avant de remettre la bouteille au frais, avec une serviette blanche à cheval sur les bords du seau à glace, pour la protéger.

Les deux hommes humèrent le parfum floral du vin et dans un même geste en prirent une gorgée pour savourer son goût de pierre à fusil. Le coup d'œil qu'ils échangèrent valut tous les commentaires.

Le commissaire fit claquer sa langue et demanda, l'air faussement indifférent :

– Dis-moi, Raoul, le nom de Jean-Baptiste Mouren, ça te dit quelque chose ?

Le journaliste eut une montée d'adrénaline. Il sentit ses joues s'empourprer sans pouvoir rien y faire.

– Si c'est celui du boulanger de la rue Bleue, oui, ça me dit d'autant plus que c'est le père de la petite fille à qui j'ai évité d'être...

Baruteau lui coupa la parole.

– C’est bien de celui-là qu’il s’agit. Tu le connais bien ?

– Oui, pourquoi ?

– Tu le connais suffisamment pour qu’il vienne te confier des choses qu’il n’a pas voulu dire à la police ?

Raoul capitula sans combattre :

– Comment l’avez-vous identifié ?

Pour toute réponse le commissaire mit sa main à la poche droite de son veston et en sortit quelque chose qu’il posa sur la table. C’était un petit couteau à lame très courte.

Le journaliste tenta une diversion :

– Vous allez commander une douzaine de *bouzigues*[1] – à l’écailler ?

Baruteau, l’air narquois, regarda son neveu patauger :

– Raoul, ne te fais pas plus bête que tu n’es. Tu sais très bien que ce n’est pas un couteau à huîtres.

– C’est quoi alors ?

– C’est un petit couteau dont se servent les boulangers pour pratiquer des entailles sur les flûtes de pain avant cuisson. Ça permet à la pâte de lever plus facilement, sans se déformer.

– Merci pour la leçon de choses.

– Tu sais où on l’a retrouvé, ce couteau ?

– Pas la moindre idée.

– Près du corps décapité de d’Estournel.

Cette nouvelle troubla si fort Raoul Signoret que

1. Huîtres de la région de Sète.

tout se mélangea dans sa tête. Il ne savait plus où il en était. Il prit le bras de son oncle et bégaya :

– Vous voulez dire que Mouren est mêlé à l'assassinat de...

Devant l'air affolé de son neveu, Baruteau éclata de rire :

– Aaaaah ! Je la tiens ma petite vengeance ! À cachottier, cachottier et demi. Tiens, je suis ravi !

Il frappa sur l'épaule de Raoul.

– Rassure-toi, *grand bédigas.* Ton ami Mouren n'est ni de près ni de loin mêlé à l'affaire. Sauf qu'il n'a pas dénoncé un crime et que ça aurait pu lui valoir des ennuis s'il ne s'était pas fait pardonner d'avance en venant te lâcher le morceau à propos du « fantôme noir ». Ce couteau, il l'a perdu quand il est venu voir le corps de d'Estournel après le départ dudit fantôme.

Le journaliste s'inquiéta.

– Vous n'êtes pas allé lui faire des ennuis, quand même ?

– À peine, répondit Baruteau. Juste pour marquer le coup. On est allés un peu le titiller, comme je fais avec toi, histoire de lui rappeler la loi.

– Ouf !

Le commissaire avait encore une révélation à faire :

– Tu sais tout de même que c'est toi qui as balancé ton indic et m'a mis la puce à l'oreille ?

– Moi ! ?

– Oui, toi, Signoret Raoul chroniqueur judiciaire au *Petit Provençal.* Tu vois, les avocats ont raison de conseiller à leurs clients de ne rien dire et de les laisser parler à leur place. C'est un petit mot anodin que tu as lâché devant moi et qui t'a trahi.

Raoul, inquiet, écoutait sans rien dire. Baruteau expliqua :

– Au moment où je te cuisinais pour connaître le nom de ce mystérieux témoin qui avait vu un « fantôme noir » venir trancher la tête à d'Estournel et que tu me jurais que c'était un brave type à qui tu ne voulais pas qu'on cherche des poux dans la tête, tu as laissé échapper sans t'en rendre compte un renseignement précieux. Tu m'as dit, ce sont tes propres mots : « *Je ne veux pas le mettre dans le pétrin.* » Je ne sais pas pourquoi, ce mot de *pétrin* m'a fait penser à boulanger et, par association d'idées, à ce petit couteau que nous avions retrouvé auprès du cadavre sur le trottoir de la rue Bleue.

– Vous saviez bien que ça ne pouvait pas être ce couteau-là qui avait servi à découper d'Estournel.

– Bien sûr ! Du coup, nous ne lui avions pas prêté attention et n'avions pas su lui attribuer une fonction. Il était toujours dans les pièces à conviction ramassées sur le trottoir, ce matin-là. Je suis allé le chercher, j'ai vu son manche recouvert d'une fine poussière blanche, je l'ai fait analyser et on m'a dit « c'est de la farine ». Il n'y a qu'un boulanger dans la rue Bleue, ça n'était pas sorcier d'aller lui faire une petite visite... Entre parenthèses, ses croissants sont fameux.

Malgré sa gêne, le journaliste ne pouvait s'empêcher d'admirer l'esprit de déduction du policier. Ah ! Il en avait encore à apprendre de l'oncle Eugène !

– Et vous avez pu penser un moment que Mouren avait participé au charcutage de d'Estournel ?

– Pas le moins du monde. Mais j'ai exigé – en échange de ma mansuétude – qu'il nous raconte dans le détail tout ce qu'il t'avait confié sous le sceau du secret. À cet instant, j'en savais autant que toi. Sauf que c'est à toi – je le reconnais – que revient le mérite d'avoir fait le rapprochement entre le fantôme noir et l'insoupçonnable Félix Garbiers.

À l'énoncé de ce nom, un voile de tristesse apparut sur le visage de Raoul Signoret. Il soupira presque malgré lui :

– Quand j'y repense, je n'arrive pas à y croire. Et dire que c'est moi qui l'ai poussé à la dernière extrémité...

Baruteau, qui en avait vu d'autres, consola son neveu :

– Oh, toi ou un autre... Ça ne pouvait pas finir autrement. Garbiers s'était engagé tout seul dans une voie sans issue. Tu n'as fait que précipiter les choses, mais comment voulais-tu qu'il se sorte seul de ce merdier ? Deux fois assassin, kidnappeur d'une fille mineure... Ça fait lourd dans un dossier de maître d'école modèle.

Raoul, qui défendait malgré lui la mémoire de son instituteur, pensa tout haut :

– Fallait-il qu'il ait des raisons irrésistibles pour faire ce qu'il a fait ! Des raisons que nous ne connaîtrons jamais.

Baruteau eut un sourire sarcastique.

– Parle pour toi, mon neveu. Moi, j'en connais quelques-unes.

Il se tut et son regard se perdit dans la contemplation des barques de pêcheurs qui se balançaient mollement sur les eaux calmes du petit port de l'Estaque.

Après avoir lâché cette demi-confidence, le commissaire jouait l'indifférent. Le journaliste connaissant son oncle par cœur savait ce qu'il fallait faire : se taire. Surtout ne pas se précipiter pour s'exclamer « Ah, bon ? qu'est-ce que vous savez que je ne sais pas ? ». L'autre l'aurait laissé longuement mijoter. Il fallait attendre que Baruteau fasse le premier pas et dise : « Alors ? Tu ne me demandes pas ce que je connais de la vie de Garbiers que tu ignores encore ? » Car il était évident qu'il mourait d'envie de tout révéler à son neveu. La balade en automobile n'avait pas eu d'autre prétexte.

« Banco ! » se dit Raoul, quand il vit au bout d'un moment son oncle commencer à s'agiter sur son fauteuil d'osier. Le commissaire répartit dans les verres le reliquat de vin blanc et grommela :

– Tu n'as vraiment rien à me demander ?

Ce fut au tour du journaliste de sourire « avec un air de deux airs ».

– Si, bien sûr ! J'ai tout à apprendre de vous. Allez-y. Et je réponds d'avance à ce que vous allez me demander : oui, je suis bien assis. Car je devine à votre mine réjouie que vous me réservez encore quelques surprises qui pourraient me faire tomber à la renverse, si je ne me cramponnais pas aux bras de ce fauteuil.

Baruteau buvait d'avance du petit-lait :

– Je ne te le fais pas dire. Tu vois Raoul, nous

autres, de la police, nous ne sommes pas plus malins que la moyenne des hommes. Mais nous sommes têtus et patients. En outre, nous n'hésitons pas à aller au charbon. Des milliers de petits boulets rassemblés, ça finit par faire un gros tas.

« On donne dans la métaphore, à présent », songea Raoul, qui savait devoir passer par les manières d'histrion d'Eugène Baruteau. Le policier adorait s'entendre parler, surtout quand on l'écoutait.

– Alors *puisque tu me le demandes*, je vais tout te dire. Tu t'interrogeais à l'instant à propos des « raisons irrésistibles » qui avaient poussé ton ancien instituteur à jouer les justiciers. Je suppose que tu faisais indirectement allusion à ce souci qu'il avait de voir la petite, là, comment tu l'appelles ?...

– Gilda Del Vesco.

– C'est ça, Del Vesco. La « *Carmen de La Belle de Mai* » comme la surnomme un de tes couillons de confrères.

Raoul rappela :

– Garbiers était épouvanté à l'idée de voir cette petite finir au ruisseau.

– Il y avait de quoi. Mais notre maître d'école avait des raisons supplémentaires de se faire de la bile pour cette gamine.

– Bien sûr ! admit le journaliste, elle avait de mauvaises fréquentations.

– Bien que ça ait son importance, répliqua le commissaire, ce n'est pas à ça que je faisais allusion, mais aux raisons propres à Garbiers de se faire un sang d'encre.

Baruteau prit un air faussement indifférent pour ajouter, perfide :

– Tu comprends, quand on voit sa propre fille entourée de *maufatans* [1] qui n'ont qu'une idée, en faire une pute, et que cette petite dinde donne dedans tête première, il y a de quoi devenir enragé. Moi, à sa place, je ne sais pas ce que j'aurais fait, si j'avais vu ma fille courir à la catastrophe, mais je ne serais pas resté les bras ballants...

Raoul Signoret avait bien entendu les mots, mais il hésitait encore à réaliser ce que son oncle venait de lui dire. Dans sa tête les paroles tournaient. Sa propre fille ? Gilda ? La fille de Garbiers ? Il n'osait pas demander de précision, de peur du ridicule au cas où il aurait mal compris.

Instinctivement, le journaliste jeta un regard à la bouteille de vin blanc qui disait sa viduité en flottant en haut du seau à glace sur une banquise miniature achevant de fondre. Raoul se dit que, pour assurer le voyage de retour vers Marseille, il n'était pas raisonnable de proposer à l'oncle le partage d'un second flacon. En calèche, il s'y serait risqué. *Pépète* aurait su trouver toute seule le chemin de l'écurie. Mais on ne connaissait pas les réflexes en état d'ivresse de l'automédon néophyte. Pourtant, le reporter, qui avait la gorge sèche, éprouvait un besoin impérieux de s'humecter le palais. L'oncle Eugène, silencieux, savourait son petit effet.

– Je prendrais bien un café, moi, pas vous mon oncle ?

1. Malfaisants.

Baruteau jubilait intérieurement.

– Non merci, mon Raoul. Ça ira comme ça.

– Un petit bock, non ? Pour m'accompagner...

– Non, mais ne te gêne pas pour moi.

Le commissaire passa lui-même la commande pour son neveu. Raoul Signoret était tassé, comme assommé, sur son fauteuil. Il ne put qu'articuler sans pouvoir aller plus loin tant il était *dévarié*[1] :

– Sa fille ?

Baruteau sourit :

– Tu as bien entendu. Eh oui, mon petit vieux ! C'est comme ça la vie... La petite Gilda était la fille illégitime de ton maître d'école.

– Mais comment ?...

Le commissaire feignit d'avoir mal compris la question :

– Comment il a fait ? Oh, comme les autres !

Raoul malgré son émotion ne put s'empêcher de rire. Son oncle le chambrait comme un gamin.

– Comment l'avez-vous appris, voulais-je dire, si vous m'aviez laissé finir ma phrase ?

– Oh, c'était pas bien compliqué ! En m'adressant à celle qui était la mieux placée pour savoir qui était le père.

– Caterina Del Vesco ?

– Tu as bonne mémoire, Raoul. Caterina. La femme que tu as négligé d'aller voir.

– Elle m'aurait envoyé promener. Je n'avais aucun titre pour lui tirer les vers du nez.

1. Ne pas être dans un état normal.

– C'est vrai. C'est un avantage de notre métier sur le tien, remarqua le commissaire. Nous autres n'avons pas à demander la permission. Ni à nous montrer aimables pour embobiner les gens. Pourtant, Caterina Del Vesco n'a pas fait trop d'histoires pour passer à table d'elle-même. Comme si elle se soulageait d'un gros poids. De toute façon, comme je le lui ai fait comprendre, ce n'est pas un crime, d'avoir un enfant illégitime quand on est veuve. Juste un emmerdement supplémentaire.

Raoul s'inquiéta :

– Gilda savait qu'elle était la fille de Garbiers ?

– Non. D'après Caterina, qui est formelle, elle n'en a jamais rien su. Et même, elle ne pouvait pas le voir en peinture, ton instituteur. C'est nous qui avons appris à la petite sa filiation.

– C'était indispensable ?

– Naturellement ! L'inspecteur qui a porté le message m'a assuré qu'elle tombait des nues. Ou alors c'est une comédienne de première. Mais je ne crois pas. Elle est trop, comment te dire ? Trop primaire, pour dissimuler ses sentiments. Au contraire, elle a éclaté en imprécations contre cet enc... qui avait – assurait-elle – sûrement violé sa mère.

– Et vous, vous croyez que...

– Je ne pense pas. Tu sais, Caterina Del Vesco et Garbiers se connaissaient depuis longtemps. À leur arrivée en France, il leur avait donné des leçons de français, à elle et à son mari. Ton maître d'école, avec sa pauvre femme invalide, ne devait pas rigoler tous les jours. On peut lui trouver des excuses à donner un coup de canif dans le contrat. Il a vu cette belle Italicnne, veuve, encore pleine de sève... Elle avait quoi ? Trente ans à l'époque. Lui, guère plus. Et c'est encore aujourd'hui une belle femme. Gilda lui ressemble. Bref, je me mets à la place de ton instituteur. Je suppose qu'il n'avait pas l'intention d'abandonner Mme Garbiers pour se mettre en ménage avec Caterina. Mais elle lui permettait – comme on dit – d'« apaiser la bête ».

– Qui sait ? dit Raoul, toujours romantique, c'était peut-être aussi une vraie histoire d'amour ?

– Peut-être, répliqua Baruteau, toujours pragmatique, mais je ne suis pas payé pour établir un constat. Quoi qu'il en soit, l'arrivée de Gilda a dû être ressentie comme une catastrophe pour les deux.

– On m'a dit qu'elle avait essayé de se faire avorter.

– Je sais. Mais la petite était bien accrochée. Il a fallu faire avec. Tu imagines bien qu'avec ses principes, Garbiers a assumé son faux pas. Toute sa vie il a donné de l'argent à Caterina, en grattant sur les leçons particulières. Il a pratiquement assumé la charge de deux foyers avec ses seuls revenus d'instituteur. Il ne devait pas rouler carrosse.

Raoul soupira :

– L'ennui, c'est qu'il ait pris au tragique l'éducation de Gilda. Il faut reconnaître qu'elle ne faisait rien pour lui donner satisfaction, ni comme enseignant ni comme père.

Baruteau acquiesça :

– *Bè* oui ! Il devait s'en tenir pour responsable. On comprend que ça lui ait viré la tête. C'est fou cette histoire ! Le plus extraordinaire avec le nombre de bazarettes que compte La Belle de Mai, toujours à laisser traîner un œil ou une oreille dans les affaires d'autrui, c'est qu'ils aient pu la tenir secrète.

– Je pense, dit Raoul, que quelqu'un a pu savoir. Mais il se sera gardé de l'ébruiter.

– Qui ça ? demanda Baruteau par réflexe policier.

– Un ancien peseur-juré, Marcel Pujol. Il m'a raconté pas mal de choses sur la relation triangulaire Caterina – Gilda – Garbiers. Mais sans rien laisser filtrer sur la filiation. Il se pourrait bien qu'il en ait plus su que ce qu'il m'en a dit. En tout cas, je lui tire mon chapeau, si, sachant quelque chose, il s'est retenu de faire l'intéressant. C'est un bonhomme qui sait tenir sa langue. Pour moi, c'est une qualité.

– Pour moi, rigola Baruteau, c'est une qualité jusqu'à un certain point. Quand ça ne retarde pas l'enquête, par exemple.

Raoul se perdit dans la contemplation d'une barquette qui partait pour la pêche en hissant sa voile triangulaire.

– Qu'avez-vous fait de la petite ?

– Gilda ? demanda Baruteau. Pour l'instant elle est dans un orphelinat en attendant un placement plus durable où on tentera de lui apprendre un semblant de métier pour ne pas la renvoyer dans la rue. Mais ça n'est pas le plus pressé.

– Pourquoi donc ?

– Parce que, précisa le commissaire, pour faire bonne mesure elle est enceinte.

Le journaliste s'affaissa encore d'un cran dans son fauteuil.

– Ne me demande pas de qui, Raoul. Je ne suis pas sûr qu'elle soit fixée elle-même.

– Pauvre gosse, soupira le journaliste.

Baruteau eut un geste fataliste :

– Que veux-tu y faire ? Entre nous, elle l'a un peu cherché.

Le reporter fit un signe de dénégation :

– Ce n'est pas à Gilda que je pensais, mais à ce gosse à naître. En voilà un qui va s'aligner dans une course avec handicap.

Raoul demeura encore un instant silencieux à remuer dans sa tête cette succession de révélations, puis demanda :

– Qu'a-t-on fait de Mme Garbiers ?

– Elle est à l'hôpital de La Conception jusqu'à ce qu'on lui trouve une maison de retraite plus conforme à son état.

– Elle est au courant ?

Baruteau eut un geste d'impuissance :

– Bien obligée.

– Pauvre femme, soupira Raoul.

Le silence s'installa de nouveau entre les deux hommes. Chacun semblait perdu dans ses pensées, le regard au loin, vers la mer. Elle forcissait sous les premiers coups de boutoir d'un *mistralet* qui s'établissait avec la fin de l'après-midi.

Raoul Signoret émergea le premier :

– Et Caterina, qu'en avez-vous fait ?

Baruteau sembla s'éveiller :

– Caterina ? Elle attend derrière les barreaux de la prison Saint-Pierre qu'on s'occupe d'elle.

Le journaliste, abasourdi, se redressa sur son fauteuil :

– Vous l'avez mise en prison ?

– Cette question ! s'exclama le commissaire. Faut-il que je t'explique qu'elle est complice au moins d'un meurtre et d'un enlèvement ?

– Comment ça un meurtre ?

Baruteau se tourna vers Raoul en comptant sur ses doigts :

– Je te fais cadeau de d'Estournel.

– Merci.

– Là, Garbiers n'y est pour rien. Il a cédé à une panique noire quand il a découvert par hasard le cadavre. Probablement au cours d'une pérégrination nocturne au sortir de chez Caterina. Il a vite compris ce qui se passait, pourquoi d'Estournel était là et pas ailleurs et il a perdu les pédales. Comme il ne pouvait pas transporter le cadavre tout seul en raison de son poids, il s'est contenté de le défigurer.

– D'accord, dit Raoul. Mais qu'a donc Caterina à voir avec l'autre meurtre ?

– Complicité, mon petit vieux ! Quand Garbiers a zigouillé *Le Beau Frisé*, tout près de chez lui, rue Bonnes-Grâces, Caterina a aidé l'instituteur à transporter le corps jusque devant la manufacture où nous l'avons retrouvé.

– C'est elle qui vous l'a dit ?

– Elle, personnellement, parlant à ma personne. Garbiers avait expliqué à Caterina qu'il allait éliminer l'un après l'autre tous les voyous qui tournaient autour de Gilda, pour protéger l'avenir de leur enfant.

– Ils se sont baladés dans les rues de La Belle de Mai avec un macchabée ?

– Avec un macchabée mais sur un charreton, planqué sous une bâche et nuitamment. Garbiers s'était fait prêter l'engin, qui avait des roues à bandages de caoutchouc, ce qui évitait de réveiller les populations, par le concierge de la manufacture au prétexte de transporter du bois qu'on lui avait livré en vrac. Tout cela a été vérifié.

– Pour Rossetti, Caterina Del Vesco n'est pas intervenue ?

– Je ne pense pas, dit le policier. Garbiers a égorgé Rossetti, alors qu'il sortait de chez Caterina, où tu m'as dit toi-même l'avoir aperçu, un soir où tu l'*espinchais* avec sa fille, en compagnie du truand. Il devait guetter l'occasion chaque nuit, depuis que Caterina, affolée, était venue le trouver en l'alertant sur les projets des barbeaux à propos de Gilda. Comme Garbiers s'est entaillé le bras, il a foutu le camp et laissé le cadavre là où nous l'avons trouvé. Mais...

– Car il y a un mais ?

– Eh oui ! Caterina Del Vesco intervient à nouveau lorsque, convaincue par Garbiers, qui devait lui brosser un tableau désastreux de l'avenir de leur fille, elle se fait de nouveau complice du maître d'école dans l'enlèvement de Gilda. Elle nous a tout déballé. L'instituteur planqué chez elle avant l'arrivée de la petite, il lui saute dessus, il la chloroforme, tous les deux embarquent Gilda sur le charreton qui avait servi pour *Le Beau Frisé* et ils vont l'enfermer dans la cave du Petit Lycée où, avec sa double porte, elle pouvait gueuler tout ce qu'elle voulait pour qu'on la libère, sans être entendue. Ah, il était persuasif, le Garbiers ! Il devait avoir un sacré ascendant sur Caterina pour qu'elle l'ait suivi sans broncher et qu'elle n'ait rien dit jusqu'à ce que nous venions l'asticoter...

Raoul eut un hochement de tête accablé :

– Ça me démolit un peu plus, avoua-t-il, mais en même temps, ça me fournit des réponses aux questions qui m'étaient restées en travers.

– C'est-à-dire ?

– Je me demandais comment, avec un bras en écharpe, Garbiers avait réussi à maîtriser Gilda qui n'était pas du genre à se laisser faire et à la transporter jusque dans sa cave. Tout s'explique.

Baruteau sourit.

– Tout s'explique toujours, à condition de chercher dans la bonne direction et de poser les bonnes questions au bon moment.

Le commissaire tira sa montre de son gousset ;

– Oh, coquin de sort ! Cinq heures ! J'ai promis à *Thérésou* de lui faire essayer *Pétarade* avant qu'il fasse nuit. Elle ne la connaît pas encore. Il est temps de mettre le cap sur Marseille.

Le commissaire se dirigea fièrement vers sa superbe

auto, d'autant plus qu'un groupe de gens de l'Estaque de tous âges et conditions l'entouraient, admiratifs ou curieux, les plus culottés montés sur les marchepieds pour admirer un intérieur qu'ils voyaient tout aussi bien depuis le trottoir. Baruteau se fraya un passage à travers le groupe de ceux qui s'agglutinaient autour de l'avant de l'engin, supputant le nombre de chevaux-vapeur et discutant sur sa pointe de vitesse, et il commença à tourner la manivelle d'un bras vigoureux. Cela n'eut pas l'air d'impressionner *Pétarade* qui demeura muette. Le commissaire fronça les sourcils qu'il avait fournis et réitéra sa sollicitation. Mais il n'obtint toujours pas de réponse. Raoul, qui avait tenu à régler les consommations, rejoignit son oncle qui commençait à s'énerver d'autant plus que les commentaires fusaient de toutes parts. Il en allait de l'honneur de la police et du progrès. Après avoir pris une large inspiration et essuyé d'un revers de main la sueur qui commençait à perler à son front, le chef de la Sûreté s'y reprit à quatre fois, mais sans plus de succès. Autour de lui ça recommençait à rire et à plaisanter. « *Achète un âne !* » « *Ho, hisse, Panisse !* » Bientôt une voix moqueuse lança l'inévitable et traditionnelle plaisanterie « *Anan serca Molinari !*[1] », ce qui eut pour effet d'exaspérer le policier qui faisait pourtant semblant de ne pas entendre. Rouge de fureur Baruteau souleva le capot

1. *Allons chercher Molinari !* Locution proverbiale à Marseille, faisant référence à Jean-André Molinari (1751-1833), chef d'une entreprise de renflouement de navires, dont le savoir-faire fit l'admiration de ses contemporains au point qu'on invoqua par la suite son nom dans les cas désespérés.

comme si de ce simple geste allait jaillir la solution. Il jeta un coup d'œil navré sur l'assemblage hétéroclite de pièces métalliques et de tubes de cuivre doré qu'il contemplait pour la première fois et qui lui paraissaient être la face cachée d'un planète inconnue, puis il rabattit le couvercle de cette boîte de Pandore d'où venaient tous ses maux.

Raoul, qui connaissait le bonhomme, se gardait bien de tout commentaire. Baruteau lui jeta un regard noir comme s'il était responsable de ses ennuis. Les badauds n'avaient pas cessé leurs conciliabules. L'un d'eux se risqua à un pronostic :

– Ça vient peut-être du...

Le malheureux devint illico le bouc émissaire.

– Oh, vous ça va, hein ? hurla le commissaire. Vous n'y connaissez pas plus que moi, alors allez faire l'intéressant ailleurs !

Le policier retourna sa colère vers les autres qui ricanaient :

– Et vous, si vous n'avez rien à faire, qu'à vous moquer du pauvre monde, je vais vous trouver du travail, moi !

Les moins culottés reculèrent, les autres restèrent sur place, mais en silence.

Baruteau se retourna une dernière fois vers *Pératade* et moulina encore en pure perte. Il avait de toute façon perdu l'espoir.

– Bon ! On va pas rester là jusqu'à *l'an pèbre.* Je vais la laisser là et j'enverrai un fiacre de chez nous la remorquer. Mais demain Latil, il va avoir de mes nouvelles.

Raoul, toujours silencieux, imaginait sans peine la scène.

– Allez ! aboya le commissaire sur un ton qui n'admettait pas de réplique : on va au tramway, il y en a justement un au terminus.

Le journaliste n'osa penser que ce pouvait être la motrice et la remorque doublées triomphalement par son oncle à l'aller. L'humiliation en eût été doublée.

À cet instant une voix d'homme jeune et sonore héla Raoul Signoret.

– Oh, *Blond* ! Où tu vas comme ça ?

Personne ne l'avait plus appelé ainsi depuis la communale de la rue du Refuge. Le reporter reconnut Serge Scotto, un ancien camarade de classe devenu patron-pêcheur à l'Estaque.

Celui-ci s'avança, la main ouverte :

– Je profite de te voir, pour te demander, à toi qui es dans les journaux : le Garbiers, là, dont on parle, c'est le nôtre ?

Raoul Signoret baissa la tête.

– Hélas, oui.

Scotto, résumant son émotion par un seul mot, dit à mi-voix :

– Putain...

Il demeura un instant pensif, et en guise d'oraison funèbre, qui, sur le plan de l'hommage à un grand homme disparu, valait toutes celles de Bossuet, lâcha :

– Et dire qu'il avait réussi à faire rentrer la règle de trois dans mon *teston*...

Le regard du pêcheur croisa celui, furibard, d'Eugène Baruteau que Raoul lui présentait.

– Qu'est-ce qui vous arrive ?

Le journaliste expliqua à son ami les ennuis mécaniques de son oncle.

– Allez, c'est pas grave. Je vais vous tirer, moi.

Raoul ouvrit les yeux de surprise.

– Avec ton bateau ?

Le pêcheur rigola :

– Eh non, couillon, avec le mulet.

Raoul n'osa pas croiser le regard de son oncle.

– Je vous remercie, dit celui-ci, pincé. Je m'en occupe. J'enverrai quelqu'un demain.

– Demain ? dit le pêcheur en riant de plus belle. Mais mon pauvre monsieur, si vous la laissez là, demain vous récupérez pas de quoi faire une machine à coudre. Allez, faites pas le fier. Je vais pas vous tirer jusqu'à Marseille, mais au moins jusque chez moi. On la mettra dans la remise en attendant.

– Bien aimable, concéda Baruteau avec la grâce d'un dogue allemand.

Le pêcheur ne demeura pas plus d'un quart d'heure absent. Les regards furibonds du commissaire sur les badauds suffisaient à les tenir à prudente distance.

On entendit bientôt s'enfler un bruit de sabots sur les pavés. Scotto déboucha sur le quai tenant les rênes d'un grand cheval flegmatique sur le bât duquel on distinguait le cordage – équipé à chaque bout d'un crochet de métal – qui allait servir à remorquer l'automobile en panne.

Le pêcheur avec un sourire qui se voulait réconfortant fit les présentations :

– Et voici mon vieux collègue *Pépé*. Une bête qui

en a vu d'autres. C'est pour dire qu'une automobile, ça lui fait pas peur. Pas vrai, *Pépé* ?

Raoul se mordait l'intérieur des joues pour ne pas éclater de rire face à la mine de son oncle qui regardait le pêcheur comme un suspect qui se serait payé sa tête.

Avec des gestes sûrs, Scotto fit passer le cordage autour de l'essieu et vint fixer les crochets à deux anneaux rivetés de chaque côté du bât.

Il fit avancer la bête docile d'un pas et le cordage se tendit.

Raoul, pour éviter l'incident diplomatique et familial, s'était rapproché de son ami d'enfance et feignait de l'aider.

– Dis-moi, il s'appelle réellement *Pépé,* ton cheval ?

– Bien sûr ! s'exclama Scotto. Depuis sa naissance. Pourquoi ?

En riant, Raoul expliqua à mi-voix :

– Dommage que mon oncle n'ait pas gardé sa jument *Pépète.* On aurait pu la fiancer avec *Pépé* et j'aurais volontiers offert un petit à mon oncle pour un prochain Noël.

Le pêcheur regardait son ami avec un air incrédule.

– Ça peut encore se faire, si ton oncle sait où est la jument. *Pépé* dirait pas non. Ce serait pour en faire quoi ?

Raoul expliqua :

– Un moteur auxiliaire ! On le transporterait dans une remorque à l'arrière de la calèche et, en cas de panne, il n'y aurait plus qu'à l'atteler au train avant !

Les deux jeunes gens partirent ensemble d'un éclat de rire qui libéra la tension de Raoul Signoret.

Le chef de la Sûreté, fou de rage rentrée, était remonté sur son engin et boudait, installé au volant. L'insolite cortège démarra au pas lent de *Pépé,* sous les vivats d'une foule qui se tenait les côtes en lançant des lazzis.

On rigola longtemps, le soir à la veillée, du côté de l'Estaque, en rappelant l'histoire de la « *un chevaux* » du commissaire Baruteau...